STS

山田社

STS

山田社

線上音檔 QR-Code

山田社
Shan Tian She

戰神級

絕對合格
潮流設計＋速效新解題

必背必出 閱讀

山田社日檢題庫小組・吉松由美
田中陽子・西村惠子・林勝田 ◎合著

N3

新制日檢！

前言
preface

想要在日檢戰場上大放異彩？
這本《絕對合格！新制日檢必背必出 N3 閱讀》
正是你的秘密武器！
「全新解題輕鬆攻克難題」＋「十大技巧大解析，考場無壓力」「信達雅翻譯，精確理解文章原意」＋「QR 線上音檔，提升作答效率」＋「時尚版型設計，有趣又吸引人」
確保你在考場上發揮穩定、自信滿滿！

業餘時間也能當個日語高手，艾因斯坦說得沒錯，人的差異就在業餘時間，餘時間生產著人才。來吧，讓這本書陪你利用每一分鐘，無壓力通過新制日檢！

逐步突破，N3 閱讀不再是難題！
沒錯！N3 一次通過就是這麼霸氣！學日語就像玩遊戲，多懂一種語言，就像解鎖了新世界的大門，還順帶獲得加薪技能！

我們精心打造了這本全新漂亮的 25 開本，讓你的學習不僅高效，還能享受設計感帶來的閱讀快感。N3 的閱讀測驗，再也不會是你前進路上的絆腳石，而是你的高分助推器！

聰明攻下 N3 閱讀，拿證照就是這麼爽！
金牌教師群獻上秘傳攻略，讓你輕鬆掌握考場節奏，一舉攻下閱讀測驗！
選擇這本書，就是選擇最聰明的戰略，快速取證不再是夢！我們集結了考題、日中題解、單字和文法，幫你一網打盡！再也不怕臨場崩潰，「還剩下 5 分鐘？」不用擔心，這本書早就教你如何在緊張時刻也能穩定發揮，讓你在考場上自信滿滿，像個戰神一樣完勝日檢！

100% 充足：題型完全掌握

　　本書依照新日檢官方的出題模式，完整收錄了 6 回全真閱讀模擬試題，讓你提前「過招」，先把考場當作遊樂場。每一回模擬測驗都像是一場實戰演習，讓你在真正的考試中輕鬆自如，毫無壓力。再也不用擔心題型變化莫測，這本書讓你輕鬆搞定！而且，誰說學習一定要苦哈哈？跟著我們的節奏，練習就像是一場「日語馬拉松」，短時間內讓你的實力飆升，輕鬆突破 N3 大關！

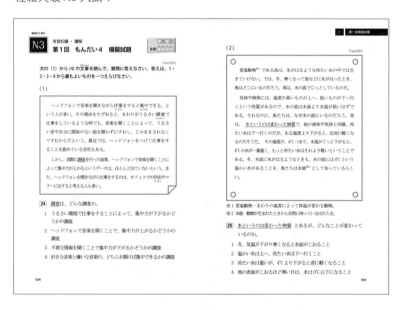

100% 準確：命中精準度高

　　想要在考場上穩操勝券？本書就是你的秘密武器！我們請來多位金牌日籍教師，長年在日本，持續追蹤日檢出題動向，深入分析近 10 年來的高頻考題。每一頁都是精心設計，專為 N3 閱讀量身打造的攻略秘笈，讓你在考場上直搗黃龍，一擊命中考題核心！準確度高到讓你驚呼：「這也太神了吧！」

100% 吸睛：雜誌版型，學習不無聊

　　還在翻那些呆板無聊的教材？是時候換個口味了！這本書採用了雜誌風格的版型設計，每一頁都像在看最新的時尚雜誌一樣，圖文並茂，設計感十足，絕對讓你愛不釋手。學習日語也可以這麼潮，這麼有趣！邊學邊享受，不再是死讀書，而是像翻閱你最愛的雜誌一樣，隨時隨地都能讓你眼前一亮，精神抖擻，學習效果 UP UP ！

100% 全面：閱讀十大技巧大解析，考場無壓力

　　你是否擔心細節題、主旨題還是因果關係題？別擔心！這本書精心整理了所有常見的閱讀考試題型，包括「細節題」中的 4W2H 技巧，「主旨題」中如何抓住文章核心，「指示題」如何找出關鍵內容，以及「因果關係題」中如何快速辨識因果邏輯。每一種題型都有詳細的解題策略，讓你在考場上如魚得水。再也不用怕遇到「推斷題」、「正誤判斷題」或「填空題」，我們教你如何利用文章結構、關鍵詞和語法結構輕鬆搞定。

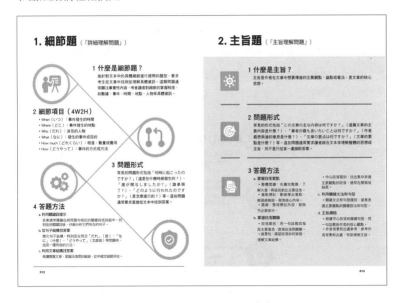

1. 細節題 （「詳細理解問題」）

1 什麼是細節題？
指針對文本中的具體細節進行提問的題型，要求考生從文章中找到並理解具體資訊。這類問題通常關注事實性內容，考查讀者對細節的掌握程度，如數據、事件、時間、地點、人物具體資訊。

2 細節項目（4W2H）
- When（いつ）：事件發生的時間
- Where（どこ）：事件發生的地點
- Who（だれ）：涉及的人物
- What（なに）：發生的事件或目的
- How much（どれくらい）：程度、數量或費用
- How（どうやって）：事件的方式或方法

3 問題形式
常見的題目形式包括「何時に起こったのですか？」（這是在什麼時候發生的？）、「誰が聞きましたか？」（誰參與了？）、「どのように行われたのですか？」（是怎麼進行的？）等。這些問題通常要求直接從文本中找到答案。

4 答題方法
a.利用關鍵詞提示
查看連考題緣在與問題句相近的關鍵詞語或表述詞組中，找到這些關鍵詞後，仔細分析它們所在位的句子。
b.從句子結構找答案
簡化句子結構，特別是在問及「だれ」（誰）、「なに」（什麼）、「どうやって」（怎麼做）等問題時，這是一種有效的方法。
c.利用文章結構找答案
明讀整篇文章，掌握段落間的脈絡，從中確定細節所在。

2. 主旨題 （「主旨理解問題」）

1 什麼是主旨？
主旨是作者在文章中想要傳達的主要觀點、論點或看法，是文章的核心思想。

2 問題形式
常見的形式包括「この文章の主な内容は何ですか？」（這篇文章的主要內容是什麼？）、「筆者が最も言いたいことは何ですか？」（作者最想傳達的意思是什麼？）、「文章の要點は何ですか？」（文章的要點是什麼？）等。這些問題通常要求考生綜合全文來理解整體的思想或主旨，而不是只從某一處擷取答案。

3 答題方法
a.掌握段落重點
- 整理段落：先讀完整篇，了解大意，再逐段找出主旨重點。
- 重點標記：劃線標出各段重點或關鍵句，聚焦核心內容。
- 篩選：整理歸納內容，刪除不必要的介。

b.掌握段落關聯
- 段落概念：用一句話概括每段主要意思，理清段落間關聯。
- 連貫性：確認段落前後連貫，理解整篇文章結構。

- 中心思想題：找出集中表達主要觀點的段落，通常在開頭或結尾。

c.利用關鍵文法和句型
- 關鍵文法和句型辨識：留意表達主要觀點的關鍵語法或句型。

d.主旨總結
- 總結中心思想和關鍵句型，用一句話概括作者的核心觀點。
- 作者背景和出處參考：參考作者背景和出處，幫助理解主旨。

100% 精準：全新解題策略，選項分析透徹

　　你是否曾因選項太過相似而無法做出正確選擇？別擔心，我們的全新解題策略幫你破解這些迷惑性選項！例如，在分析某次調查的選項時，你會發現錯誤選項往往會偏離文章主題。像是當文章討論的是「戴耳機聽音樂是否提高集中力」時，錯誤選項可能會轉而關注「吵雜環境」或「不必要信息」對集中力的影響，這就是常見的陷阱。而正確選項則直接與文章的核心調查一致，這種選項分析方法將幫助你在考試中輕鬆避開陷阱，準確作答！

　　這本書詳細拆解每個選項，幫助你理解為何某個選項是錯誤的，另一個是正確的。從關鍵句中找到最有力的證據，讓你在閱讀理解中更有信心，更加穩定地選擇正確答案。無論是對比類選項，還是細微差異選項，我們都為你準備了全方位的解題技巧，保證你不再因選項相似而感到困惑。

100% 優勢：信達雅翻譯，得分更穩！

- 精確理解原意：在日檢考試中信達雅的翻譯標準確保你能精確地理解原文的意思，避免因語意偏差而選錯答案，尤其在閱讀理解部分，這一點尤為重要。

- 提升答題準確率：信達雅翻譯強調準確、通順和優雅，這能幫助你更準確地解讀文章，並且在選擇題或簡答題中做出更合理的判斷，提升答題的準確率。

- 培養語感與表達：經常進行信達雅的翻譯練習，可以幫助你培養對日語的語感和表達能力，這不僅對閱讀理解有幫助，對寫作部分的提升也大有裨益。

- 快速抓住重點：信達雅的翻譯方法讓你能快速抓住文章的核心思想和細節，這在考試中可以幫助你更快地理解長文，節省答題時間。

- 應對複雜題型：信達雅翻譯能讓你在面對複雜題型時，依舊保持思路清晰，避免因長句或複雜結構而造成理解錯誤，提高整體應試表現。

100% 滿意：單字、文法全面教授

　　我們知道，單字和文法是閱讀測驗的關鍵，所以這本書特別補充了 N3 單字和文法，讓你輕鬆掌握、對應、背誦。每個單元還附有同級文法比較，幫你建立起完備的 N3 單字、文法資料庫。別忘了搭配《精修版新制對應絕對合格！日檢必背單字 N3》和《精修版新制對應絕對合格！日檢必背文法 N3》，這樣學習效果 100% 滿意，讓你笑到最後，順利拿下 N3 證照！

100% 實用：QR 線上音檔，提升作答效率！

- 提升語感與發音準確度：閱讀考試聆聽原汁原味的日語發音有助於提升語感，幫助你在閱讀考試中更快理解文章的語調和語境，並且在解讀選項時能更準確地抓住作者的意圖。

- 加強記憶，鞏固學習：音檔的反覆聆聽能夠將文字與發音結合，加強對單字、句型的記憶，從而在考試中更快速地回憶起相關內容，減少因遺忘而導致的錯誤。

- 模擬真實考試情境：透過音檔模擬真實的日語語境，讓你在考試中更加適應閱讀長文時的節奏和壓力。這種臨場感的訓練能有效降低考場焦慮，提升作答效率。

- 強化理解與表達能力：聆聽和閱讀相輔相成，音檔有助於更全面地理解語句的結構與意思，提升在選擇題中辨別正確答案的能力，同時對寫作部分的表達也有所助益。

- 增強自信，考場發揮更穩定：有了音檔作為額外的學習工具，能讓你在準備階段獲得更多的信心，考場上發揮更穩定，面對各種題型都能應對自如。

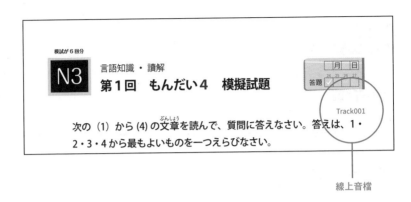

線上音檔

100% 趣味：學習過程樂在其中！

　　為了讓你不僅學得紮實，還能玩得開心，我們特別加了超有趣的小專欄，帶你探索日本生的點點滴滴。無論是找房子、看醫生還是倒垃圾，每個細節都能讓你大開眼界，笑聲連連！再搭配逗趣的插圖，讓你邊學邊笑，一舉多得！還有額外加碼的活用例句，讓你隨時隨地都能累積實用的生活語彙，學習效果 100% 滿意，保證讓你愛不釋手！

目錄 contents

山田社
Shan Tian She

太神了！
10大題型解題訣竅

N3

解題訣竅 "

1. 細節題 （「詳細理解問題」）

1 什麼是細節題？

指針對文本中的具體細節進行提問的題型，要求考生從文章中找到並理解具體資訊。這類問題通常關注事實性內容，考查讀者對細節的掌握程度，如數據、事件、時間、地點、人物等具體資訊。

2 細節項目（4W2H）

- When（いつ）：事件發生的時間
- Where（どこ）：事件發生的地點
- Who（だれ）：涉及的人物
- What（なに）：發生的事件或目的
- How much（どれくらい）：程度、數量或費用
- How（どうやって）：事件的方式或方法

3 問題形式

常見的問題形式包括「何時に起こったのですか？」（這是在什麼時候發生的？）、「誰が関与しましたか？」（誰參與了？）、「どのように行われたのですか？」（是怎麼進行的？）等。這些問題通常要求直接從文本中找到答案。

4 答題方法

a. 利用關鍵詞提示

答案通常隱藏在與問題句相近的關鍵詞或詞組中。找到這些關鍵詞後，仔細分析它們所在的句子。

b. 從句子結構找答案

簡化句子結構，特別是在問「だれ」（誰）、「なに」（什麼）、「どうやって」（怎麼做）等問題時，這是一種有效的方法。

c. 利用文章結構找答案

略讀整篇文章，掌握段落間的脈絡，從中確定細節所在。

2. 主旨題（「主旨理解問題」）

1 什麼是主旨？

主旨是作者在文章中想要傳達的主要觀點、論點或看法，是文章的核心思想。

2 問題形式

常見的形式包括「この文章の主な内容は何ですか？」（這篇文章的主要內容是什麼？）、「筆者が最も言いたいことは何ですか？」（作者最想表達的意思是什麼？）、「文章の要点は何ですか？」（文章的要點是什麼？）等。這些問題通常要求讀者綜合文本來理解整體的思想或主旨，而不是只從某一處摘取答案。

3 答題方法

a. 掌握段落要點

- 整體閱讀：先讀完整篇，了解大意，再逐段抓住主要信息。
- 重點標記：劃線標出重點，略過修飾詞，聚焦核心內容。
- 匯總：整理標記內容，剔除不必要部分。

b. 掌握段落關聯

- 段落概括：用一句話概述每段主要意思，理清段落間關聯。
- 連貫性：確認段落如何銜接，理解文章結構。

- 中心段落識別：找出集中表達主要觀點的段落，通常在開頭或結尾。

c. 利用關鍵文法和句型

- 關鍵文法和句型識別：留意表達主要觀點的關鍵語法和句型。

d. 主旨總結

- 根據中心段落和關鍵句型，用一句話概括作者的核心觀點。
- 作者背景和出處參考：參考作者背景和出處，有助理解主旨。

3. 指示題（「指示語問題」）

1 什麼是指示題？

指示題要求考生根據文中出現的指示詞（如「コ・ソ・ア・ド」）找出它們所指代的內容。這類題目考察考生對上下文的理解能力。

2 指示的內容分類

指示內容可以是單詞、詞組、長文或一整段，取決於指示詞的具體作用。

3 問題形式

常見的形式包括「この『それ』は何を指していますか？」（這裡的「那個」指的是什麼？）、「『この』は何を指しているのですか？」（「這個」指的是什麼？）、「『その』は前の文の何を示していますか？」（「那個」指的是前文的什麼內容？）等。

這些問題通常要求讀者從上下文中找出指示語所指代的具體內容。

4 答題方法

a. 答案在指示詞之前

大部分指示詞指向前文，因此答案通常位於指示詞之前的內容中。

b. 答案在指示詞之後

當指示詞出現在段落或文章開頭時，答案往往在後文。

4. 因果關係題（「因果関係問題」）

1 什麼是因果關係題？

因果關係題旨在通過文章中人事物之間的因果聯繫來提問，考察考生對文章邏輯結構的理解。

2 常見的提問方式

「なぜ…？」（為什麼…？）、「どうして…？」（為何…？）、「その理由は何ですか？」（那個理由是什麼？）等，這些問題通常要求考生找出原因或結果。

3 答題方法

a. 尋找表示因果關係的詞語
這類詞通常能幫助你快速找到答案所在的段落，例如「から」（因為）、「ので」（因為）、「ために」（為了）等。

b. 分析關鍵詞、詞組、句子來判斷因果關係
注意文中可能隱含的因果關係，根據上下文進行判斷。

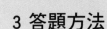

5. 推斷題 (「推論問題」)

1 什麼是推斷題？

推斷題以文章中的具體事實為依據，要求考生推論出文章中的細節或後續發展。這類題型需要考生進行邏輯推理和概括。

2 問題形式

常見的形式包括「この文章から何がわかると推測できますか？」（從這篇文章中可以推測出什麼？）、「筆者は何を言いたいと思っていると思いますか？」（你認為作者想表達的是什麼？）、「登場人物の気持ちはどう変わったと考えられますか？」（可以推測出角色的心情有什麼變化？）等。這些問題通常要求讀者根據文章中的線索和暗示進行推論。

3 答題方法

a. 基於文章的信息推斷

推斷必須依據文章中的事實信息，並且要利用背景知識或常識來進行。

b. 捕捉語言線索，按圖索驥

根據文中提示信息來進行正反向推理，不需推斷過遠，重點在於概括和總結原文信息。

6. 正誤判斷題 (「正誤判斷問題」)

1 什麼是正誤判斷題？

正誤判斷題要求考生確實掌握選項與文章內容的符合性或不符合性，避免無根據的假設。

2 問題形式

「正しいものはどれですか？」（哪個是正確的？）、「上と同じ意味の文を選びなさい」（請選擇與上文意思相同的句子）等，這些問題通常要求考生判斷選項是否與文章內容一致。

3 答題方法

a. 詳細閱讀並理解問題句

確認問題是問正確還是錯誤的選項，再根據文章進行推斷。

b. 利用關鍵詞找到答案位置

在文章中找到與選項相關的句子或段落，進行比較確定答案。

7. 填空題 (「空所補充問題」)

1 什麼是填空題？

填空題要求考生在文章中的某處挖空，選擇正確的詞或句子填入，通常考察考生對文法結構和語意的理解。

2 問題形式

常見的形式包括「次の文に当てはまる言葉はどれですか？」（下一句話中最適合填入的詞是什麼？）、「この文の空欄に入る適切な言葉を選びなさい」（請選擇適合填入該句空欄的詞語）、「文の流れから考えて、次に来る言葉は何ですか？」（根據句子的邏輯，下一個詞是什麼？）等。這些問題要求讀者根據語境來補充合適的詞或短語。

3 常見考法

句型搭配、接續詞選擇、以及意思判斷等。

4 答題方法

a. 根據文法結構

根據句子的語法結構和前後文的邏輯關係來選擇合適的填空選項。

b. 句型搭配與呼應形式

仔細比較前後句的關係，並根據文法結構判斷正確的句型搭配。

8. 綜合理解題 (「総合理解問題」)

1 什麼是綜合理解題？

綜合理解題通常考察考生對整篇文章的全面理解，而不僅僅是某一部分的細節。問題可能涉及文章的整體風格、作者的態度或文章的目標受眾。

2 問題形式

常見的形式包括「何をしなければならないか？」（必須做什麼？）、「彼ができるアルバイトは、いくつあるか？」（他可以做的兼職有幾個？）、「週末に参加できるクラスはどれか？」（週末可以參加的課程是哪個？）等。這些問題要求考生綜合文本內容，判斷角色或情境中的選擇或行動方向。

3 答題方法

a. 整體理解文章
閱讀文章時，要注意文章的整體結構，段落之間的關聯，以及文章的結論或總結部分。

b. 理解作者意圖
理解作者的意圖和文章的主要信息後，再進行選擇。

9. 語句改寫題（「言い換え問題」）

1 什麼是語句改寫題

語句改寫題要求考生將文章中的某一句話進行同義改寫或選擇意義最接近的替代句，考察對句子結構、語法和同義詞的掌握。

2 問題形式

常見的形式包括「この言葉と同じ意味のものはどれですか？」（這個詞語的同義詞是什麼？）、「次の文の言い換えとして適当なのはどれですか？」（下列句子的改寫版本是什麼？）、「文章中のこの表現を別の言葉でどう表現しますか？」（文中這個表達可以如何用別的詞語來說明？）等。這些問題要求根據上下文理解具體詞句的含義並進行改寫或替換。

3 答題方法

a. 理解原句的意思和結構
理解原句的意思和結構，然後在選項中選擇最接近的句子。

b. 注意細微的語意變化
注意細微的語意變化，避免選擇意義不同的句子。

10. 數據理解題 （「データ解釈問題」）

1 什麼是數據理解題？

數據理解題要求考生根據文章中提供的數據進行分析和比較，以正確理解數據之間的關係或趨勢。這類題型通常涉及百分比、圖表或統計數據。

2 問題形式（「質問形式」）

常見的問題形式包括「○○%であるが、他の数値と比べてどうか？」（是○○%，與其他數值相比如何？）、「この数値は他の年代とどう関連しているか？」（這個數值與其他年代有什麼關聯？）等。這些問題要求考生在理解數據的基礎上進行比較和推理。

3 答題方法

a. 理解數據內容

先仔細閱讀並理解文中提供的數據，確定每一個數據所代表的含義。

b. 進行數據比較

比較不同數據之間的差異，分析這些數據之間的相互關係，特別是要注意數據所反映的趨勢或異常。

c. 選擇最能反映數據關係的選項

根據數據的比較結果，選擇最能準確描述數據之間關係的選項。避免被選項中的誤導性敘述所迷惑。

我的閱讀筆記本

山田社
Shan Tian She

太神了！
翻譯與解題訣竅

N3

99

6回模擬試題
翻譯與解題

Track001

次の（1）から(4)の文章を読んで、質問に答えなさい。答えは、1・2・3・4から最もよいものを一つえらびなさい。

（1）

> ヘッドフォンで音楽を聞きながら作業をすると集中できる、という人が多い。その理由をたずねると、まわりがうるさい環境で仕事をしているような時でも、音楽を聞くことによって、うるさい音や自分に関係のない話を聞かずにすむし、じゃまをされなくてすむからだという。最近では、ヘッドフォンをつけて仕事をすることを認めている会社もある。
>
> しかし、実際に調査を行った結果、ヘッドフォンで音楽を聞くことによって集中力が上がるというデータは、ほとんど出ていないという。また、ヘッドフォンを聞きながら仕事をするのは、オフィスでの作法やマナーに反すると考える人も多い。

24 調査は、どんな調査か。

1 うるさい環境で仕事をすることによって、集中力が下がるかどうかの調査

2 ヘッドフォンで音楽を聞くことで、集中力が上がるかどうかの調査

3 不要な情報を聞くことで集中力が下がるかどうかの調査

4 好きな音楽と嫌いな音楽の、どちらを聞けば集中できるかの調査

（2）
Track002

変温動物※1 である魚は、氷がはるような冷たい水の中では生きていけない。では、冬、寒くなって池などに氷がはったとき、魚はどこにいるのだろう。実は、水の底でじっとしているのだ。

気体や液体には、温度の高いものが上へ、低いものが下へ行くという性質があるので、水の底は水面より水温が低いはずである。それなのに、魚たちは、なぜ水の底にいるのだろう。実は、水というのは変わった物質で、他の液体や気体と同様、冷たい水は下へ行くのだが、ある温度より下がると、反対に軽くなるのだそうだ。その温度が、4℃つまり、水温がぐっと下がると、4℃の水が一番重く、もっと冷たい水はそれより軽いということである。冬、水面に氷がはるようなときも、水の底には4℃という温かい水があることを、魚たちは本能※2 として知っているらしい。

※1 変温動物…まわりの温度によって体温が変わる動物。
※2 本能…動物が生まれたときから自然に持っているはたらき。

25 　水というのは変わった物質 とあるが、どんなことが変わっているのか。

1 冬、気温が下がり寒くなると水面がこおること

2 温かい水は上へ、冷たい水は下へ行くこと

3 冷たい水は重いが、4℃より下がると逆に軽くなること

4 池の表面がこおるほど寒い日は、水は0℃以下になること

（3）　　　　　　　　　　　　　　　　　　　　　　　Track003

　　秋元さんの机の上に、西田部長のメモがおいてある。

秋元さん、

　お疲れさまです。

　コピー機が故障したので山川 OA サービスに修理をたのみました。

　電話をして、秋元さんの都合に合わせて来てもらう時間を決めてください。

　コピー機がなおったら、会議で使う資料を、人数分コピーしておいてください。

　資料は、A のファイルに入っています。

　コピーする前に内容を確認してください。

　　　　　　　　　　　　　　　　　　　　　　　　　　　西田

26　秋元さんが、しなくてもよいことは、下のどれか。

1　山川 OA サービスに、電話をすること

2　修理が終わったら、西田部長に報告をすること

3　資料の内容を、確認すること

4　資料を、コピーしておくこと

(4)

Track004

次は、山川さんに届いたメールである。

あて先：jlpt1127.kukaku@group.co.jp

件名：製品について

送信日時：2020 年 7 月 26 日

前田化学(まえだかがく)

営業部(えいぎょうぶ)　山川様

いつもお世話になっております。

昨日は、新製品(しんせいひん)「スラーインキ」についての説明書をお送りいただき、ありがとうございました。くわしいお話をうかがいたいので、一度おいでいただけないでしょうか。現在の「グリードインキ」からの変更(へんこう)についてご相談したいと思います。どうぞよろしくお願いいたします。

新日本デザイン

鈴木(すずき)

---

27 このメールの内容について、正しいのはどれか。

1 前田化学の社員は、新日本デザインの社員に新しい製品の説明書を送った。

2 新日本デザインは、新しい製品を使うことをやめた。

3 新日本デザインは、新しい製品を使うことにした。

4 新日本デザインの社員は、前田化学に行って、製品の説明をする。

Track005

つぎの (1) と (2) の文章を読んで、質問に答えなさい。答えは、1・2・3・4 から最もよいものを一つえらびなさい。

(1)

　　日本では、電車の中で、子どもたちはもちろん大人もよくマンガを読んでいる。私の国では見られない姿だ。日本に来たばかりの時は私も驚いたし、①恥ずかしくないのかな、と思った。大人の会社員が、夢中でマンガを読んでいるのだから。

　　しかし、しばらく日本に住むうちに、マンガはおもしろいだけでなく、とても役に立つことに気づいた。今まで難しいと思っていたことも、マンガで読むと分かりやすい。特に、歴史はマンガで読むと楽しい。それに、マンガといっても、本屋で売っているような歴史マンガは、専門家が内容を②しっかりチェックしているそうだし、それを授業で使っている学校もあるということだ。

　　私は高校生の頃、歴史にまったく関心がなく成績も悪かったが、日本で友だちから借りた歴史マンガを読んで興味を持ち、大学でも歴史の授業をとることにした。私自身、以前はマンガを馬鹿にしていたが、必要な知識が得られ、読む人の興味を引き出すことになるなら、マンガでも、本でも同じではないだろうか。

28 ①恥ずかしくないのかな、と思ったのはなぜか。

1 日本の子どもたちはマンガしか読まないから

2 日本の大人たちはマンガしか読まないから

3 大人が電車の中でマンガを夢中で読んでいるから

4 日本人はマンガが好きだと知らなかったから

29 どんなことを②しっかりチェックしているのか。

1 そのマンガが、おもしろいかどうか

2 そのマンガの内容が正しいかどうか

3 そのマンガが授業で使われるかどうか

4 そのマンガが役に立つかどうか

30 この文章を書いた人は、マンガについて、どう思っているか。

1 マンガはやはり、子どもが読むものだ。

2 暇なときに読むのはよい。

3 むしろ、本より役に立つものだ。

4 本と同じように役に立つものだ。

（2）

　　最近、パソコンやケータイのメールなどを使ってコミュニケーションをすることが多く、はがきは、年賀状ぐらいしか書かないという人が多くなったそうだ。私も、メールに比べて手紙やはがきは面倒なので、特別な用事のときしか書かない。

　　ところが、昨日、友人からはがきが来た。最近、手紙やはがきをもらうことはめったにないので、なんだろうと思ってどきどきした。見てみると、「やっと暖かくなったね。庭の桜が咲きました。近いうちに遊びに来ない？　待っています。」と書いてあった。なんだか、すごく嬉しくて、すぐにも遊びに行きたくなった。

　　私は、今まで、手紙やはがきは形式をきちんと守って書かなければならないと思って、①ほとんど書かなかったが、②こんなはがきなら私にも書けるのではないだろうか。長い文章を書く必要も、形式にこだわる必要もないのだ。おもしろいものに出会ったことや近況のお知らせ、小さな感動などを、思いつくままに軽い気持ちで書けばいいのだから。

　　私も、これからは、はがきをいろいろなことに利用してみようと思う。

31 「私」は、なぜ、これまで手紙やはがきを①<u>ほとんど書かなかっ</u><u>た</u>か。正しくないものを一つえらべ。

1 パソコンやケータイのメールのほうが簡単だから

2 形式を重視して書かなければならないと思っていたから

3 改まった用事のときに書くものだと思っていたから

4 簡単な手紙やはがきは相手に対して失礼だと思っていたから

32 ②<u>こんなはがき</u>、とは、どんなはがきを指しているか。

1 形式をきちんと守って書く特別なはがき

2 特別な人にきれいな字で書くはがき

3 急な用事を書いた急ぎのはがき

4 ちょっとした感動や情報を伝える気軽なはがき

33 「私」は、はがきに関してこれからどうしようと思っているか。

1 特別な人にだけはがきを書こうと思っている。

2 いろいろなことにはがきを利用しようと思っている。

3 はがきとメールを区別したいと思っている。

4 メールをやめてはがきだけにしたいと思っている。

Track007

つぎの文章を読んで、質問に答えなさい。答えは、1・2・3・4から最もよいものを一つえらびなさい。

　朝食は食べたほうがいい、食べるべきだということが最近よく言われている。その理由として、主に「朝食をとると、頭がよくなり、仕事や勉強に集中できる」とか、「朝食を食べないと太りやすい」などと言われている。本当だろうか。

　初めの理由については、T大学の教授が、20人の大学院生を対象にして①実験を行ったそうだ。それによると、「授業開始30分前までに、ゆでたまごを一個朝食として食べるようにためしてみたが、発表のしかたや内容が上手になることはなく、ゆでたまごを食べなくても、発表の内容が悪くなることもなかった。」ということだ。したがって、朝食を食べると頭がよくなるという効果は期待できそうにない。

　②あとの理由については、確かに朝早く起きる人が朝食を抜くと昼食を多く食べすぎるため、太ると考えられる。しかし、何かの都合で毎日遅く起きるために一日2食で済ませていた人が、無理に朝を食べるようにすれば逆に当然太ってしまうだろう。また、脂質とでんぷん質ばかりの外食が続くときも、その上朝食をとると太ってしまう。つまり、朝食はとるべきだと思い込んで無理に食べることで、③体重が増えてしまうこともあるのだ。

　　確かに、朝食を食べると脳と体が目覚め、その日のエネルギーがわいてくるということは言える。しかし、朝食を食べるか食べないかは、その人の生活パターンによってちがっていいし、その日のスケジュールによってもちがっていい。午前中に重い仕事がある時は朝食をしっかり食べるべきだし、前の夜、食べ過ぎた時は、野菜ジュースだけでも十分だ。早く起きて朝食をとるのが理想だが、朝食は食べなければならないと思い込まず、自分の体にいちばん合うやり方を選ぶのがよいのではないだろうか。

34 　この①実験では、どんなことがわかったか。

1　ゆでたまごだけでは、頭がよくなるかどうかはわからない。

2　朝食を食べると頭がよくなるとは言えない。

3　朝食としてゆでたまごを食べると、発表の仕方が上手になる。

4　朝食を抜くと、エネルギー不足で倒れたりすることがある。

35 　②あとの理由 は、どんなことの理由か。

1　朝食を食べると頭がよくなるから、朝食は食べるべきだという理由

2　朝食を抜くと太るから、朝食はとるべきだという理由

3　朝早く起きる人は朝食をとるべきだという理由

4　朝食を食べ過ぎるとかえって太るという理由

36 ③体重が増えてしまうこともあるのはなぜか。

1 外食をすると、脂質やでんぷん質が多くなるから

2 一日三食をバランスよくとっているから

3 朝食をとらないといけないと思い込み無理に食べるから

4 お腹がいっぱいでも無理に食べるから

37 この文章の内容と合っているのはどれか。

1 朝食をとると、太りやすい。

2 朝食は、必ず食べなければならない。

3 肉体労働をする人だけ朝食を食べればよい。

4 朝食を食べるか食べないかは、自分の体に合わせて決めればよい。

言語知識・讀解

第1回　もんだい7　模擬試題

Track008

つぎのページは、あるショッピングセンターのアルバイトを集めるための広告である。これを読んで、下の質問に答えなさい。答えは、1・2・3・4から最もよいものを一つえらびなさい。

38 留学生のコニンさん（21歳）は、日本語学校で日本語を勉強している。授業は毎日9時〜12時までだが、火曜日と木曜日はさらに13〜15時まで特別授業がある。土曜日と日曜日は休みである。学校からこのショッピングセンターまでは歩いて5分かかる。

　コニンさんができるアルバイトは、いくつあるか。

1　一つ

2　二つ

3　三つ

4　四つ

39 アルバイトがしたい人は、まず、何をしなければならないか。

1　8月20日までに、履歴書をショッピングセンターに送る。

2　一週間以内に、履歴書をショッピングセンターに送る。

3　8月20日までに、メールか電話で、希望するアルバイトの種類を伝える。

4　一週間以内に、メールか電話で、希望するアルバイトの種類を伝える。

さくらショッピングセンター

アルバイトをしませんか？
締め切り…8月20日！

【資格】18歳以上の男女。高校生不可。

【応募】メールか電話で応募してください。その時、希望する仕事の種類をお知らせください。

面接は、応募から一週間以内に行います。写真をはった履歴書※をお持ち下さい。

【連絡先】Email：sakuraXXX@sakura.co.jp か、

電話：03-3818-XXXX　　　（担当：竹内）

仕事の種類	勤務時間	曜日	時給
レジ係	10:00 ～ 20:00 （4時間以上できる方）	週に5日以上	900円
サービスカウンター	10:00 ～ 19:00	木・金・土・日	1000円
コーヒーショップ	14:00 ～ 23:00 （5時間以上できる方）	週に4日以上	900円
肉・魚の加工	8:00 ～ 17:00	土・日を含み、4日以上	850円
クリーンスタッフ（店内のそうじ）	5:00 ～ 7:00	3日以上	900円

※　履歴書…その人の生まれた年や卒業した学校などを書いた書類。就職するときなどに提出する。

我的閱讀筆記本

問題四　翻譯與題解

第4大題　請閱讀以下（1）至（4）的文章，然後回答問題。答案請從1、2、3、4之中挑出最適合的選項。

ヘッドフォンで音楽を聞きながら作業をすると集中できる、という人が多い。その理由をたずねると、まわりがうるさい環境で仕事をしているような時でも、音楽を聞くことによって、うるさい音や自分に関係のない話を聞かずにすむし、じゃまをされなくてすむからだという。最近では、ヘッドフォンをつけて仕事をすることを認めている会社もある。

しかし、実際に調査を行った結果、ヘッドフォンで音楽を聞くことによって集中力が上がるというデータは、ほとんど出ていないという。また、ヘッドフォンを聞きながら仕事をするのは、オフィスでの作法やマナーに反すると考える人も多い。

文章を深く読み解いて、言葉の美しさを味わおう。

24 調査は、どんな調査か。

1 うるさい環境で仕事をすることによって、集中力が下がるかどうかの調査

2 ヘッドフォンで音楽を聞くことで、集中力が上がるかどうかの調査

3 不要な情報を聞くことで集中力が下がるかどうかの調査

4 好きな音楽と嫌いな音楽の、どちらを聞けば集中できるかの調査

_____翻譯

許多人認為，在工作時戴上耳機聆聽音樂可以提升專注力。當詢問其原因時，他們表示，即使身處喧囂的工作環境，音樂能幫助他們隔絕嘈雜聲響及無關緊要的談話，從而避免受到干擾。近年來，已經有一些公司允許員工在工作時佩戴耳機。

然而，根據實際調查結果，通過耳機聆聽音樂以提高專注力的證據並不多見。此外，亦有不少人認為，在工作中使用耳機聽音樂，有違辦公室的禮儀與規範。

[24] 所謂調查，具體探討的是什麼問題呢？

1 調查在嘈雜環境下工作是否會降低專注力。
2 調查通過耳機聆聽音樂是否能夠提升專注力。
3 調查接收無關緊要信息是否會降低專注力。
4 調查在聆聽喜歡的音樂與不喜歡的音樂時，哪種情況更能集中注意力。

題型解題訣竅

這道題目屬於「因果關係題（因果関係問題）」。

題目描述 1.

這道題目要求讀者閱讀一段關於在工作中，使用耳機聽音樂是否會提高集中力的文章，並根據內容選擇正確的調查類型。

文章內容 2.

文章首先描述了人們認為耳機聽音樂有助於集中力的常見理由，但隨後提出了一個關鍵點，即實際調查顯示，聽音樂是否能提高集中力的數據並不多。

問題類型 3.

題目問「調査は、どんな調査か」（所謂調查，具體探討的是什麼問題呢），這題屬於因果關係題（因果関係問題），因為它要求考生理解文章中描述的現象（聽音樂）與其潛在結果（集中力提升）之間的關係，並選擇正確的調查描述。

關鍵詞語 4.

「ヘッドフォンで音楽を聞く」指動作及其效果；「集中力が上がる」、「データはほとんどない」強調否定句；「調査を行った結果」指調查目的和結果；「どんな調査か」問具體內容。「～かどうか」是條件表現。

Question 問題

24 調査は、どんな調査か。
[24] 所謂調查，具體探討的是什麼問題呢？

答案：**2**

選項 1 うるさい環境で仕事をすることによって、集中力が下がるかどうかの調査（調查吵雜環境是否導致集中力下降）

錯誤原因 此選項的焦點是吵雜環境是否會導致集中力下降，與文章實際描述的調查不符。文章調查的是聽音樂是否提高集中力，而非環境噪音的影響。

關鍵句子 ヘッドフォンで音楽を聞くことで、集中力が上がるかどうかの調査。

選項 2 ヘッドフォンで音楽を聞くことで、集中力が上がるかどうかの調査（調查戴耳機聽音樂是否提高集中力）

正確原因 文章明確指出實際進行的調查是，關於戴耳機聽音樂是否能提高集中力，與此選項直接相關。

關鍵句子 へしかし、実際に調査を行った結果、ヘッドフォンで音楽を聞くことによって集中力が上がるというデータは、ほとんど出ていないという。

選項 3 不要な情報を聞くことで集中力が下がるかどうかの調査（調查聽到不必要的信息是否降低集中力）

錯誤原因 選項描述的調查重點是「不必要信息」對集中力的影響，而文章重點在於聽音樂對集中力的影響，並非不必要信息的干擾。

選項 4 好きな音楽と嫌いな音楽の、どちらを聞けば集中できるかの調査（調查喜歡的和不喜歡的音樂，哪種更有助於集中力）

錯誤原因 選項探討了音樂類型的偏好對集中力的影響，但文章並沒有討論音樂喜好的差異，只是一般地探討了聽音樂的行為。

問題四　翻譯與題解

第 4 大題　請閱讀以下（1）至（4）的文章，然後回答問題。答案請從 1、2、3、
4 之中挑出最適合的選項。

変温動物※1である魚は、氷がはる
ような冷たい水の中では生きていけない。
では、冬、寒くなって池などに氷がはっ
たとき、魚はどこにいるのだろう。実は、
水の底でじっとしているのだ。

　気体や液体には、温度の高いものが上
へ、低いものが下へ行くという性質がある
ので、水の底は水面より水温が低いはずで
ある。それなのに、魚たちは、なぜ水の底
にいるのだろう。実は、<u>水というのは変
わった物質</u>で、他の液体や気体と同様、冷
たい水は下へ行くのだが、ある温度より下
がると、反対に軽くなるのだそうだ。そ
の温度が、4℃つまり、水温がぐっと下が
ると、4℃の水が一番重く、もっと冷たい
水はそれより軽いということである。冬、
水面に氷　がはるようなときも、水の底に
は 4℃という温　かい水があることを、
魚たちは本能※2として知っているらしい。

※1 変温動物…まわりの温度によって体温
　　が変わる動物。
※2 本能…動物が生まれたときから自然に
　　持っているはたらき。

文章を深く読み解いて、言葉の美しさを味わおう。

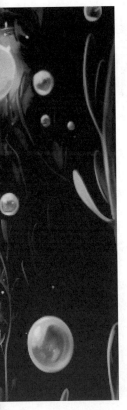

25

水というのは変わった物質 とあるが、どんなことが変わっているのか。

1 冬、気温が下がり寒くなると水面がこおること

2 温かい水は上へ、冷たい水は下へ行くこと

3 冷たい水は重いが、4℃より下がると逆に軽くなること

4 池の表面がこおるほど寒い日は、水は0℃以下になること

翻譯

變溫動物※1的魚類無法在結冰的冷水中生存。那麼,冬天當池塘等水域結冰時,魚會去哪裡呢?其實,牠們會靜靜地待在水底。

根據氣體和液體的性質,溫度較高的部分會上升,而溫度較低的部分會下沉,因此水底的水溫理應低於水面。然而,魚為何還是選擇在水底呢?事實上,水是一種特殊的物質,雖然與其他液體和氣體相似,冷水通常會下沉,但當溫度降至某一臨界值時,水反而變得輕了。這個臨界溫度為 4℃,也就是説,當水溫驟降至 4℃時,這時的水最為沉重,而更冷的水反而比 4℃的水輕。因此,即使冬天水面結冰,水底依然存在 4℃的溫暖水層,而魚類似乎是本能地※2知道這一點。

※1 變溫動物:指體溫隨環境溫度變化的動物。

※2 本能:指動物自出生以來自然具備的能力。

[25] 文中提到水是一種特殊的物質,究竟它的特性是什麼呢?

1 冬天氣溫下降變冷時,水面會結冰。

2 溫水上升,冷水下沉。

3 冷水通常較重,但當溫度低於 4℃時反而變輕。

4 在寒冷到池塘表面結冰的日子裡,水溫會降至℃以下。

題型解題訣竅

這道題目屬於「細節題（詳細理解問題）」。

題目描述　1.

題目要求考生根據文章中的描述，選擇出正確的答案來解釋「水というのは変わった物質」（水是一種特殊的物質）所指的具體內容。

文章內容　2.

文章描述了變溫動物魚類如何在冬季寒冷的條件下生存，尤其是在池塘結冰的情況下。文中提到，水作為一種特殊的物質，當溫度降至 4℃時，水達到最大密度，而低於 4℃的水反而變得較輕。因此，即使在水面結冰時，池塘底部仍保持著 4℃的溫暖水層，這使得魚類能夠在這種相對溫暖的環境中生存。

問題類型　3.

題目要求考生從選項中挑選出與文章內容一致的細節。這是一種典型的細節理解問題，因為它要求考生精確地理解文章中的某一個細節（即水的特殊物理性質），並根據這個理解來選擇正確的答案。

關鍵詞語　4.

「変温動物」、「氷がはる」描述魚類環境；「水は特殊な物質」、「冷たい水は下へ行くが、4℃より下がると軽くなる」解釋水的特性；「水温がぐっと下がると」暗示選項 3 正確。「～が、～と」是轉折語。

Question 問題

25 水というのは変わった物質 とあるが、どんなことが変わっているのか。

 答案：**3**

[25] 文中提到水是一種特殊的物質，究竟它的特性是什麼呢？

選項 1 冬、気温が下がり寒くなると水面がこおること（冬天氣溫下降變冷時，水面會結冰）

錯誤原因 這個選項描述了冬天氣溫下降時水面結冰的現象，這是一般現象，而非水的「変わった物質」的特殊性質。文章重點強調了水在 4°C 以下的奇特行為，而非結冰的過程。

關鍵句子 水の底には 4℃ という温かい水がある。

選項 2 温かい水は上へ、冷たい水は下へ行くこと（溫水上升，冷水下沉）

錯誤原因 雖然這是一般的物理現象，但文章提到水在 4°C 以下會變輕的特性，這才是水作為「変わった物質」的特殊性質。這個選項只提到一般情況下溫水上升、冷水下沉，並未觸及水的特殊性質，因此不是正確答案。

關鍵句子 冷たい水は下へ行くのだが、ある温度より下がると、反対に軽くなる。

選項 3 冷たい水は重いが、4℃ より下がると逆に軽くなること（冷水通常較重，但當溫度低於 4°C 時反而變輕）

正確原因 這個選項正確描述了文章中提到的水的特殊性質：當溫度低於 4°C 時，水反而變輕，這與其他液體的行為相反。這是文章強調的水作為「変わった物質」的特殊特性，因此選項 3 是正確答案。

關鍵句子 冷たい水は下へ行くのだが、ある温度より下がると、反対に軽くなる。

選項 4 池の表面がこおるほど寒い日は、水は 0℃ 以下になること（在寒冷到池塘表面結冰的日子裡，水溫會降至℃以下）

錯誤原因 這個選項錯誤地描述了水的物理性質。文章提到的是水在接近 0°C 時結冰，但水本身在液態時不會低於 0°C。水的特性並不包括液態狀態下的溫度低於 0°C，因此這個選項是不正確的。

關鍵句子 水の底には 4℃ という温かい水があることを、魚たちは本能として知っているらしい。

問題四　翻譯與題解

第 4 大題　請閱讀以下（1）至（4）的文章，然後回答問題。答案請從 1、2、3、4 之中挑出最適合的選項。

秋元さんの机の上に、西田部長のメモがおいてある。
（あき）（もと）　　　（つくえ）（うえ）　　（にし だ ぶ ちょう）

秋元さん、
（あきもと）

　お疲れさまです。
　（つか）

　コピー機が故障したので山川 OA サービ
　　　（き）（こ しょう）　　　　（やまかわ）
スに修理をたのみました。
　（しゅう り）

　電話をして、秋元さんの都合に合わせて来
　（でん わ）　　　（あきもと）　　（つ ごう）　（あ）（き）
てもらう時間を決めてください。
　　　（じ かん）（き）

　コピー機がなおったら、会議で使う資料
　　　　（き）　　　　　（かい ぎ）（つか）（し りょう）
を、人数分コピーしておいてください。
　（にん ずう ぶん）

　資料は、Aのファイルに入っています。
　（し りょう）　　　　　　　（はい）

　コピーする前に内容を確認してくださ
　　　　（まえ）（ない よう）（かく にん）
い。

　　　　　　　　　　　　　　　　　　西田
　　　　　　　　　　　　　　　　　（にし だ）

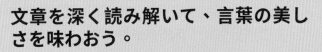

文章を深く読み解いて、言葉の美しさを味わおう。

 秋元さんが、しなくてもよいことは、下
あきもと　　　　　　　　　　　　　　　　　　　　　　　　した
のどれか。

1 山川OAサービスに、電話をすること
　やまかわ　　　　　　　でんわ
2 修理が終わったら、西田部長に報告をすること
　しゅうり　お　　　　　にしだぶちょう　ほうこく
3 資料の内容を、確認すること
　しりょう　ないよう　　かくにん
4 資料を、コピーしておくこと
　しりょう

大 _____翻譯

秋 元小姐的桌上放著西田部長的一張便條。

秋元小姐，

　　辛苦了。

　　因為複印機故障，我已經聯繫了山川OA服務中心進行維修。請根據你的時間安排，打電話與他們協商一個方便的時間上門維修。

　　複印機修好後，請將會議所需的資料按人數複印好。資料已放在A檔案夾中。

　　複印前，請務必確認內容。

　　　　　　　　　　　　　　　　　西田

[26] 以下哪項工作是秋元小姐不需要執行的？
1 打電話給山川OA服務中心。
2 修理結束後，向西田部長報告。
3 確認資料內容。
4 複印好資料。

題型解題訣竅

這道題目屬於「正誤判斷題（正誤判斷問題）」。

題目描述 1.

題目要求考生判斷在西田部長的指示中，秋元小姐不需要執行的任務是什麼。這是典型的正誤判斷題，因為它要求考生判斷四個選項中哪一個是不正確的或不必要的。

文章內容 2.

在西田部長留下的備忘錄中，明確指示了秋元小姐需要完成的幾個任務，包括打電話給山川 OA 服務中心安排修理時間，修理後要複印會議資料，以及在複印前確認資料內容。但文章中並沒有提到修理完成後需要向西田部長報告。

問題類型 3.

這個題目要求考生仔細閱讀備忘錄，並根據其中的信息來判斷哪一項是秋元小姐不需要做的，這與正誤判斷題的特徵非常吻合。選項 2 提到的「報告修理完成情況」未在備忘錄中提及，屬於不必要的工作，因此該題為典型的正誤判斷題。

關鍵詞語 4.

「コピー機が故障」、「修理を依賴」是背景；「秋元さんの都合に合わせて」表示安排；「コピー前に內容確認」是指示。「しなくてもよいこと」是關鍵語。理解這些詞組的意圖和指示，有助於排除不必要的選項。

 問題

26 秋元さんが、しなくてもよいことは、下のどれか。

 答案：**2**

[26] 以下哪項工作是秋元小姐不需要執行的？

選項1 山川 OA サービスに、電話をすること（打電話給山川 OA 服務中心）

錯誤原因 備忘錄中明確指示秋元小姐需要打電話給山川 OA 服務中心安排修理時間，因此這是秋元小姐需要做的事情，並非正確答案。

關鍵句子 電話をして、秋元さんの都合に合わせて来てもらう時間を決めてください。

選項2 修理が終わったら、西田部長に報告をすること（修理結束後，向西田部長報告）

正確原因 備忘錄中並未要求秋元小姐在修理完成後，需向西田部長報告，這是多餘的動作，因此這是秋元小姐不需要做的事情，為正答案。

選項3 資料の内容を、確認すること（確認資料內容）

錯誤原因 備忘錄中明確要求秋元小姐在複印資料前先確認內容，因此這是秋元小姐需要做的事情，並非正確答案。

關鍵句子 コピーする前に内容を確認してください。

選項4 資料を、コピーしておくこと（複印好資料）

錯誤原因 備忘錄中指示秋元小姐在複印機修好後，複印會議資料，因此這是秋元小姐需要做的事情，並非正確答案。

關鍵句子 コピー機がなおったら、会議で使う資料を、人数分コピーしておいてください。

問題四　翻譯與題解

第4大題　請閱讀以下（1）至（4）的文章，然後回答問題。答案請從1、2、3、4之中挑出最適合的選項。

は、山川さんに届いたメールである。

あて先：jlpt1127. kukaku@group. co. jp
件名：製品について
送信日時：2020 年 7 月 26 日

:::

前田化学

営業部　山川様

　いつもお世話になっております。

　昨日は、新製品「スラーインキ」についての説明書をお送りいただき、ありがとうございました。くわしいお話をうかがいたいので、一度おいでいただけないでしょうか。現在の「グリードインキ」からの変更についてご相談したいと思います。どうぞよろしくお願いいたします。

新日本デザイン
鈴木

文章を深く読み解いて、言葉の美しさを味わおう。

27 このメールの内容について、正しいのはどれか。

1 前田化学の社員は、新日本デザインの社員に新しい製品の説明書を送った。

2 新日本デザインは、新しい製品を使うことをやめた。

3 新日本デザインは、新しい製品を使うことにした。

4 新日本デザインの社員は、前田化学に行って、製品の説明をする。

翻譯

以下是寄給山川先生的一封電子郵件。

收件人：jlpt1127.kukaku@group.co.jp
主旨：關於產品
發送日期：2020 年 7 月 26 日

::

前田化學
營業部 山川先生
　　感謝您一如既往的關照。

　　感謝您昨日寄來有關新產品「順滑墨水」的説明書。我們希望能進一步了解相關詳情，不知您是否能抽空蒞臨拜訪？同時，我們也希望就現行使用的「飽滿墨水」變更事宜進行商討。懇請您賜予寶貴的指導。敬請垂注。

新日本設計

鈴木

[27] 關於這封郵件的內容，以下哪一項是正確的？
1 前田化學的員工寄送了新產品的説明書給新日本設計的員工。
2 新日本設計決定不再使用新產品。
3 新日本設計決定使用新產品。
4 新日本設計的員工將前往前田化學進行產品説明。

題型解題訣竅

這道題目屬於「正誤判斷題（正誤判斷問題）」。

題目描述 1.

題目要求考生從四個選項中選擇出與電子郵件內容相符的正確選項。這是典型的正誤判斷題，因為它需要考生根據提供的文本來判斷哪個選項與文本內容一致，哪個選項是不正確的。

文章內容 2.

電子郵件的內容是新日本設計的鈴木，向前田化學的山川表示感謝，並提到他們希望進一步了解新產品「順滑墨水」，因此邀請山川進行更詳細的討論。郵件中提到的是關於從現有產品「飽滿墨水」向新產品的過渡問題，但並沒有表示已經決定不使用或使用新產品，也沒有提到誰會前往哪裡進行說明。

問題類型 3.

在這道題中，考生需要從郵件內容中找出正確的資訊，並對比選項中的敘述。這個過程需要考生仔細閱讀郵件內容，並理解每個選項的含義，然後根據郵件中的具體資訊來判斷哪個選項是正確的。這與正誤判斷題的特徵非常吻合。

關鍵詞語 4.

「新製品説明書」顯示主題；「ありがとうございました」確認行為；「おいでいただけないでしょうか」是邀請；「変更のご相談」表明討論內容。「正しいのはどれか」是關鍵語。

uestion 問題

27 このメールの内容について、正しいのはどれか。

答案：**1**

[27] 關於這封郵件的內容，以下哪一項是正確的？

選項 1 前田化学の社員は、新日本デザインの社員に新しい製品の説明書を送った（前田化學的員工寄送了新產品的說明書給新日本設計的員工）

正確原因 郵件中明確提到山川（前田化學的員工）已經將新產品「順滑墨水」的說明書寄給了鈴木（新日本設計的員工），這完全符合郵件中的描述，因此這是正確答案。

關鍵句子 昨日は、新製品「スラーインキ」についての説明書をお送りいただき、ありがとうございました。

選項 2 新日本デザインは、新しい製品を使うことをやめた（新日本設計決定不再使用新產品）

錯誤原因 郵件中並未提到新日本設計決定不使用新產品，反而表現出希望進一步討論的意向，因此這個選項是不正確的。

選項 3 新日本デザインは、新しい製品を使うことにした（新日本設計決定使用新產品）

錯誤原因 郵件中沒有提到新日本設計已經決定使用新產品，只提到希望進一步討論從「飽滿墨水」更換到新產品「順滑墨水」的事宜，因此這個選項是不正確的。

選項 4 新日本デザインの社員は、前田化学に行って、製品の説明をする（新日本設計的員工將前往前田化學進行產品說明）

錯誤原因 郵件中提到的是邀請山川（前田化學的員工）來新日本設計進行進一步討論，而不是新日本設計的員工前往前田化　，因此這個選項是不正確的。

關鍵句子 くわしいお話をうかがいたいので、一度おいでいただけないでしょうか。

053

問題五　翻譯與題解

第5大題　請閱讀以下（1）至（4）的文章，然後回答問題。答案請從1、2、3、4之中挑出最適合的選項。

日本では、電車の中で、子どもたちはもちろん大人もよくマンガを読んでいる。私の国では見られない姿だ。日本に来たばかりの時は私も驚いたし、①恥ずかしくないのかな、と思った。大人の会社員が、夢中でマンガを読んでいるのだから。

しかし、しばらく日本に住むうちに、マンガはおもしろいだけでなく、とても役に立つことに気づいた。今まで難しいと思っていたことも、マンガで読むと分かりやすい。特に、歴史はマンガで読むと楽しい。それに、マンガといっても、本屋で売っているような歴史マンガは、専門家が内容を②しっかりチェックしているそうだし、それを授業で使っている学校もあるということだ。

私は高校生の頃、歴史にまったく関心がなく成績も悪かったが、日本で友だちから借りた歴史マンガを読んで興味を持ち、大学でも歴史の授業をとることにした。

私自身、以前はマ

ンガを馬鹿にしていたが、必要な知識が得られ、読む人の興味を引き出すことになるなら、マンガでも、本でも同じではないだろうか。

28 ①恥ずかしくないのかな、と思ったのはなぜか。

1 日本の子どもたちはマンガしか読まないから

2 日本の大人たちはマンガしか読まないから

3 大人が電車の中でマンガを夢中で読んでいるから

4 日本人はマンガが好きだと知らなかったから

——翻譯

在日本，無論是孩子還是成年人，經常可以在電車上看到他們專注地閱讀漫畫。在我的國家，這樣的景象是難以想像的。剛到日本的時候，我也感到非常驚訝，甚至①心想：「他們難道不會覺得尷尬嗎？」畢竟，連那些穿著正裝的上班族大人們也沉浸在漫畫的世界中。

然而，隨著我在日本生活的日子一天天過去，我逐漸發現，漫畫不僅僅是趣味讀物，更是非常實用的學習工具。那些曾經讓我感到困難的知識，透過漫畫的呈現，變得清晰易懂。尤其是歷史，用漫畫來讀竟然如此有趣。此外，我還了解到，在書店裡出售的歷史漫畫，內容都經過專家的②嚴格審核，甚至有學校把它們用作教學材料。

回想起高中時代，我對歷史毫無興趣，成績也因此不理想。但在日本，當我讀了朋友借給我的歷史漫畫後，忽然對歷史產生了濃厚的興趣，甚至在大學裡選修了歷史課程。過去，我對漫畫嗤之以鼻，但如今我認為，只要能夠獲取知識、引發讀者的興趣，不論是漫畫還是書籍，其實並無二致。

[28] ①為什麼會覺得：「他們難道不會覺得尷尬嗎？」

1 因為日本的孩子們只看漫畫。
2 因為日本的成年人只看漫畫。
3 因為成年人在電車裡全神貫注地看漫畫。
4 因為不知道日本人喜歡漫畫。

題型解題訣竅

這道題目屬於「細節題（詳細理解問題）」。

題目描述

● 題目要求考生根據文章內容，選擇出對應「①恥ずかしくないのかな、と思った」（他們難道不會覺得尷尬嗎）這句話的正確解釋。這是一種典型的細節理解問題，因為它需要考生從文章中找出具體的信息來回答問題。

文章內容

● 文章中描述了作者對日本人在電車上讀漫畫的觀察與感受。作者在剛到日本時，對於大人們在電車上專注於閱讀漫畫感到驚訝，甚至覺得這樣做是否會讓他們感到「恥ずかしい」（尷尬）。這種驚訝的感覺來自於作者在自己的國家中，不常見到成年人閱讀漫畫的情景。

問題類型

● 題目要求考生根據文章中提供的具體細節來回答「①恥ずかしくないのかな、と思ったのはなぜか」的具體原因。文章中提到作者驚訝於日本的大人會在電車上專注地讀漫畫，並因此感到困惑和羞恥。因此，考生需要理解這一特定情境和作者的細節感受。

關鍵詞語

● 「電車の中で」指場景；「子どもも大人も」表明行為者；「夢中でマンガを読む」揭示行為；「恥ずかしくないのかな」傳達驚訝和文化衝擊。「思った」是主觀表達。

uestion 問題

28 ①恥ずかしくないのかな、と思ったのはなぜか。

答案：**3**

[28] ①為什麼會覺得「他們難道不會覺得尷尬嗎？」

選項1〉 日本の子どもたちはマンガしか読まないから（因為日本的孩子們只看漫畫）

錯誤原因 這個選項提到的是孩子，但文章中提到作者感到驚訝的對象是「大人」，不是孩子。因此這個選項不符合問題的背景，也無法解釋作者為何覺得成年人讀漫畫會「恥ずかしい」（尷尬）。

關鍵句子〉 大人が、夢中でマンガを読んでいる。

選項2〉 日本の大人たちはマンガしか読まないから（因為日本的成年人只看漫畫）

錯誤原因 這個選項使用了「しか～ない」（只有）這種排除性的表達方式，但文章並沒有表明日本的成年人「只」讀漫畫，僅強調他們在公共場所如電車上專注閱讀漫畫，因此這個選項是不正確的。

選項3〉 大人が電車の中でマンガを夢中で読んでいるから（因為成年人在電車裡全神貫注地看漫畫）

正確原因 這個選項正確地反映了作者的感受，因為文章中提到作者驚訝於成年人在電車上專注於閱讀漫畫，並因此感到驚訝和好奇他們是否感到「恥ずかしい」。

關鍵句子〉 大人の会社員が、夢中でマンガを読んでいるのだから。

選項4〉 日本人はマンガが好きだと知らなかったから（因為不知道日本人喜歡漫畫）

錯誤原因 這個選項雖然提到漫畫，但作者的驚訝與「不知道日本人喜歡漫畫」無關，而是與成年人在公共場合閱讀漫畫的行為有關。

關鍵句子〉 文章的重點是「大人がマンガを読んでいること」，而非「知らなかったこと」。

題型解題訣竅

這道題目屬於「細節題（詳細理解問題）」。

題目描述

● 題目要求考生根據文章內容，選擇出對應「②しっかりチェックしている」（仔細檢查）這句話的正確解釋。這是一個典型的細節理解問題，因為它要求考生找到並理解文章中特定部分的信息。

文章內容

● 文章中提到，雖然漫畫在日本非常普遍，但一些歷史漫畫是由專家「しっかりチェック」（仔細檢查）後才出版的。這裡的「しっかりチェック」強調的是漫畫內容的準確性和正確性，而不是其他方面。

問題類型

● 題目要求考生根據文章中的具體內容回答「どんなことを②しっかりチェックしているのか」。文章明確提到，書店裡賣的歷史漫畫是由專家對其「内容の正しさ」進行嚴格檢查的。考生需要從文中找到這一具體細節信息。

關鍵詞語

● 首先，「しっかりチェックしている」暗示檢查的嚴謹性；其次，「内容」是檢查的對象；還需注意條件表現的「正しいかどうか」，這說明檢查的目的是確認正確性。

uestion 問題

29 どんなことを②しっかりチェックしているのか。

答案：**2**

[29] 他們在②仔細檢查哪些方面呢？

選項1 そのマンガがおもしろいかどうか（這本漫畫是否有趣）

錯誤原因 這個選項提到漫畫的趣味性，但文章中沒有提到專家會檢查漫畫是否有趣。文章重點在於漫畫內容的正確性和教育用途，而非其娛樂價值。

關鍵句子 「専門家が内容をしっかりチェックしているそうだし」沒有提到「おもしろいかどうか」。

選項2 そのマンガの内容が正しいかどうか（這本漫畫的內容是否正確）

正確原因 這個選項正確描述了文章中的重點。文章提到，漫畫（尤其是歷史漫畫）的內容經過專家仔細檢查以確保其準確性。

關鍵句子 本屋で売っているような歴史マンガは、専門家が内容をしっかりチェックしているそうだし。

選項3 そのマンガが授業で使われるかどうか（這本漫畫是否會用於課堂教學）

錯誤原因 這個選項提到漫畫是否在課堂上使用，但這並不是專家進行「しっかりチェック」的目的。文章只是說明有些學校在課堂上使用漫畫，並非專家檢查的重點。

關鍵句子 「それを授業で使っている学校もあるということだ」這句話只是說明事實，並沒有提到「しっかりチェック」的內容。

選項4 そのマンガが役に立つかどうか（這本漫畫是否有實用價值）

錯誤原因 這個選項提到漫畫的實用性，但文章中強調的是漫畫內容的正確性，而非其是否有用。雖然漫畫有教育用途，但這並非「しっかりチェック」的主要內容。

關鍵句子 「マンガはおもしろいだけでなく、とても役に立つことに気づいた」說的是漫畫的用途，但「しっかりチェック」的重點是「内容が正しいかどうか」。

題型解題訣竅

這道題目屬於「推斷題（推論問題）」。

題目描述

● 題目要求考生推斷文章作者對漫畫的看法，並從選項中選擇最適合的答案。這屬於推斷題，因為它需要考生根據文章中作者的語氣、表達和背景信息來推測作者的態度或意見，而不僅僅是直接從文中找到答案。

文章內容

● 作者起初對成年人閱讀漫畫感到驚訝，並存有疑慮。後來他改變了看法，認為漫畫不僅有趣，還能有效傳達知識，甚至在某些方面可媲美書籍。作者承認自己曾輕視漫畫，但最終理解到漫畫和書籍在傳遞知識與引起興趣方面具有相同價值。

問題類型

● 題目要求考生根據文章內容推斷作者對漫畫的態度。文章中提到作者從最初對大人看漫畫的驚訝和疑惑，轉變為認識到漫畫的實用性，並認為漫畫和書一樣能提供有用的知識，這正是推斷題的特徵。

關鍵詞語

● 「恥ずかしくないのかな」傳達了驚訝和反思；「役に立つことに気づいた」揭示了作者的認識轉變；「マンガでも、本でも同じではないだろうか」用比較句型「〜でも、〜でも同じ」表明作者的最終看法；「役に立つ」是關鍵動詞。

Question 問題

30 この文章を書いた人は、マンガについて、どう思っているか。

答案：**4**

[30] 這篇文章的作者對漫畫持何種看法？

選項1 マンガはやはり、子どもが読むものだ（漫畫畢竟還是給孩子看的東西）

錯誤原因 因為文章強調了作者的觀點變化。最初作者可能認為漫畫是給孩子看的，但隨著經驗的增長，他認識到漫畫不僅僅是兒童的讀物，還有教育功能。因此，這個選項與作者最終的看法不符。

關鍵句子 私自身、以前はマンガを馬鹿にしていたが、必要な知識が得られ、読む人の興味を引き出すことになるなら、マンガでも、本でも同じではないだろうか。

選項2 暇なときに読むのはよい（在閒暇時閱讀是可以的）

錯誤原因 這個選項過於狹隘，沒有反映出作者對漫畫的整體積極評價。作者不僅僅認為漫畫是閒暇時可以讀的書，還認為漫畫有教育價值，能夠使複雜的主題更易於理解。這個選項未能捕捉作者對漫畫的全面看法。

關鍵句子 マンガはおもしろいだけでなく、とても役に立つことに気づいた。

選項3 むしろ、本より役に立つものだ（漫畫反而比書籍更有用）

錯誤原因 這個選項過於誇張，雖然作者肯定了漫畫的價值，但並未表示漫畫比書更有用。作者只是指出漫畫在某些方面（如歷史教育）可能比傳統教科書更具吸引力，但他並未全面比較兩者的效用。

關鍵句子 マンガでも、本でも同じではないだろうか。

選項4 本と同じように役に立つものだ（漫畫和書籍一樣有用）

正確原因 這個選項最符合文章內容，因為作者在最後得出結論，認為漫畫和書籍在傳遞知識和引起興趣方面有相似的價值。這反映了作者對漫畫的全面評價，既看到了漫畫的趣味性，也認識到了其教育功能。

關鍵句子 マンガでも、本でも同じではないだろうか。

問題五　翻譯與題解

第5大題　請閱讀以下（1）至（4）的文章，然後回答問題。答案請從1、2、3、4之中挑出最適合的選項。

最近、パソコンやケータイのメールなどを使ってコミュニケーションをすることが多く、はがきは、年賀状ぐらいしか書かないという人が多くなったそうだ。私も、メールに比べて手紙やはがきは面倒なので、特別な用事のときしか書かない。

ところが、昨日、友人からはがきが来た。最近、手紙やはがきをもらうことはめったにないので、なんだろうと思ってどきどきした。見てみると、「やっと暖かくなったね。庭の桜が咲きました。近いうちに遊びに来ない？待っています。」と書いてあった。なんだか、すごく嬉しくて、すぐにも遊びに行きたくなった。

私は、今まで、手紙やはがきは形式をきちんと守って書かなければならないと思って、①ほとんど書かなかったが、②こんなはがきなら私　にも書けるのではないだろうか。長い文章を書く必要も、形式にこだわる必要もないのだ。おもしろいものに出会ったことや近況のお知らせ、小さな感動など

を、思いつくままに軽い気持ちで書けばいいのだから。

私も、これからは、はがきをいろいろなことに利用してみようと思う。

31

「私」は、なぜ、これまで手紙やはがきを①ほとんど書かなかったか。正しくないものを一つえらべ。

1 パソコンやケータイのメールのほうが簡単だから

2 形式を重視して書かなければならないと思っていたから

3 改まった用事のときに書くものだと思っていたから

4 簡単な手紙やはがきは相手に対して失礼だと思っていたから

翻譯

最近，越來越多的人習慣於使用電腦或手機的電子郵件進行溝通，似乎除了新年賀卡，幾乎沒有人再寫明信片了。我也是，由於覺得與手寫信件或明信片相比電子郵件要麻煩得多，所以通常只有在特殊情況下才會動筆。

然而，就在昨天，我收到了朋友寄來的一張明信片。由於近來幾乎沒有收到過手寫信件或明信片，這讓我不禁心跳加速，充滿期待地打開一看，上面寫著：「天氣終於變暖了，庭院裡的櫻花開了。最近不來玩玩嗎？我們期待著你的到來。」看完這段話，我感到無比的開心，甚至立刻就想去拜訪她。

回想起來，我之所以以前①很少寫信或寄明信片，是因為覺得必須要遵守某種格式，但②像這樣的明信片，我或許也能寫吧？並不需要長篇大論，也不必拘泥於形式，只需將偶然遇見的趣事、近況或一點小小的感動，以輕鬆的心情隨意寫下即可。

從現在開始，我也想試著用明信片來表達更多的事情。

[31]「我」過去為什麼①很少寫信或寄明信片？選出一個不正確的理由。

1 因為使用電腦或手機的電子郵件更簡便。

2 因為覺得必須要遵守某種格式來書寫。

3 因為認為手寫信件只適合正式場合。

4 因為覺得簡單的手寫信或明信片對對方不夠尊重。

題型解題訣竅

這道題目屬於「正誤判斷題（正誤判斷問題）」。

題目描述

● 題目要求考生選擇一個「正しくないもの」（不正確的），即從四個選項中選出一個與文章內容不符的選項。這是一種典型的正誤判斷題，因為它要求考生判斷給出的選項是否符合文章中的信息。

文章內容

● 文章中描述了作者過去不常寫信或明信片的原因，主要包括覺得寫信和明信片需要遵守格式，並且相比於電子郵件來說更麻煩。但文章並未提到作者認為簡單的信件會對對方不禮貌。

問題類型

● 題目要求考生根據文章內容判斷哪個選項不符合文章中提到的「私」的觀點或經歷。文章中提到「私」很少寫信或明信片的原因包括：認為寫信麻煩、格式嚴格、以及只在特殊場合使用。但沒有提到「簡單的信件或明信片會對對方不禮貌」，這與正誤判斷題的特徵非常吻合。

關鍵詞語

● 「形式をきちんと守って書かなければならない」揭示了原因；「特別な用事のときしか書かない」表明行為者的慣例；「簡単な手紙やはがき」是關鍵詞組；「～と思っていた」是表達主觀認識的句型。

 **Question** 問題

31 「私」は、なぜ、これまで手紙やはがきを①ほとんど書かなかったか。正しくないものを一つえらべ。

 答案：**4**

[31]「我」過去為什麼①很少寫信或寄明信片？選出一個不正確的理由。

選項1 パソコンやケータイのメールのほうが簡単だから（因為使用電腦或手機的電子郵件更簡便）

正確原因 這個選項正確反映了文章中的內容。作者提到相比電子郵件，寫信或明信片比較麻煩，這就是他之前不常寫的原因之一。

關鍵句子 メールに比べて手紙やはがきは面倒なので、特別な用事のときしか書かない。

選項2 形式を重視して書かなければならないと思っていたから（因為覺得必須要遵守某種格式來書寫）

正確原因 這個選項正確，因為文章中提到作者認為寫信或明信片需要遵守格式，這讓他覺得麻煩，不常寫信。

關鍵句子 手紙やはがきは形式をきちんと守って書かなければならないと思って、ほとんど書かなかった。

選項3 改まった用事のときに書くものだと思っていたから（因為認為手寫信件只適合正式場合）

正確原因 這個選項也正確。文章中作者提到自己只在特別的場合才寫信或明信片，這表明他認為這些東西是用於正式場合的。

關鍵句子 特別な用事のときしか書かない。

選項4 簡単な手紙やはがきは相手に対して失礼だと思っていたから（因為覺得簡單的手寫信或明信片對對方不夠尊重）

錯誤原因 這個選項不正確，因為文章中沒有提到作者認為簡單的信件會對對方不尊敬。作者只是提到覺得寫信麻煩，並沒有提到寫簡單信件是否失禮。問題問的是「選出一個不正確的理由」，因此這是答案。

題型解題訣竅

這道題目屬於「指示題（指示語問題）」。

題目描述

● 題目要求考生根據上下文理解「②こんなはがき」（像這樣的明信片）所指的是哪種明信片。這是一個典型的指示題，因為它要求考生理解指示詞「こんな」（這樣的）所指代的具體內容。

文章內容

● 文章中提到，作者過去很少寫明信片，因為覺得明信片必須按照正式的格式書寫。但當作者收到朋友的一張明信片後，他發現明信片不一定需要嚴格遵守格式，可以用來傳達簡單的感動或信息。這改變了作者對明信片的看法，使他認為自己也能夠輕鬆地寫這樣的明信片。

問題類型

● 這題要求考生理解指示語「②こんなはがき」的具體含義。文章提到「私」（我）因朋友寄來輕鬆隨意的明信片，覺得自己也能寫這樣的明信片。因此，「こんなはがき」指的是選項4「傳達小感動和信息的輕鬆明信片」。這屬於指示題，需判斷指代對象。

關鍵詞語

● 「こんなはがきなら私にも書ける」的條件句型「～なら」表明作者的認同；「形式にこだわる必要もない」的否定句型「～必要もない」強調隨意性；「思いつくままに」是表達隨意性的慣用表現。「気軽な」是關鍵詞。

uestion 問題

[32] ②像這樣的明信片指的是什麼樣的明信片？

選項1 形式_{けいしき}をきちんと守_{まも}って書_かく特別_{とくべつ}なはがき（形式上嚴格遵守規範的特殊明信片）

錯誤原因 因為「こんなはがき」指的是不需要遵守嚴格格式的明信片。作者提到自己以前認為手寫信件需要遵守格式，但現在他認為不需要如此正式。

關鍵句子 長い文章を書く必要も、形式にこだわる必要もないのだ。

選項2 特別_{とくべつ}な人_{ひと}にきれいな字_じで書_かくはがき（寫給特別的人，字跡工整的明信片）

錯誤原因 因為文章中提到的是傳達簡單信息的明信片，而不是特別的、需要用漂亮字體書寫的明信片。作者強調的是輕鬆和隨意，而非正式性和美觀性。

關鍵句子 長い文章を書く必要も、形式にこだわる必要もないのだ。

選項3 急_{きゅう}な用事_{ようじ}を書_かいた急_{いそ}ぎのはがき（用來傳遞緊急事項的明信片）

錯誤原因 因為文章中強調的是輕鬆地傳達日常感受或信息，而不是緊急事項。作者提到這些明信片可以用來傳達簡單的感動或近況，不需要緊急性。

關鍵句子 おもしろいものに出会ったことや近況のお知らせ、小さな感動などを、思いつくままに軽い気持ちで書けばいいのだから。

選項4 ちょっとした感動_{かんどう}や情報_{じょうほう}を伝_{つた}える気軽_{きがる}なはがき（用來傳遞簡單感動或信息的輕鬆明信片）

正確原因 文章提到，這種明信片可以輕鬆地傳達簡單感動或信息，沒有格式上的要求，也不需要寫長篇大論。這完全符合作者所描述的「こんなはがき」。

關鍵句子 おもしろいものに出会ったことや近況のお知らせ、小さな感動などを、思いつくままに軽い気持ちで書けばいいのだから。

題型解題訣竅

這道題目屬於「推斷題（推論問題）」。

題目描述

● 題目要求考生推斷文章中「私」對於未來使用明信片的打算。這是一種典型的推斷題，因為它需要考生根據文章中提供的信息和作者的態度來推測未來的行動，而不僅僅是直接從文中找到答案。

文章內容

● 文章中，作者描述了收到朋友的明信片後，改變了對明信片的看法，認為明信片不一定需要嚴格的格式，可以輕鬆地傳達簡單的感動或信息。最後，作者提到「これからは、はがきをいろいろなことに利用してみようと思う」，這表明作者打算更廣泛地使用明信片來傳達各種信息，而不再僅限於特別的場合。

問題類型

● 題目要求考生根據文章內容推斷「私」對未來使用明信片的態度。文章最後一句提到「私」計劃將明信片應用於更多不同的場合，表示「私」打算更頻繁且多樣地使用明信片。這道題屬於推斷題，因為它要求考生根據上下文推斷作者的意圖或計劃。

關鍵詞語

● 「はがきをいろいろなことに利用してみようと思う」表明意圖，「～しよう」表示未來的計劃；「形式にこだわる必要もない」強調隨意性；「思いつくままに書けばいい」揭示行動方向。

uestion 問題

33 「私」は、はがきに関してこれからどう
しようと思っているか。

答案: **2**

[33]「我」對於未來如何使用明信片有什麼打算？

選項1 特別な人にだけはがきを書こうと思っている（只給特別的人寫明信片）

錯誤原因 這個選項與文章內容不符。作者提到的是希望廣泛地利用明信片，而不是僅限於寫給特定的人。這與文章中提到的作者計劃不同。

關鍵句子 これからは、はがきをいろいろなことに利用してみようと思う。

選項2 いろいろなことにはがきを利用しようと思っている（嘗試用明信片表達各種不同的內容）

正確原因 這個選項正確反映了作者的想法。作者明確表示將來會在不同的情況下使用明信片，這符合文章中提到的計劃。

關鍵句子 これからは、はがきをいろいろなことに利用してみようと思う。

選項3 はがきとメールを区別したいと思っている（想要區分明信片和電子郵件的用途）

錯誤原因 這個選項不準確。文章中並沒有提到作者希望在使用明信片和電子郵件時做出區分。作者提到的是在更多情況下使用明信片，而不是討論如何區分兩者的使用情況。

選項4 メールをやめてはがきだけにしたいと思っている（想放棄電子郵件，僅使用明信片）

錯誤原因 這個選項過於極端。文章中並沒有提到作者計劃完全放棄電子郵件而只使用明信片。作者只是提到將更多地利用明信片，並未表示要停止使用電子郵件。

問題六　翻譯與題解

第6大題　請閱讀以下（1）至（4）的文章，然後回答問題。答案請從 1、2、3、4 之中挑出最適合的選項。

朝食は食べたほうがいい、食べるべきだということが最近よく言われている。その理由として、主に「朝食をとると、頭がよくなり、仕事や勉強に集中できる」とか、「朝食を食べないと太りやすい」などと言われている。本当だろうか。

初めの理由については、Ｔ大学の教授が、20人の大学院生を対象にして①実験を行ったそうだ。それによると、「授業開始30分前までに、ゆでたまごを一個朝食として食べるようにためしてみたが、発表のしかたや内容が上手になることはなく、ゆでたまごを食べなくても、発表の内容が悪くなることもなかった。」ということだ。したがって、朝食を食べると頭がよくなるという効果は期待できそうにない。

②あとの理由については、確かに朝早く起きる人が朝食を抜くと昼食を多く食べすぎるため、太ると考えられる。しかし、何かの都合で毎日遅く起きるために一日２食で済ませていた人が、無理に朝食を食べるようにすれば逆に当然太ってしまうだろう。また、脂質とでんぷん質ばかりの外食が続くときも、その上朝食をとると太ってしまう。つまり、朝食はとるべきだと思い込んで無理に食べることで、③体重が増えてしまうこともあるのだ。

確かに、朝食を食べると脳と体が目覚め、その日のエネルギーがわいてくるということは言える。しかし、朝食を食べるか食べないかは、その人の生活パターンによってちがっていいし、その日のスケジュールによってもちがっていい。午前中に重い仕事がある時は朝食をしっかり食べるべきだし、前の夜、食べ過ぎた時は、野菜ジュースだけでも十分だ。早く起きて朝食をとるのが理想だが、朝食は食べなければならないと思い込まず、

自分の体にいちばん合うやり方を選ぶ
（じぶん　からだ　　　　あ　　かた　えら）
のがよいのではないだろうか。

34 この①実験では、どんなこと
（じっけん）
がわかったか。

1 ゆでたまごだけでは、頭がよくなる
（あたま）
　かどうかはわからない。

2 朝食を食べると頭がよくなるとは言
（ちょうしょく　た　　　あたま）　　　　　　　（い）
　えない。

3 朝食としてゆでたまごを食べると、発表
（ちょうしょく）　　　　　　　　　　（た）　　　　（はっぴょう）
　の仕方が上手になる。
　（しかた　じょうず）

4 朝食を抜くと、エネルギー不足で倒
（ちょうしょく　ぬ）　　　　　　　　　（ぶそく　たお）
　れたりすることがある。

近 —————— 翻譯

來，大家常說早餐應該吃，甚至必
須吃。其主要理由包括：「吃早餐讓頭腦
更靈活，有助於集中精力工作或學習」以及
「不吃早餐容易發胖」。這些說法真的有根
據嗎？

關於第一個理由，T大學的一位教授針
對 20 名研究生進行了①實驗。結果顯示：
「要求學生在課前 30 分鐘內吃一顆水煮蛋
作為早餐，但他們的演講方式或內容並未因
此改善；即使不吃水煮蛋，演講的內容也沒
有變差。」因此，吃早餐是否能讓頭腦更靈
活，似乎難以期待。

至於②第二個理由，確實，早起者若
不吃早餐，可能會在午餐時暴飲暴食，導致
發胖。然而，對於那些因某些原因每天都晚

起，只吃兩餐的人來說，若勉強讓自己吃
早餐，反而有可能導致體重增加。此外，
如果經常在外就餐，攝取大量脂質和碳水
化合物，再加上吃早餐，也容易引發肥胖
問題。換句話說，如果僅僅因為認為早餐
必須吃，而強迫自己進食，反而③可能導
致體重增加。

確實，吃早餐有助於喚醒大腦和身體，
為一天提供能量。但是否吃早餐，應該根
據個人的生活模式和當天的行程來決定。
若上午有繁重的工作，早餐應該吃得充足；
而前一天晚上吃得太多時，只喝些蔬菜汁
也足夠。早起吃早餐固然理想，但不必堅
持認為早餐一定要吃，而是應選擇最適合
自己身體的方式。

[34] 在這個①實驗中，得出了什麼結論？

1 僅僅吃水煮蛋，無法確定是否能讓頭腦
　更靈活。

2 無法證明吃早餐能讓頭腦更靈活。

3 吃水煮蛋作為早餐能改善演講方式。

4 不吃早餐可能會因為能量不足而昏倒。

題型解題訣竅

這道題目屬於「細節題（詳細理解問題）」。

題目描述

題目要求考生根據文中提到的「①実験」（實驗）的結果，選擇出正確的結論。這是一個典型的細節理解問題，因為它要求考生從文章中提取具體的實驗結果來回答問題。

文章內容

文章中描述了 T 大學的教授對 20 名研究生進行的實驗，檢驗吃早餐（具體是指吃一顆煮蛋）是否能提高學生的發表能力。結果顯示，吃煮蛋並沒有改善發表的方式或內容，也沒有因為不吃煮蛋而使發表變差。

問題類型

這題要求考生根據文章的實驗細節回答「這個①實驗顯示了什麼結果」。實驗結果顯示，吃早餐（如水煮蛋）與提升頭腦表現無關，選項 2「早餐不一定能讓頭腦變好」正確反映了結論。這是細節題，需根據具體實驗細節來判斷結果。

關鍵詞語

「実験を行った」指明背景；「ゆでたまごを食べても発表の内容が変わらない」揭示實驗結果；「～とは言えない」表明否定結論；「食べても」是條件表現。理解這些詞句和文法有助於選擇選項 2 為正確答案。

34 この①実験では、どんなことがわかったか。

[34] 在這個①實驗中，得出了什麼結論？

答案：**2**

選項 1 ゆでたまごだけでは、頭がよくなるかどうかはわからない（僅僅吃水煮蛋，無法確定是否能讓頭腦更靈活）

錯誤原因 這個選項不完全正確，因為實驗結果顯示，不論吃不吃煮蛋，都沒有改善或減少發表能力的變化。這個選項沒有直接反映這一點，因此不符合實驗的結果。

關鍵句子 ゆでたまごを食べなくても、発表の内容が悪くなることもなかった。

選項 2 朝食を食べると頭がよくなるとは言えない（無法證明吃早餐能讓頭腦更靈活）

正確原因 這個選項正確反映了實驗結果。實驗顯示，吃早餐並沒有改善大學生的發表能力，因此不能說吃早餐能使頭腦更靈活或更聰明。

關鍵句子 朝食を食べると頭がよくなるという効果は期待できそうにない。

選項 3 朝食としてゆでたまごを食べると、発表の仕方が上手になる（吃水煮蛋作為早餐能改善演講方式）

錯誤原因 這個選項與實驗結果不符。實驗中沒有發現吃煮蛋能改善發表的方式或內容，因此這個選項是錯誤的。

關鍵句子 発表のしかたや内容が上手になることはなく。

選項 4 朝食を抜くと、エネルギー不足で倒れたりすることがある（不吃早餐可能會因為能量不足而昏倒）

錯誤原因 這個選項與實驗內容無關。實驗探討的是吃或不吃煮蛋對發表能力的影響，而不是探討能量不足或體力下降的問題。因此，這個選項不正確。

關鍵句子 文章並未提及「エネルギー不足で倒れたりすることがある。」

題型解題訣竅

這道題目屬於「指示題（指示語問題）」。

題目描述

題目要求考生理解文章中「②あとの理由」（第二個理由）所指的具體內容。這是一個典型的指示題，因為它要求考生根據上下文理解指示詞「あとの理由」所指代的具體內容。

文章內容

文章中提到兩個關於是否應該吃早餐的理由。第一個理由是「朝食をとると、頭がよくなり、仕事や勉強に集中できる」，但實驗結果表明這個理由不一定成立。接著文章討論了第二個理由，即「朝食を食べないと太りやすい」。然而，文章進一步探討了這個理由的複雜性，例如在某些情況下，強迫自己吃早餐反而可能導致體重增加。

問題類型

這題要求理解「②あとの理由」的含義。文章提到「前面的理由」是「早餐讓頭腦變好」，而「後面的理由」是「不吃早餐容易變胖」，對應選項 2。這是指示題，需判斷指示語的指代內容。

關鍵詞語

「朝食を抜くと太る」揭示原因；「無理に朝食を食べる」強調行為；「かえって太ってしまう」表明結果；「～べきだ」是應該做某事的句型。理解這些詞組和文法有助於選擇選項 2 為正確答案。

Question 問題

35 ②あとの理由は、どんなことの理由か。

[35] ②第二個理由，是針對什麼理由的解釋？

答案：**2**

選項1 朝食を食べると頭がよくなるから、朝食は食べるべきだという理由（因為吃早餐會讓頭腦變聰明，所以應該吃早餐）

錯誤原因 這個選項不完全正確，因為文章中提到，關於早餐是否能讓頭腦變得更靈活的實驗結果顯示，無論是否吃了早餐，都沒有顯著的效果。因此，這個選項與「太りやすい」的理由無關。

關鍵句子 授業開始 30 分前までに、ゆでたまごを一個朝食として食べるようにためしてみたが、発表のしかたや内容が上手になることはなかった。

選項2 朝食を抜くと太るから、朝食はとるべきだという理由（因為不吃早餐容易變胖，所以應該吃早餐）

正確原因 這個選項與文章的核心論點一致，文章指出，早起者若不吃早餐，會在午餐吃過量，導致變胖，因此這個選項是正確的。

關鍵句子 朝早く起きる人が朝食を抜くと昼食を多く食べすぎるため、太ると考えられる。

選項3 朝早く起きる人は朝食をとるべきだという理由（因為早起的人應該吃早餐）

錯誤原因 這個選項聚焦於「早起的人應該吃早餐」，然而文章並沒有特別強調這點，反而說明吃不吃早餐應取決於個人生活方式。因此這個選項不符合「②あとの理由」。

關鍵句子 朝食を食べるか食べないかは、その人の生活パターンによってちがっていい。

選項4 朝食を食べ過ぎるとかえって太るという理由（因為吃過多早餐反而會變胖）

錯誤原因 雖然文章提到勉強吃早餐可能導致體重增加，但「②あとの理由」主要強調的是不吃早餐導致午餐過量，而非吃過多早餐導致變胖，因此這個選項不正確。

關鍵句子 無理に朝食を食べるようにすれば逆に当然太ってしまうだろう。

題型解題訣竅

這道題目屬於「因果關係題（因果関係問題）」。

題目描述

題目要求考生理解並選擇正確的原因來解釋「③体重が増えてしまうこともあるのはなぜか」。這是一個典型的因果關係題，因為它要求考生找出導致某種結果的具體原因。

文章內容

文章中提到，如果人們強迫自己吃早餐，特別是在沒有飢餓感或已經滿足的情況下，反而可能會導致體重增加。這與文章討論的第二個理由有關，即關於不吃早餐會導致肥胖的問題，但作者也指出，無論如何都要吃早餐的觀念可能適得其反。

問題類型

這題要求分析體重增加的原因。文章指出，因「認為必須吃早餐而勉強進食」會導致體重增加，這與選項 3「勉強吃早餐導致增重」相符。這是因果關係題，需理解原因與結果之間的關聯。

關鍵詞語

「無理に朝食を食べる」表明了行為；「かえって太ってしまう」揭示了結果；「～と思い込む」是表示固執觀念的表達方式；「～してしまう」表示不可逆的結果。理解這些詞組和文法有助於選擇選項 3 為正確答案。

uestion 問題

③体重が増えてしまうこともあるのはなぜか。

[36] 為什麼③可能導致體重增加？

答案：**3**

選項 1 > 外食をすると、脂質やでんぷん質が多くなるから（因為外食會攝取過多的脂質和碳水化合物）

錯誤原因 這個選項提到了外食的影響，但文章的重點在於早餐習慣，而非外食本身。儘管高脂肪和高碳水化合物的外食可能導致體重增加，但這不是文章中強調的主要原因。

關鍵句子 その上朝食をとると太ってしまう。

選項 2 > 一日三食をバランスよくとっているから（因為每天都均衡地吃三餐）

錯誤原因 這個選項不正確。文章中沒有提到均衡的一日三餐會導致體重增加。相反，文中提到的是強迫自己吃早餐，即使沒有飢餓感，這才是導致體重增加的原因。

關鍵句子 無理に朝食を食べるようにすれば逆に当然太ってしまうだろう。

選項 3 > 朝食をとらないといけないと思い込み無理に食べるから（因為認為必須吃早餐而勉強進食）

正確原因 這個選項正確反映了文章中的因果關係。文章指出，當人們認為必須吃早餐並強迫自己進食時，即使沒有飢餓感，也可能會導致體重增加。

關鍵句子 朝食はとるべきだと思い込んで無理に食べることで、体重が増えてしまうこともあるのだ。

選項 4 > お腹がいっぱいでも無理に食べるから（因為即使不餓也勉強進食）

錯誤原因 這個選項與選項 3 有相似之處，但它過於狹隘。文章的重點在於「無理に食べる」（勉強進食）這一觀念，而不僅僅是「お腹がいっぱい」（肚子很飽）的情況。這個選項只提到一種特定情況，而不是整體原因。

關鍵句子 朝食を食べなければならないと思い込んで。

題型解題訣竅

這道題目屬於「正誤判斷題（正誤判斷問題）」。

題目描述

題目要求考生從四個選項中選擇出與文章內容一致的陳述。這是一種典型的正誤判斷題，因為它需要考生判斷給出的選項是否符合文章中的信息和觀點。

文章內容

文章討論了早餐的重要性和相關的觀點，並強調早餐是否要吃應該根據個人的生活習慣和身體狀況來決定。文章否定了「必須吃早餐」的絕對觀念，指出應該根據當天的活動和自己的身體狀況來靈活決定是否吃早餐。

問題類型

這題要求判斷哪個選項符合文章內容。文章指出「是否吃早餐應根據個人體質和生活模式決定」，對應選項 4「應根據自身情況決定是否吃早餐」。其他選項不符，這是正誤判斷題，需識別正確選項。

關鍵詞語

「朝食を食べるか食べないかは、生活パターンによってちがっていい」強調個人選擇；「自分の体に合うやり方を選ぶ」表明建議。「〜によって」表示依據條件。理解這些關鍵詞組有助於選擇選項 4 為正確答案。

uestion 問題

答案：**4**

選項 1 朝食をとると、太りやすい（吃早餐容易發胖）

錯誤原因 這個選項不完全正確。文章提到在某些情況下，強迫自己吃早餐可能導致體重增加，但並未說明吃早餐總是會導致肥胖。文章強調的是根據情況靈活決定早餐的必要性。

關鍵句子 朝食はとるべきだと思い込んで無理に食べることで、体重が増えてしまうこともあるのだ。

選項 2 朝食は、必ず食べなければならない（早餐必須吃）

錯誤原因 這個選項與文章觀點相反。文章明確指出不應該固執地認為早餐必須吃，應根據個人情況決定是否進食早餐。

關鍵句子 朝食は食べなければならないと思い込まず、自分の体にいちばん合うやり方を選ぶのがよいのではないだろうか。」

選項 3 肉体労働をする人だけ朝食を食べればよい（只有體力勞動者才應吃早餐）

錯誤原因 這個選項沒有在文章中提到，且過於狹隘。文章並未限定早餐的必要性僅適用於體力勞動者，而是根據個人和當天的狀況決定。

關鍵句子 その人の生活パターンによってちがっていいし、その日のスケジュールによってもちがっていい。

選項 4 朝食を食べるか食べないかは、自分の体に合わせて決めればよい（是否吃早餐應該根據自己的身體狀況來決定）

正確原因 這個選項正確反映了文章的核心觀點。文章強調，早餐應該根據個人的生活習慣和當天的情況來靈活決定，而不是強制性地認為必須吃早餐。

關鍵句子 朝食は食べなければならないと思い込まず、自分の体にいちばん合うやり方を選ぶのがよいのではないだろうか。

問題七 翻譯與題解

第 7 大題 下面是為了招聘某個購物中心的兼職工作人員的廣告。請閱讀後回答以下問題。答案請從 1、2、3、4 中選擇最合適的一項。

さくらショッピングセンター

アルバイトをしませんか？

締め切り…8 月 20 日！

【資格】18 歳以上の男女。高校生不可。

【応募】メールか電話で応募してください。その時、希望する仕事の種類をお知らせください。面接は、応募から一週間以内に行います。写真をはった履歴書※をお持ち下さい。

【連絡先】Email：sakuraXXX@sakura.co.jp か、

電話：03-3818-XXXX （担当：竹内）

仕事の種類	勤務時間	曜日	時給
レジ係	10:00 ～ 20:00 （4 時間以上できる方）	週に 5 日以上	900 円
サービスカウンター	10:00 ～ 19:00	木・金・土・日	1000 円
コーヒーショップ	14:00 ～ 23:00 （5 時間以上できる方）	週に 4 日以上	900 円
肉・魚の加工	8:00 ～ 17:00	土・日を含み、4 日以上	850 円
クリーンスタッフ（店内のそうじ）	5:00 ～ 7:00	3 日以上	900 円

※ 履歴書…その人の生まれた年や卒業した学校などを書いた書類。就職するときなどに提出する。

38

留学生のコニンさん (21歳) は、日本語学校で日本語を勉強している。授業は毎日9時〜12時までだが、火曜日と木曜日はさらに13〜15時まで特別授業がある。土曜日と日曜日は休みである。学校からこのショッピングセンターまでは歩いて5分かかる。コニンさんができるアルバイトは、いくつあるか。

1 一つ　　　　2 二つ　　　　3 三つ　　　　4 四つ

櫻花購物中心

要不要來兼職？

截止日期⋯8月20日！

【資　　格】18歲以上男女。高中生不得應徵。
【應徵方式】請以電子郵件或電話應徵。應徵時請告知想從事兼職工作的種類。
　　　　　　面試將於應徵後一星期內舉行。請攜帶貼有照片的履歷表※。
【聯絡方式】Email:sakuraXXX@sakura.co.jp 或
　　　　　　電話:03-3818-XXXX（洽詢人員：竹內）

工作種類	上班時間	工作日數	時薪
收銀台	10:00〜20:00（可工作4小時以上者）	一星期五5天以上	900日圓
服務台	10:00〜19:00	週四、五、六、日	1000日圓
咖啡店	14:00〜23:00（可工作5小時以上者）	一星期4天以上	900日圓
肉類、魚類加工	8:00〜17:00	包含週六、日，4天以上	850日圓
清潔人員（清掃店內）	5:00〜7:00	3天以上	900日圓

※ 履歷表：載明本人出生年與畢業學校等資料的文件，於求職時繳交。

[38] 留學生科寧（21歲）正在日語學校學習日語。課程每天從9點到12點，但週二和週四還有從13點到15點的特別課程。週六和週日是休息日。從學校到這家購物中心步行需要5分鐘。科寧能做的兼職有幾種？

1 一份
2 兩份
3 三份
4 四份

題型解題訣竅

這道題目屬於「綜合理解題（総合理解問題）」。

 ## 題目描述

題目要求考生根據給定的工作條件與個人情況，判斷留學生科寧先生能夠勝任的工作數量。這是一個典型的綜合理解題，因為它需要考生將不同的信息整合在一起進行分析和判斷。

 ## 文章內容

題目提供了科寧先生的學習時間表和各個工作崗位的工作時間、要求。考生需要根據科寧先生的時間安排來判斷他能夠從事哪些工作。

 ## 問題類型

題目要求考生綜合考慮各種條件，來判斷留學生科寧先生可以做的工作數量。需要分析他的課程時間安排和每個工作的要求，包括工作時間、工作天數、科寧先生的學習時間等，並綜合這些信息來得出結論。這正是綜合理解題的特徵。

 ## 關鍵詞語

「資格」指明條件；「応募」揭示申請流程；「仕事の種類」列出職位選項；「勤務時間」強調工作時段。「～してください」是祈使句，表示要求或指示。理解這些關鍵詞組和文法有助於正確理解問題並選擇正確答案。

38 コニンさんができるアルバイトは、いくつあるか。

答案：**3**

[38] 科寧能做的兼職有幾種？

1.

選項 1 一つ（1 份）

錯誤原因 根據科寧的時間安排，平日早上有課，週二和週四下午 13～15 點有特別課，週六日沒有課。科寧的課表安排使他能夠從事多於 1 份工作的兼職。選項中提到的 1 份數量過少。

2.

選項 2 二つ（2 份）

錯誤原因 科寧能夠從事的兼職數量不僅僅是 2 份。依照他的課表，符合條件的兼職工作有 3 份，因此此選項數量不足。

3.

選項 3 三つ（3 份）

正確原因 根據科寧的課程安排，符合條件的兼職包括「收銀臺：可以在週一、三、五、六、日工作，週二、四若工作超過 4 小時也可以」；「咖啡廳：工作時間 5 小時以上，每天都可以」；「清潔人員：每天都可工作以」。

關鍵句子 1. レジ係（10:00～20:00, 4 時間以上で、週に 5 日以上）；2. コーヒーショップ（14:00～23:00, 5 時間以上で、週に 4 日以上）；3. クリーンスタッフ（5:00～7:00, 3 日以上）。

4.

選項 4 四つ（4 份）

錯誤原因 「服務台」的工作時間是週四、五、六、日全天；「肉類、魚類加工」則要求週六、日並且工作 4 天全天以上，這使得科寧只能在週六、日工作，因此他無法從事這兩項工作，這使他能夠選擇的工作並不是 4 份。

關鍵句子 1. 肉・魚の加工（8:00～17:00, 土・日を含み、4 日以上）；2. サービスカウンター（10:00～19:00, 木・金・土・日）

題型解題訣竅

這道題目屬於「細節題（詳細理解問題）」。

 **題目描述**

題目要求考生根據公告內容，選擇出想要應徵打工的人應該首先做什麼。這是一個典型的細節理解問題，因為它要求考生從文中找到具體的指示來回答問題。

 文章內容

根據公告，打工者需要在 8 月 20 日之前通過郵件或電話提交申請，並在申請時告知希望的工作種類。面試會在申請後一週內進行，並且要求帶有照片的履歷表。關鍵細節在於，首先需要在 8 月 20 日之前通過郵件或電話進行申請，而不是直接寄送履歷表。

 問題類型

這題要求考生根據廣告內容找出申請程序的細節步驟。文章指出申請需在「8 月 20 日前」通過「電子郵件或電話」告知希望的工作類型，對應選項 3。這是細節題，需找到並理解特定操作步驟。

 關鍵詞語

「締め切り…8 月 20 日」強調了期限；「メールか電話で応募してください」表明申請方式；「希望する仕事の種類をお知らせください」是指示；「〜までに」是表示截止日期的文法。

Question 問題

39 アルバイトがしたい人は、まず、何をしなければならないか。

答案：**3**

[39] 想要應徵兼職的人首先需要做什麼？

1.

選項1 8月20日までに、履歴書をショッピングセンターに送る。（在8月20日之前將履歷表寄到購物中心）

錯誤原因 這個選項不正確，公告要求首先通過郵件或電話提交申請，而不是直接寄送履歷表。履歷表需要在面試時帶去。

關鍵句子 面接は、応募から一週間以内に行います。写真をはった履歴書をお持ち下さい。

2.

選項2 一週間以内に、履歴書をショッピングセンターに送る。（在一週內將履歷表寄到購物中心）

錯誤原因 這個選項不正確，履歷表應在面試時攜帶，而非提前寄送。

關鍵句子 面接は、応募から一週間以内に行います。写真をはった履歴書をお持ち下さい。

3.

選項3 8月20日までに、メールか電話で、希望するアルバイトの種類を伝える。（在8月20日之前通過電子郵件或電話告知希望的兼職種類）

正確原因 這個選項是正確的。公告中明確指出，申請必須在8月20日之前通過郵件或電話進行，並且需要告知希望的工作種類。

關鍵句子 締め切り…8月20日！メールか電話で応募してください。その時、希望する仕事の種類をお知らせください。

4.

選項4 一週間以内に、メールか電話で、希望するアルバイトの種類を伝える。（在一週內通過電子郵件或電話告知希望的兼職種類）

錯誤原因 這個選項不正確，一週內的限制是針對面試安排的，而不是申請的截止日期。

關鍵句子 面接は、応募から一週間以内に行います。

Track009

次の（1）から(4)の文章を読んで、質問に答えなさい。答えは、1・2・3・4から最もよいものを一つえらびなさい。

（1）

外国のある大学で、お酒を飲む人160人を対象に次のような心理学の実験を行った。

A

上から下まで同じ太さのまっすぐのグラス (A) と、上が太く下が細くなっているグラス (B) では、ビールを飲む速さに違いがあるかどうかという実験である。

B

その結果、B のグラスのほうが、A のグラスより、飲むスピードが2倍も速かったそうだ。

実験をした心理学者は、その理由を、ビールの残りが半分以下になると、人は話すことよりビールを飲み干す※ことを考えるからではないか、また、B のグラスでは、自分がどれだけ飲んだのかが分かりにくいので、急いで飲んでしまうからではないか、と、説明している。

※　飲み干す…グラスに入った飲み物を飲んでしまうこと。

24 この実験で、どんなことが分かったか。

1 Aのグラスより、Bのグラスの方が、飲むのに時間がかかること

2 Aのグラスより、Bのグラスの方が、飲み干すのに時間がかからないこと

3 AのグラスでもBのグラスでも、飲み干す時間は変わらないこと

4 Bのグラスで飲むと、自分が飲んだ量が正確に分かること

（2）

これは、中村さんにとどいたメールである。

==

あて先：jlpt1127.kukaku@group.co.jp

件　名：資料の確認

送信日時：2020年8月14日　13:15

==

海外事業部

中村　様

　お疲れさまです。

　8月10日にインドネシア工場についての資料4部を郵便でお送りしましたが、とどいたでしょうか。

　内容をご確認の上、何か問題があればご連絡ください。

　よろしくお願いします。

山下

==

東京本社　企画営業部

山下　花子

内線　XXXX

25　このメールを見た後、中村さんはどうしなければならないか。

　1　インドネシア工場に資料がとどいたかどうか、確認する。

　2　山下さんに資料がとどいたかどうか、確認する。

　3　資料を見て、問題があればインドネシア工場に連絡する。

　4　資料の内容を確認し、問題があれば山下さんに連絡する。

（3）

Track011

これは、大学の学習室を使う際の申し込み方法である。

【学習室の利用申し込みについて】

① 利用が可能な曜日と時間

・月曜日～土曜日　9：00～20：45

② 申し込みの方法

・月曜日～金曜日　利用する1週間前から受け付けます。

　・8：45～16：45 に学生部の受付で申し込みをしてください。

　＊なお、土曜日と平日の16：45～20：45 の間は自由にご使用ください。

③ 使用できない日時

・上の①以外の時間帯

・日曜、祝日※、大学が決めた休日

※　祝日…国で決めたお祝いの日で、学校や会社は休みになる。

26 学習室の使い方で、正しいものはどれか。

1　月曜日から土曜日の9時から20時45分までに申し込む。

2　平日は、一日中自由に使ってもよい。

3　土曜日は、16時45分まで使うことができる。

4　朝の9時前は、使うことができない。

（4）

> 　　インターネットの記事によると、鼻で息をすれば、口で息を するより空気中のごみやウイルスが体の中に入らないということ です。また、鼻で息をする方が、口で息をするより多くの空 気、つまり酸素を吸うことができるといいます。
>
> 　　(中略)
>
> 　　普段は鼻から呼吸をしている人も、ぐっすりねむっていると きは、口で息をしていることが結構多いようですね。鼻で深く 息をするようにすると、体に酸素が十分回るので、体が活発に 働き、ストレスも早くなくなる。したがって、常に、鼻から深 くゆっくりとした呼吸をするよう習慣づければ、体によいばか りでなく、精神もかなり落ち着いてくるということです。

27　鼻から息をすることによる効果でないものは、次のどれか。

1　空気中のウイルスが体に入らない。

2　ぐっすりねむることができる。

3　体が活発に働く。

4　ストレスを早くなくすことができる。

言語知識・讀解
第2回　もんだい5　模擬試題

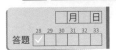

Track013

つぎの (1) と (2) の文章（ぶんしょう）を読んで、質問に答えなさい。答えは、1・2・3・4から最もよいものを一つえらびなさい。

(1)

　　亡くなった父は、いつも「人と同じことはするな」と繰り返し言っていました。子どもにとって、その言葉はとても不思議でした。なぜなら、周りの子どもたちは大人の人に「　①　」と言われていたからです。みんなと仲良く遊ぶには、一人だけ違うことをしないほうがいいという大人たちの考えだったのでしょう。

　　思い出してみると、父は②仕事の鬼で、高い熱があっても決して仕事を休みませんでした。小さい頃からいっしょに遊んだ思い出は、ほとんどありません。それでも、父の「人と同じことはするな」という言葉は、とても強く私の中に残っています。

　　今、私は、ある会社で商品の企画※の仕事をしていますが、父のこの言葉は、③非常に役に立っています。今の時代は新しい情報が多く、商品やサービスはあまっているほどです。そんな中で、ただ周りの人についていったり、真似をしたりしていたのでは勝ち残ることができません。自分の頭で人と違うことを考え出してこそ、自分の企画が選ばれることになるからです。

※　企画…あることをしたり、新しい商品を作るために、計画を立てること。

28 「　①　」に入る文はどれか。

　1　人と同じではいけない

　2　人と同じようにしなさい

　3　人の真似をしてはいけない

　4　人と違うことをしなさい

29 筆者はなぜ父を②仕事の鬼だったと言うのか。

　1　周りの大人たちと違うことを自分の子どもに言っていたから

　2　高い熱があっても休まず、仕事第一だったから

　3　子どもと遊ぶことがまったくなかったから

　4　子どもには厳しく、まるで鬼のようだったから

30 ③非常に役に立っていますとあるが、なぜか。

　1　周りの人についていけば安全だから

　2　人のまねをすることはよくないことだから

　3　人と同じことをしていても仕事の場で勝つことはできないから

　4　自分で考え自分で行動するためには、自信が大切だから

（2）

　　ある留学生が入学して初めてのクラスで自己紹介をした時、緊張していたためきちんと話すことができず、みんなに笑われて恥ずかしい思いをしたという話を聞きました。彼はそれ以来、人と話すのが苦手になってしまったそうです。①とても残念な話です。確かに、小さい失敗が原因で性格が変わることや、ときには仕事を失ってしまうこともあります。

　　では、失敗はしない方がいいのでしょうか。私はそうは思いません。昔、ある本で、「人の②心を引き寄せるのは、その人の長所や成功よりも、短所や失敗だ」という言葉を読んだことがあります。その時はあまり意味がわかりませんでしたが、今はわかる気がします。

　　その学生は、失敗しなければよかったと思い、失敗したことを後悔したでしょう。しかし、周りの人、特に先輩や先生から見たらどうでしょうか。その学生が失敗したことによって、彼に何を教えるべきか、どんなアドバイスをすればいいのかがわかるので、声をかけやすくなります。まったく失敗しない人よりもずっと親しまれ愛されるはずです。

　　そう思えば、失敗もまたいいものです。

31 なぜ筆者は、①とても残念と言っているのか。

1 学生が、自己紹介で失敗して、恥ずかしい思いをしたから

2 学生が、自己紹介の準備をしていなかったから

3 学生が、自己紹介で失敗して、人前で話すのが苦手になってしまったから

4 ある小さい失敗が原因で、仕事を失ってしまうこともあるから

32 ②心を引き寄せると、同じ意味の言葉は文中のどれか。

1 失敗をする

2 教える

3 叱られる

4 愛される

33 この文章の内容と合っているものはどれか。

1 緊張すると、失敗しやすくなる。

2 大きい失敗をすると、人に信頼されなくなる。

3 失敗しないことを第一に考えるべきだ。

4 失敗することは悪いことではない。

模試が6回分

N3

言語知識・讀解
第2回　もんだい6　模擬試題

答題 34 35 36 37
月　日

Track015

つぎの文章を読んで、質問に答えなさい。答えは、1・2・3・4から最も
よいものを一つえらびなさい。

　　2015年の6月、日本の選挙権が20歳以上から18歳以
上に引き下げられることになった。1945年に、それまでの
「25歳以上の男子」から「20歳以上の男女」に引き下げられてから、
なんと、70年ぶりの改正である。2015年現在、18・19歳の青年
は240万人いるそうだから、①この240万人の人々に選挙権が与
えられるわけである。

　　なぜ20歳から18歳に引き下げられるようになったかについて
は、若者の声を政治に反映させるためとか、諸外国では大多数の国
が18歳以上だから、などと説明されている。

　　日本では、小学校から高校にかけて、係や委員を選挙で選んで
いるので、選挙には慣れているはずなのに、なぜか、国や地方自
治体の選挙では②若者の投票率が低い。2014年の冬に行われた国
の議員を選ぶ選挙では、60代の投票率が68％なのに対して、50
代が約60％、40代が50％、30代が42％、そして、③20代は
33％である。三人に一人しか投票に行っていないのである。選挙
権が18歳以上になったとしても、いったい、どれぐらいの若者
が投票に行くか、疑問である。それに、18歳といえば大学受験に
忙しく、政治的な話題には消極的だという意見も聞かれる。

しかし、投票をしなければ自分たちの意見は政治に生かされない。これからの長い人生が政治に左右されることを考えれば、若者こそ、選挙に行って投票すべきである。

そのためには、学校や家庭で、政治や選挙についてしっかり教育することが最も大切であると思われる。

34 ①この 240 万人の人々について、正しいのはどれか。

1　2015 年に選挙権を失った人々

2　1945 年に新たに選挙権を得た人々

3　2015 年に初めて選挙に行った人々

4　2015 年の時点で、18 歳と 19 歳の人々

35 ②若者の投票率が低いことについて、筆者はどのように考えているか。

1　若者は政治に関心がないので、仕方がない。

2　投票しなければ自分たちの意見が政治に反映されない。

3　もっと選挙に行きやすくすれば、若者の投票率も高くなる。

4　年齢とともに投票率も高くなるので、心配いらない。

36 ③20 代は 33% であるとあるが、他の年代と比べてどのようなことが言えるか。

1　20 代の投票率は、30 代よりに高い。

2　20 代の投票率は、40 代と同じくらいである。

3　20 代の投票率は、60 代の約半分である。

4　20 代の投票率が一番低く、四人に一人しか投票に行っていない。

37 若者が選挙に行くようにするには、何が必要か。

1 選挙に慣れさせること

2 投票場をたくさん設けること

3 学校や家庭での教育

4 選挙に行かなかった若者の名を発表すること

第2回　もんだい7　模擬試題

Track016

つぎのページは、ある会社の社員旅行の案内である。これを読んで、下の質問に答えなさい。答えは、1・2・3・4から最もよいものを一つえらびなさい。

38 この旅行に参加したいとき、どうすればいいか。

1　7月20日までに、社員に旅行代金の15,000円を払う。

2　7月20日までに、山村さんに申込書を渡す。

3　7月20日までに、申込書と旅行代金を山村さんに渡す。

4　7月20日までに、山村さんに電話する。

39 この旅行について、正しくないものはどれか。

1　この旅行は、帰りは新幹線を使う。

2　旅行代金15,000円の他に、2日目の昼食代がかかる。

3　本社に帰って来る時間は、午後5時より遅くなることがある。

4　この旅行についてわからないことは、山村さんに聞く。

令和元年 7 月 1 日

社員のみなさまへ

総務部

社員旅行のお知らせ

　本年も社員旅行を次の通り行います。参加希望の方は、下の申込書にご記入の上、7 月 20 日までに、山村（内線番号 XX）に提出（ていしゅつ）してください。多くの方（かた）のお申し込みを、お待ちしています。

記

1. 日時　　　　9 月 4 日（土）～ 5 日（日）
2. 行き先　　　静岡県富士の村温泉
3. 宿泊先　　　星山温泉ホテル（TEL：XXX-XXX-XXXX）
4. 日程
   9 月 4 日（土）
   午前 9 時　本社出発 ― 月川 PA ― ビール工場見学 ― 富士の村温泉着　午後 5 時頃
   9 月 5 日（日）
   午前 9 時　ホテル出発 ― ピカソ村観光 (アイスクリーム作り)― 月川 PA ― 本社着　午後 5 時頃　＊道路が混雑していた場合、遅れます
5. 費用　一人 15,000 円 (ピカソ村昼食代は別)

申し込み書

氏名

部署名

ご不明な点は、総務部山村（内線番号 XX）まで、お問い合わせ下さい。

問題四　翻譯與題解

第4大題　請閱讀以下（1）至（4）的文章，然後回答問題。答案請從1、2、3、4之中挑出最適合的選項。

外国のある大学で、お酒を飲む人160人を対象に次のような心理学の実験を行った。

　上から下まで同じ太さのまっすぐのグラス(A)と、上が太く下が細くなっているグラス(B)では、ビールを飲む速さに違いがあるかどうかという実験である。

　その結果、Bのグラスのほうが、Aのグラスより、飲むスピードが2倍も速かったそうだ。

　実験をした心理学者は、その理由を、ビールの残りが半分以下になると、人は話すことよりビールを飲み干す※ことを考えるからではないか、また、Bのグラスでは、自分がどれだけ飲んだのかが分かりにくいので、急いで飲んでしまうからではないか、と、説明している。

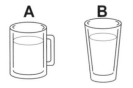

※ 飲み干す…グラスに入った飲み物を飲んでしまうこと。

文章を深く読み解いて、言葉の美しさを味わおう。

24 この実験で、どんなことが分かったか。

1 Ａのグラスより、Ｂのグラスの方が、飲むのに時間がかかること

2 Ａのグラスより、Ｂのグラスの方が、飲み干すのに時間がかからないこと

3 ＡのグラスでもＢのグラスでも、飲み干す時間は変わらないこと

4 Ｂのグラスで飲むと、自分が飲んだ量が正確に分かること

_____翻譯

在 某外國大學，一項針對 160 名飲酒者的心理學實驗被設計進行。

實驗旨在探討使用形狀不同的玻璃杯對啤酒飲用速度的影響。具體而言，實驗比較了兩種玻璃杯：一種是從上到下粗細均勻的直筒形玻璃杯（Ａ杯），另一種是上寬下窄的錐形玻璃杯（Ｂ杯），以測量飲酒速度的差異。

實驗結果顯示，使用 B 杯時，受試者的飲酒速度是使用 A 杯的兩倍。

實驗的心理學家解釋道，這可能是因為當啤酒的剩餘量低於一半時，人們會傾向於優先考慮將酒喝完※，而不是繼續交談。此外，由於 B 杯的形狀使人難以準確估計已經飲用的量，因此飲酒者可能會加快飲酒速度。

※ 喝完：指將杯中的飲料全部喝完。

[24] 這項實驗揭示了什麼？

1 使用 A 杯比使用 B 杯花費更多時間來飲酒。

2 使用 B 杯比使用 A 杯更快地飲完酒。

3 無論使用 A 杯還是 B 杯，飲酒時間都沒有差異。

4 使用 B 杯飲酒時，能精確知道自己已飲用的量。

題型解題訣竅

這道題目屬於「細節題（詳細理解問題）」。

題目描述 1.

題目要求考生根據實驗內容來判斷這個心理學實驗揭示了什麼樣的結論。這是一個典型的細節理解問題，因為它要求考生從文章中找出具體的實驗結果並進行選擇。

文章內容 2.

文章描述了一個心理學實驗，研究人們使用兩種不同形狀的杯子（A和B）飲用啤酒的速度差異。結果顯示，使用B杯子的人飲用啤酒的速度比使用A杯子的人快了兩倍。心理學家進一步解釋說，這可能是因為B杯子讓人難以準確判斷已經喝了多少，導致飲酒速度加快。

問題類型 3.

這題要求根據實驗結果找出具體結論。文章指出，用B型玻璃杯喝啤酒比A型快兩倍，選項2「B型杯比A型杯喝得更快」正確描述實驗結果。這是細節題，需理解實驗的具體結果。

關鍵詞語 4.

「飲む速さに違いがあるかどうか」是實驗的重點；其次，「飲むスピードが2倍も速かった」和「分かりにくい」（難以理解）是對結果的描述；此外，「飲み干す」（喝完）也關鍵，表明行為的完成度。

uestion 問題

24 この実験で、どんなことが分かったか。

[24] 這項實驗揭示了什麼？

答案：**2**

選項1 Aのグラスより、Bのグラスの方が、飲むのに時間がかかること（使用A杯比使用B杯花費更多時間來飲酒）

錯誤原因 這個選項不正確。實驗結果顯示B杯子比A杯子飲酒速度更快，而非更慢。選項1的描述與結果相反。

關鍵句子 Bのグラスのほうが、Aのグラスより、飲むスピードが2倍も速かったそうだ。

選項2 Aのグラスより、Bのグラスの方が、飲み干すのに時間がかからないこと（使用B杯比使用A杯更快地飲完酒）

正確原因 這個選項正確反映了實驗結果。根據實驗，使用B杯子的人比使用A杯子的人飲酒速度更快，因此「飲み干すのに時間がかからない」（更快地飲完酒）。

關鍵句子 Bのグラスのほうが、Aのグラスより、飲むスピードが2倍も速かったそうだ。

選項3 AのグラスでもBのグラスでも、飲み干す時間は変わらないこと（無論使用A杯還是B杯，飲酒時間都沒有差異）

錯誤原因 這個選項不正確。實驗結果顯示，使用不同形狀的杯子（A和B）會影響飲酒速度，飲酒時間不相同，因此選項3不符合實驗結果。

關鍵句子 飲むスピードが2倍も速かった」顯示飲酒速度有差異。

選項4 Bのグラスで飲むと、自分が飲んだ量が正確に分かること（使用B杯飲酒時，能精確知道自己已飲用的量）

錯誤原因 這個選項與文章內容不符。文章中提到使用B杯子的人難以準確判斷自己喝了多少，這反而促使他們更快飲酒。

關鍵句子 Bのグラスでは、自分がどれだけ飲んだのかが分かりにくいので、急いで飲んでしまうからではないか。

問題四　翻譯與題解

第4大題　請閱讀以下（1）至（4）的文章，然後回答問題。答案請從1、2、3、4之中挑出最適合的選項。

れは、中村さんにとどいたメールである。
なかむら

あて先：jlpt1127.kukaku@group.co.jp
件　名：資料の確認
けんめい　　しりょう　かくにん
送信日時：2020 年 8 月 14 日　13:15
そうしんにちじ　　　　　　　ねん　がつじゅうよっか
==

海外事業部
かいがいじぎょうぶ
中村　様
なかむら　さま
　お疲れさまです。
つか

　8 月 10 日にインドネシア工場についての資料 4 部を
がつとおか　　　　　　　　　　　こうじょう　　　　しりょう　ぶ
郵便でお送りしましたが、とどいたでしょうか。
ゆうびん　おく

　内容をご確認の上、何か問題があればご連絡ください。
ないよう　かくにん　うえ　なに　もんだい　　　　れんらく

　よろしくお願いします。
ねが

山下
やました
==

東京本社　企画営業部
とうきょうほんしゃ　きかくえいぎょうぶ
山下　花子
やました　はなこ
内線　××××
ないせん
==

104

文章を深く読み解いて、言葉の美しさを味わおう。

 このメールを見た後、中村さんはどうしなければならないか。

1 インドネシア工場に資料がとどいたかどうか、確認する。

2 山下さんに資料がとどいたかどうか、確認する。

3 資料を見て、問題があればインドネシア工場に連絡する。

4 資料の内容を確認し、問題があれば山下さんに連絡する。

―――――――― 翻譯

這 是一封寄給中村先生的郵件。

收件人：jlpt1127.kukaku@group.co.jp

主旨：資料確認

發送日期：2020 年 8 月 14 日 13:15

==================================

海外事業部

中村先生：

　　您好，辛苦了。

　　關於 8 月 10 日郵寄的有關印尼工廠的四份資料，不知您是否已經收到？

　　煩請確認內容，如有任何問題，敬請聯繫我。

此致敬禮

山下

==================================

東京總公司 企劃營業部

山下花子

內線 XXXX

==================================

[25] 閱讀此郵件後，中村先生應該如何處理？

1 向印尼工廠確認是否已收到資料。

2 向山下確認資料是否已送達。

3 查看資料，如有問題則聯繫印尼工廠。

4 確認資料內容，如有問題則聯繫山下。

題型解題訣竅

這道題目屬於「細節題（詳細理解問題）」。

題目描述 1.

題目要求考生根據電子郵件的內容，選擇出中村先生接下來應該做的行動。這是一個典型的細節理解問題，因為它要求考生理解電子郵件中具體的指示和信息，並根據這些信息來選擇正確的行動。

文章內容 2.

電子郵件的內容是山下小姐詢問中村先生是否已經收到 8 月 10 日寄出的關於印尼工廠的四份資料，並要求中村先生確認資料的內容，如果有問題，請聯繫山下小姐。

問題類型 3.

這題要求考生根據郵件找出中村先生的具體行動。郵件要求中村先生確認資料內容，有問題時聯絡山下小姐，選項 4「確認資料，若有問題聯絡山下小姐」正確。這是細節題，需找出具體指示。

關鍵詞語 4.

「資料の確認」是行動的關鍵；其次，「とどいたでしょうか」和「問題があればご連絡ください」指明了中村先生需要的後續行動。此外，「ご確認の上」（確認後）這種表達方式暗示了先後步驟。

Question 問題

25 このメールを見た後、中村さんはどう
しなければならないか。

答案：**4**

[25] 閱讀此郵件後，中村先生應該如何處理？

選項1 インドネシア工場に資料がとどいたかどうか、確認する（向印尼工廠確認
是否已收到資料）

錯誤原因 這個選項不正確。郵件中提到的是要確認資料是否已經寄達給中村先生，而
不是印尼工廠。因此，中村先生無需確認印尼工廠是否收到資料。

關鍵句子 8月10日にインドネシア工場についての資料4部を郵便でお送りしまし
たが、とどいたでしょうか。

選項2 山下さんに資料がとどいたかどうか、確認する（向山下確認資料是否已送
達）

錯誤原因 這個選項不正確。電子郵件已經說明了資料是寄給中村先生的，所以應該由
中村先生自己確認是否收到資料，而不是向山下小姐確認。

關鍵句子 とどいたでしょうか。

選項3 資料を見て、問題があればインドネシア工場に連絡する（查看資料，如有
問題則聯繫印尼工廠）

錯誤原因 這個選項不正確。郵件要求中村先生在確認資料後，如果有問題，應該聯繫
山下小姐，而不是印尼工廠。

關鍵句子 何か問題があればご連絡ください。

選項4 資料の内容を確認し、問題があれば山下さんに連絡する（確認資料內容，
如有問題則聯繫山下）

正確原因 這個選項正確。這完全符合山下小姐在郵件中對中村先生的要求，即確認資
料內容後，如果有問題，應聯繫她。

關鍵句子 内容をご確認の上、何か問題があればご連絡ください。

問題四　翻譯與題解

第4大題　請閱讀以下（1）至（4）的文章，
然後回答問題。答案請從1、2、3、4之中挑
出最適合的選項。

こ れは、大学の学習室を使う際の申し
込み方法である。

【学習室の利用申し込みについて】

① 利用が可能な曜日と時間

・月曜日〜土曜日　9：00〜20：45

② 申し込みの方法

・月曜日〜金曜日　利用する1週間
前から受け付けます。

・8：45〜16：45に学生部の受付で
申し込みをしてください。

＊なお、土曜日と平日の16：45〜
20：45の間は自由にご使用ください。

③ 使用できない日時

・上の①以外の時間帯

・日曜、祝日※、大学が決めた休日

※ 祝日…国で決めたお祝いの日で、学校や
会社は休みになる。

文章を深く読み解いて、言葉の美しさを味わおう。

26 学習室の使い方で、正しいものはどれか。

1 月曜日から土曜日の9時から20時45分までに申し込む。

2 平日は、一日中自由に使ってもよい。

3 土曜日は、16時45分まで使うことができる。

4 朝の9時前は、使うことができない。

這 ────────────────翻譯

是申請使用大學學習室的方法説明。

【使用自習室之相關規定】

① 可使用的日期與時間
・星期一～星期六　9:00-20:45

② 申請辦法
・星期一～星期五　自使用日期的一週前開始受理申請。
・請於 8:45 ～ 16:45 向學生部櫃臺提出申請。
＊此外，星期六與平日的 16:45-20:45 時段可自由使用。

③ 不可使用的日期與時間
・上述①以外的時段
・星期日、國定假日※，以及本校規定的休假日

※ 國定假日：由國家規定的節日，學校和公司休息。

---

[26] 關於自習室的使用規則，正確的是哪一項？

1 週一至週六的 9 點到 20 點 45 分之間可以申請使用。

2 平日可以全天自由使用。

3 週六可以使用到 16 點 45 分。

4 早上 9 點前不能使用。

題型解題訣竅

這道題目屬於「正誤判斷題（正誤判斷問題）」。

題目描述 1.

題目要求考生從四個選項中選擇一個與自習室使用規定相符的正確陳述。這是一個典型的正誤判斷題，因為它要求考生判斷給出的選項是否與文章中的規定一致。

文章內容 2.

文章中詳細列出了自習室的使用申請方法，包括使用的時間、申請時間和不可使用的時間段等。自習室可以在星期一至星期五的 9:00 至 20:45 之間使用，其中平日的 8:45 至 16:45 期間需要提前一週申請，而週六和平日 16:45 至 20:45 之間則可以自由使用。

問題類型 3.

這題要求根據自習室規則判斷正確使用方法。文章明確指出自習室 9:00 前不可使用，選項 4「9 點前不能使用」正確。其他選項不符，這是正誤判斷題，需找出與內容一致的選項。

關鍵詞語 4.

「利用が可能な曜日と時間」是指使用的時間限制；其次，「申し込みの方法」和「受け付けます」是說明申請的程序。「自由にご使用ください」表示無需申請的時間段。文法「まで」（直到）用於表達時間或行動的範圍。

26 学習室の使い方で、正しいものはどれか。

[26] 關於自習室的使用規則，正確的是哪一項？

答案: **4**

選項 1〉 月曜日から土曜日の 9 時から 20 時 45 分までに申し込む（週一至週六的 9 點到 20 點 45 分之間可以申請使用）

錯誤原因〉這個選項不完全正確。雖然學習室的使用時間是 9:00 到 20:45，但申請時間只適用於平日（週一至週五）的 8:45 到 16:45，並且申請應在使用前一週完成。選項 1 將申請時間和使用時間混淆。

關鍵句子〉8：45 ～ 16：45 に学生部の受付で申し込みをしてください。

選項 2〉 平日は、一日中自由に使ってもよい（平日可以全天自由使用）

錯誤原因〉這個選項不正確。平日的 8:45 到 16:45 之間必須提前申請，只有 16:45 到 20:45 可以自由使用。選項 2 的描述不符合這個規定。

關鍵句子〉月曜日～金曜日 利用する 1 週間前から受け付けます。8：45 ～ 16：45 に学生部の受付で申し込みをしてください。

選項 3〉土曜日は、16 時 45 分まで使うことができる（週六可以使用到 16 點 45 分）

錯誤原因〉這個選項不正確。週六可以使用到 20:45，並且 16:45 之後是自由使用時間。選項 3 的描述與公告中的規定不符。

關鍵句子〉土曜日と平日の 16：45 ～ 20：45 の間は自由にご使用ください。

選項 4〉朝の 9 時前は、使うことができない（早上 9 點前不能使用）

正確原因〉這個選項正確。公告中明確指出學習室的使用時間是從 9:00 開始，因此 9 點之前不能使用學習室。

關鍵句子〉月曜日～土曜日 9：00 ～ 20：45

問題四　翻譯與題解

第4大題　請閱讀以下（1）至（4）的文章，然後回答問題。答案請從1、2、3、4之中挑出最適合的選項。

インターネットの記事によると、鼻で息をすれば、口で息をするより空気中のごみやウイルスが体の中に入らないということです。また、鼻で息をする方が、口で息をするより多くの空気、つまり酸素を吸うことができるといいます。

（中略）

普段は鼻から呼吸をしている人も、ぐっすりねむっているときは、口で息をしていることが結構多いようですね。鼻で深く息をするようにすると、体に酸素が十分回るので、体が活発に働き、ストレスも早くなくなる。したがって、常に、鼻から深くゆっくりとした呼吸をするよう習慣づければ、体にいばかりでなく、精神もかなり落ち着いてくるということです。

文章を深く読み解いて、言葉の美しさを味わおう。

27 鼻から息をすることによる効果でないものは、次のどれか。

1 空気中のウイルスが体に入らない。
2 ぐっすりねむることができる。
3 体が活発に働く。
4 ストレスを早くなくすことができる。

_____ 翻譯

根據網路上的文章介紹，用鼻子呼吸比用嘴巴呼吸能更有效地阻擋空氣中的灰塵和病毒進入體內。此外，鼻呼吸還能比口呼吸吸入更多的空氣，也就是說，能吸收更多的氧氣。

（中略）

即便平時習慣用鼻子呼吸的人，在深度睡眠時，往往也會不自覺地用嘴巴呼吸。然而，若能養成用鼻子深呼吸的習慣，身體就能獲得充足的氧氣供應，從而更有效地運作，並且能夠更快地減輕壓力。因此，如果能時常進行深而緩慢的鼻呼吸，不僅對身體有益，還能使精神更加安定平和。

[27] 以下哪一項不是鼻呼吸帶來的效果？

1 阻擋空氣中的病毒進入體內。
2 能夠安穩入睡。
3 使身體活力充沛。
4 快速減輕壓力。

題型解題訣竅

這道題目屬於「正誤判斷題（「正誤判斷問題」）」。

題目描述 1.

這道題要求考生判斷哪一個選項不是文章中提到的「鼻から息をすること」的效果。這是一道典型的正誤判斷題，考生需確認哪些效果是文章中明確提到的，哪些不是。

文章內容 2.

文章提到鼻呼吸相比口呼吸有幾個好處，包括防止空氣中的灰塵和病毒進入體內、吸入更多氧氣、使身體活躍、減少壓力並穩定精神。但文章沒有提到鼻呼吸能直接改善睡眠質量（如讓人「ぐっすりねむることができる」）。

問題類型 3.

文章提到鼻呼吸能防止病毒進入、增加氧氣攝取、促進身體活動和減少壓力，但沒有提到鼻呼吸能「ぐっすりねむることができる」（睡得更香）。考生需依據文章內容判斷哪一項與其他不同，這符合正誤判斷題的特徵。

關鍵詞語 4.

「鼻で息をすれば」和「口で息をするより」描述了不同的呼吸方式；其次，「多くの空気を吸うことができる」和「ストレスも早くなくなる」說明了效果。「より」（比起）用於比較，「と」（如果）表示假設條件。

Question 問題

27 鼻から息をすることによる効果でないものは、次のどれか。

答案：**2**

[27] 以下哪一項不是鼻呼吸帶來的效果？

選項1 空気中のウイルスが体に入らない（阻擋空氣中的病毒進入體內）

正確原因 這是文章中提到的鼻呼吸的效果之一。文章指出，鼻呼吸可以防止空氣中的灰塵和病毒進入體內。

關鍵句子 鼻で息をすれば、口で息をするより空気中のごみやウイルスが体の中に入らないということです。

選項2 ぐっすりねむることができる（能夠安穩入睡）

錯誤原因 文章中並沒有提到鼻呼吸可以直接讓人睡得更好。文章討論的是鼻呼吸對於身體功能和壓力的影響，而不是對睡眠質量的影響。因此這個選項是不正確的。

選項3 体が活発に働く（使身體活力充沛）

正確原因 文章提到鼻呼吸能促進身體活躍，這是鼻呼吸的效果之一。鼻呼吸可以增加體內的氧氣供應，使身體功能更活躍。

關鍵句子 鼻で深く息をするようにすると、体に酸素が十分回るので、体が活発に働き

選項4 ストレスを早くなくすことができる（快速減輕壓力）

正確原因 文章提到鼻呼吸可以幫助減少壓力，這也是鼻呼吸的效果之一。鼻呼吸能讓身體獲得更多氧氣，從而幫助更快減輕壓力。

關鍵句子 鼻で深く息をするようにすると、…ストレスも早くなくなる。

問題五 翻譯與題解

第5大題 請閱讀以下（1）至（4）的文章，然後回答問題。答案請從1、2、3、4之中挑出最適合的選項。

亡くなった父は、いつも「人と同じことはするな」と繰り返し言っていました。子どもにとって、その言葉はとても不思議でした。なぜなら、周りの子どもたちは大人の人に「＿①＿」と言われていたからです。みんなと仲良く遊ぶには、一人だけ違うことをしないほうがいいという大人たちの考えだったのでしょう。

　思い出してみると、父は②仕事の鬼で、高い熱があっても決して仕事を休みませんでした。小さい頃からいっしょに遊んだ思い出は、ほとんどありません。それでも、父の「人と同じことはするな」という言葉は、とても強く私の中に残っています。

　今、私は、ある会社で商品の企画※の仕事をしていますが、父のこの言葉は、③非常に役に立っています。今の時代は新しい情報が多く、商品やサービスはあまっているほどです。そんな中で、ただ周りの人についていったり、真似をしたり

していたのでは勝ち残ることができ
ません。自分の頭で人と違うことを
考え出してこそ、自分の企画が選ば
れることになるからです。

※ 企画…あることをしたり、新し
　い商品を作るために、計画を
　立てること。

28 「①」に入る文はどれか。

1 人と同じではいけない

2 人と同じようにしなさい

3 人の真似をしてはいけない

4 人と違うことをしなさい

_____ 翻譯

已故的父親總是反覆對我說：「不要做跟別人一樣的事。」對於年幼的我來說，這句話充滿了神秘感。因為周圍的孩子們常常被大人告誡「①」，大家可能都認為，為了能夠和其他人和睦相處，不要做與眾不同的事情才是正確的。

回想起來，我的父親是一個②工作狂，即使發高燒也從未休息過。我幾乎沒有與他一起玩耍的記憶。儘管如此，父親的那句「不要做跟別人一樣的事」卻深深地烙印在我的心中。

現在，我在一家公司從事產品企劃※的工作，父親的這句話在我的職業生涯中③發揮了極大的作用。在這個信息泛濫、產品和服務充斥的時代，如果只是隨波逐流或模仿他人，是無法在競爭中脫穎而出的。唯有獨立思考，創造出與眾不同的想法，自己的企劃才能脫穎而出。

※ 企劃：為了做某件事或創造新商品而制定計劃的行為。

[28]「①」處應填入的句子是哪一個？

1 不要和別人一樣

2 要像別人一樣行事

3 不要模仿他人

4 做與眾不同的事

題型解題訣竅

這道題目屬於「填空題（空所補充問題）」。

題目描述

● 題目要求考生根據上下文選擇適合填入「①」空格中的句子。這是一個典型的填空題，因為它要求考生根據文章的內容和語境來判斷最適合的選項。

文章內容

● 文章中提到，作者的父親經常告訴他「不要做和別人一樣的事情」，這與大多數成年人教導孩子要「和別人一樣」形成對比。作者在描述父親的教導時，提到周圍的其他孩子都被大人教導要「與他人一致」。

問題類型

● 這道題目屬於「填空題」。題目要求選擇適合填入「①」的句子。文章中提到大人建議孩子們做「相同的事」，以便與他人和睦相處。選項2「人と同じようにしなさい」符合這一背景，能使文章邏輯和意思完整。考生需理解上下文來選擇最合適的填空內容。

關鍵詞語

● 「人と同じことはするな」和「みんなと仲良く遊ぶには」顯示了兩種相反的觀點；其次，「一人だけ違うことをしないほうがいい」強調了一般大人的想法。「なほうがいい」（最好）表達建議。

uestion 問題

答案：**2**

選項1〉人と同じではいけない（不要和別人一樣）

錯誤原因〉這個選項與父親的教導「人と同じことはするな」一致，強調與他人不同的行為，但不適合填入「①」處，因為這裡描述的是其他大人對孩子的普遍教導，並不是強調個性化或與眾不同。

關鍵句子〉大人たちはみんなと仲良く遊ぶためには、一人だけ違うことをしないほうがいいと言っていた。

選項2〉人と同じようにしなさい（要像別人一樣行事）

正確原因〉這個選項正確反映了其他大人對孩子的普遍教導，符合「①」處的內容。這裡強調要與他人一致，這與父親的教導形成了對比，符合上下文語境。

關鍵句子〉みんなと仲良く遊ぶには、一人だけ違うことをしないほうがいいという大人たちの考えだったのでしょう。

選項3〉人の真似をしてはいけない（不要模仿他人）

錯誤原因〉這個選項與父親的觀點相符，強調不要模仿他人，但並不適合填入「①」處，因為這裡描述的是其他大人對孩子的普遍教導，而非父親的獨特觀點。

選項4〉人と違うことをしなさい（做與眾不同的事）

錯誤原因〉這個選項與父親的教導一致，強調要與他人不同，但不適合填入「①」處，因為它不代表其他大人對孩子的教導，反而是父親特別的教育理念。

關鍵句子〉一人だけ違うことをしないほうがいい

題型解題訣竅

這道題目屬於「推斷題（推論問題）」。

題目描述

● 題目要求考生推斷出筆者為什麼稱父親為「仕事の鬼」。這是一個典型的推斷題，因為它需要考生根據文章中提供的信息和上下文來推斷出筆者的意圖或態度，而不是直接從文中找出答案。

文章內容

● 文章提到筆者的父親即使在高燒的情況下，也從不休息，一直以工作為重。筆者的描述顯示出父親對工作的極端專注和奉獻，甚至超過了與家人、孩子相處的時間。這表明筆者將父親比作「仕事の鬼」，是因為父親對工作的執著和奉獻精神。

問題類型

● 道題目屬於「推斷題」。題目要求根據文章描述理解為什麼筆者稱父親為「仕事の鬼」。文章提到父親即使高燒也不休息，一直把工作放在第一位。選項 2「高い熱があっても休まず、仕事第一だったから」正確反映了這一點。

關鍵詞語

● 「仕事の鬼」意味著一個人對工作非常執著；「高い熱があっても決して仕事を休みませんでした」說明了筆者父親的工作態度。理解「ても」（即使）這種逆接的用法，以及「決して〜ない」（絕不）的強調語氣，是解題的關鍵。

29 筆者はなぜ父を②仕事の鬼だったと言う
のか。

答案: **2**

[29] 作者為什麼說父親是②「工作狂」？

選項1 周りの大人たちと違うことを自分の子どもに言っていたから（因為他對孩子說了與其他大人不同的話）

錯誤原因 這個選項提到父親教導孩子與眾不同的話語，但這與稱父親為「仕事の鬼」的原因無直接關聯。文章中提到「仕事の鬼」（「工作狂）主要是因為父親對工作的極端專注，而不是因為他所說的話。

關鍵句子 仕事の鬼で、高い熱があっても決して仕事を休みませんでした。

選項2 高い熱があっても休まず、仕事第一だったから（因為即使發高燒也不休息，把工作放在第一位）

正確原因 這個選項正確。文章中作者稱父親為「仕事の鬼」正是因為他對工作極端專注，甚至在高燒時也不休息，這充分體現了「仕事の鬼」的意思。

關鍵句子 高い熱があっても決して仕事を休みませんでした。

選項3 子どもと遊ぶことがまったくなかったから（因為他從未和孩子一起玩耍）

錯誤原因 這個選項提到父親與孩子相處時間少，但這只是父親工作狂熱的結果之一，而不是筆者稱其為「仕事の鬼」的主要原因。文章重點在於父親對工作的執著，而非缺乏與孩子相處。

關鍵句子 小さい頃からいっしょに遊んだ思い出は、ほとんどありません。

選項4 子どもには厳しく、まるで鬼のようだったから（因為他對孩子嚴格得像鬼一樣）

錯誤原因 這個選項提到父親的嚴屬性格，但文章中並沒有直接提到父親對孩子的嚴屬程度與稱他為「仕事の鬼」有關。主要原因還是他的工作態度，而不是對孩子的態度。

題型解題訣竅

這道題目屬於「因果關係題（因果関係問題）」。

題目描述

● 題目要求考生根據文章內容判斷為什麼筆者認為父親的教導「非常に役に立っています」。這是一個典型的因果關係題，因為它要求考生找出某個結果或現象的具體原因。

文章內容

● 文章中，筆者提到自己在工作中，父親的教導對自己「非常に役に立っています」。父親的教導是「人と同じことはするな」，這意味著在競爭激烈的職場中，要想脫穎而出，必須有創新思維，不能只是跟隨他人或模仿他人。因此，筆者認為這樣的思維方式在工作中非常有用。

問題類型

● 題目要求理解「發揮了極大的作用」的原因。文章說明，只有做出與眾不同的創意，才能在競爭中取勝，選項 3 正確反映這一觀點。這是因果關係題，因為它分析了行為與結果的因果關係。

關鍵詞語

● 「非常に役に立っています」指父親的話在筆者工作中有幫助。「人と同じことをしていても勝ち残ることができません」解釋了理由。理解「ても」（即使）和「から」（因為）這些句型結構是解題的關鍵。

Question 問題

[30]「③發揮了極大的作用」是為什麼？

選項1〉周りの人についていけば安全だから（因為跟隨他人是最安全的選擇）

錯誤原因〉這個選項與文章的主要觀點相反。文章強調要在競爭中脫穎而出，應該避免跟隨他人或模仿他人的行為。因此，這個選項不正確。

關鍵句子〉ただ周りの人についていったり、真似をしたりしていたのでは勝ち残ることができません。

選項2〉人のまねをすることはよくないことだから（因為模仿他人是不好的行為）

錯誤原因〉雖然這個選項部分符合文章內容，文章確實提到不要模仿他人，但這並不是筆者認為父親教導「非常に役に立っています」的主要原因。文章的重點在於創新和與眾不同，而非僅僅避免模仿。

關鍵句子〉自分の頭で人と違うことを考え出してこそ、自分の企画が選ばれることになるからです。

選項3〉人と同じことをしていても仕事の場で勝つことはできないから（因為在職場上做與他人相同的事無法取得成功）

正確原因〉這個選項正確反映了文章中的觀點。文章提到，在競爭激烈的環境中，要想成功，不能只跟隨他人或做相同的事情，必須要有創新和不同的想法。這是為什麼筆者認為父親的教導「非常に役に立っています」的主要原因。

關鍵句子〉ただ周りの人についていったり、真似をしたりしていたのでは勝ち残ることができません。

選項4〉自分で考え自分で行動するためには、自信が大切だから（因為要獨立思考並行動，需要有足夠的自信）

錯誤原因〉雖然這個選項與獨立思考有關，但文章的主要重點在於創新和與眾不同，而不是自信。作者強調的是需要有不同於他人的想法來取得成功，而非僅僅依賴自信。

關鍵句子〉自分の頭で人と違うことを考え出してこそ、自分の企画が選ばれることになるからです。

問題五 翻譯與題解

第5大題　請閱讀以下（1）至（4）的文章，然後回答問題。答案請從1、2、3、4之中挑出最適合的選項。

ある留学生が入学して初めてのクラスで自己紹介をした時、緊張していたためきちんと話すことができず、みんなに笑われて恥ずかしい思いをしたという話を聞きました。彼はそれ以来、人と話すのが苦手になってしまったそうです。①とても残念な話です。確かに、小さい失敗が原因で性格が変わることや、ときには仕事を失ってしまうこともあります。

　では、失敗はしない方がいいのでしょうか。私はそうは思いません。昔、ある本で、「人の②心を引き寄せるのは、その人の長所や成功よりも、短所や失敗だ」という言葉を読んだことがあります。その時はあまり意味がわかりませんでしたが、今はわかる気がします。

　その学生は、失敗しなければよかったと思い、失敗したことを後悔したでしょう。しかし、周りの人、特に先輩や先生から見たらどうでしょうか。その学生が失敗したことによって、彼に

何を教えるべきか、どんなアドバ
イスをすればいいのかがわかるの
で、声をかけやすくなります。ま
ったく失敗しない人よりもずっと
親しまれ愛されるはずです。

　そう思えば、失敗もまたいいも
のです。

31 なぜ筆者は、①とても残念と言っているのか。

1 学生が、自己紹介で失敗して、恥
ずかしい思いをしたから

2 学生が、自己紹介の準備をしてい
なかったから

3 学生が、自己紹介で失敗して、人前で
話すのが苦手になってしまったから

4 ある小さい失敗が原因で、仕事を
失ってしまうこともあるから

翻譯

聽説有一位留學生在入學後的第一堂課上進行自我介紹時，因為過於緊張，沒能順利地表達自己，結果被大家取笑，感到非常尷尬。從那以後，他變得不擅長與人交談。①這真是令人惋惜的事情。確實，有時候，一個小小的失敗可能會改變一個人的性格，甚至導致他失去工作。

　那麼，是不是應該避免失敗呢？我並不這樣認為。記得曾經在某本書中讀到過這樣一句話：「②吸引人心的，並不是一個人的優點或成功，而是他的缺點與失敗。」當時我並不完全理解這句話的意思，但如今，我似乎能夠體會其中的道理。

　那位學生可能曾後悔，為什麼自己當初沒能表現得更好，為什麼會失敗。然而，從周圍的人的角度，特別是那些前輩和老師來看，這次失敗反而讓他們知道該如何幫助他，該給予他哪些建議。因此，相比起從未失敗過的人，他更容易得到他人的親近和喜愛。

　這樣想來，失敗也是一件好事。

[31] 為什麼作者説①「這真是令人惋惜的事情」？

1 因為這位學生在自我介紹時失敗，感到尷尬。

2 因為這位學生沒有為自我介紹做好準備。

3 因為這位學生在自我介紹時失敗，變得害怕在人前説話。

4 因為一個小小的失敗，有時會導致失去工作。

題型解題訣竅

這道題目屬於「推斷題（推論問題）」。

題目描述

● 題目要求考生根據文章內容推斷出筆者為什麼說「①とても残念」。這是一個典型的推斷題，因為它要求考生理解上下文並推斷出筆者的情感和理由，而不是直接從文章中提取信息。

文章內容

● 文章描述了一位留學生在自我介紹時因緊張而失敗，導致他在人前說話變得困難。筆者認為這種情況非常遺憾，因為這次失敗給這位學生的心理造成了長期的影響，讓他在人前說話時感到困難。

問題類型

● 這道題目屬於「推斷題」。考生需根據文本理解筆者為何說「非常遺憾」。文章提到學生因自我介紹失敗而變得害怕在人前說話。選項 3 正確反映了筆者的觀點。考生需要推斷筆者感到「非常遺憾」的具體原因。

關鍵詞語

● 「残念」是關鍵詞，表達了筆者對某事感到遺憾的情感。其次，「人と話すのが苦手になってしまった」解釋了失敗的後果。還需要理解「てしまう」的用法，表示一種不希望的結果。

Question 問題

31 なぜ筆者は、①とても残念と言っ ているのか。

答案: **3**

[31] 為什麼作者說①「這真是令人惋惜的事情」？

選項 1 学生が、自己紹介で失敗して、恥ずかしい思いをしたから（因為這位學生在自我介紹時失敗，感到尷尬）

錯誤原因 雖然這個選項部分符合文章內容，但它只描述了失敗帶來的尷尬，而不是筆者感到遺憾的主要原因。筆者的遺憾更多來自於這次失敗帶來的長期負面影響，如害怕在人前說話。

關鍵句子 彼はそれ以来、人と話すのが苦手になってしまったそうです。

選項 2 学生が、自己紹介の準備をしていなかったから（因為這位學生沒有為自我介紹做好準備）

錯誤原因 這個選項與文章無關。文章中並沒有提到學生是否有做準備，因此這個選項無法解釋筆者感到「とても残念」（真是令人惋惜）的原因。

選項 3 学生が、自己紹介で失敗して、人前で話すのが苦手になってしまったから（因為這位學生在自我介紹時失敗，變得害怕在人前說話）。

正確原因 這個選項正確反映了筆者感到「とても残念」的原因。筆者遺憾的主要原因是這次失敗導致學生在人前說話變得困難，這是一個長期的影響，影響了學生的自信和溝通能力

關鍵句子 彼はそれ以来、人と話すのが苦手になってしまったそうです。

選項 4 ある小さい失敗が原因で、仕事を失ってしまうこともあるから（因為一個小小的失敗，有時會導致失去工作）。

錯誤原因 這個選項提到失敗可能帶來的嚴重後果（如失去工作），但這不是筆者感到「とても残念」的具體原因。文章中筆者討論的是學生因失敗而導致的自信心下降，而不是失去工作

關鍵句子 仕事を失ってしまうこともあります。

題型解題訣竅

這道題目屬於「語句改寫題（言い換え問題）」。

題目描述

● 題目要求考生找出與「②心を引き寄せる」具有相同或相近意思的詞語或短語。這是一個典型的語句改寫題，因為它要求考生理解文章中的特定表達並找到與之意義相近的其他表達。

文章內容

● 文中提到「人の心を引き寄せるのは、その人の長所や成功よりも、短所や失敗だ」的說法，意思是指讓別人更容易接近和喜愛你的，往往不是你的成功，而是你表現出的缺點或經歷的失敗。後來文章進一步解釋說，失敗可以讓別人更容易親近和喜愛你。

問題類型

● 題目要求考生找出與「吸引人心」相同意思的詞。文中提到，失敗使人更容易被接近和受到愛戴，與「愛される」的含義相近。選項 4 正確反映了這個同義概念。這屬於語句改寫題，因為它要求識別文中具有相似含義的詞語。

關鍵詞語

● 「心を引き寄せる」（吸引人心）這詞組的意思很重要，對應的是在文章中表達相似意義的詞語。其次，「愛される」是文中與「心を引き寄せる」最接近的詞語，因為它也表達了一種吸引他人、贏得好感的意思。

Question 問題

32 ②心を引き寄せると、同じ意味の言葉は文中のどれか。

答案：**4**

[32] 與②「吸引人心」意思相同的詞語是哪一個？

選項1 失敗をする（失敗）

錯誤原因 這個選項描述的是一種行為（犯錯），而不是與「心を引き寄せる」（吸引人心）相同的意思。儘管失敗可能會導致「心を引き寄せる」，但它不是與之同義的詞語。

關鍵句子 失敗したことによって、彼に何を教えるべきか、どんなアドバイスをすればいいのかがわかるので、声をかけやすくなります。

選項2 教える（教導）

錯誤原因 這個選項意味著傳授知識或指導，與「心を引き寄せる」沒有直接關聯，也不具有相同的意思。

關鍵句子 何を教えるべきか。

選項3 叱られる（被責備）

錯誤原因 這個選項表示被責罵，與「心を引き寄せる」意思完全不同。被責罵並不意味著吸引他人的心，反而可能是相反的效果。

選項4 愛される（被喜愛）

正確原因 這個選項與「心を引き寄せる」最為接近。文章中的「心を引き寄せる」意指吸引他人並讓他人更喜愛你，而「愛される」（被愛）直接表達了被他人喜愛的結果。

關鍵句子 まったく失敗しない人よりもずっと親しまれ愛されるはずです。

題型解題訣竅

這道題目屬於「正誤判斷題（正誤判斷問題）」。

題目描述

● 題目要求考生從四個選項中選擇出與文章內容一致的陳述。這是一個典型的正誤判斷題，因為它要求考生判斷給出的選項是否與文章中的觀點或細節信息一致。

文章內容

● 文章討論了失敗對個人和人際關係的影響，筆者強調失敗並不是壞事，反而可能有助於人際互動，使他人更容易接近你。因此，失敗可能有積極的影響，而不是消極的。

問題類型

● 題目要求考生判斷哪個選項與文章內容相符。文章主旨是強調失敗並非壞事，相反，它有助於建立親近感和學習機會，因此選項 4 正確。其他選項與文章內容不符。這屬於正誤判斷題，因為它要求確認與文章一致的內容。

關鍵詞語

● 首先，要注意「失敗することは悪いことではない」這句話的含義，對應選項 4 的內容。其次，要理解「緊張すると、失敗しやすくなる」與選項 1 的區別，以及「大きい失敗」和「信頼されなくなる」的語意關聯，這些都不符合文章內容。

33 この文章の内容と合っているものはどれか。

答案：**4**

[33] 以下哪一項符合文章內容？

選項1〉緊張すると、失敗しやすくなる。（緊張時更容易失敗）

錯誤原因〉雖然文章開頭提到學生因緊張在自我介紹時失敗，但這只是背景描述，並非文章的重點。文章的主旨在於討論失敗本身的價值，而不是探討緊張與失敗之間的關係。

關鍵句子〉彼はそれ以来、人と話すのが苦手になってしまったそうです。

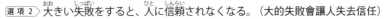

選項2〉大きい失敗をすると、人に信頼されなくなる。（大的失敗會讓人失去信任）

錯誤原因〉這個選項與文章內容相反。文章強調的是失敗可以讓人更受歡迎和愛戴，並沒有提到失敗會導致失去信任。

關鍵句子〉まったく失敗しない人よりもずっと親しまれ愛されるはずです。

選項3〉失敗しないことを第一に考えるべきだ（首先應該考慮避免失敗）

錯誤原因〉這個選項與文章主旨相反。文章中筆者認為失敗並不可怕，反而有其積極意義，因此不應將避免失敗作為首要目標。

關鍵句子〉失敗もまたいいものです。

選項4〉失敗することは悪いことではない。（失敗並不是壞事）

正確原因〉這個選項正確反映了文章的主旨。文章討論了失敗的積極意義，如讓人更親近、更愛戴，因此失敗並不是壞事。筆者鼓勵讀者重新審視失敗，並看到它的價值。

關鍵句子〉失敗もまたいいものです。

131

問題六 翻譯與題解

第6大題 請閱讀以下（1）至（4）的文章，然後回答問題。答案請從1、2、3、4之中挑出最適合的選項。

2015 年の 6 月、日本の選挙権が 20 歳以上から 18 歳以上に引き下げられることになった。1945 年に、それまでの「25 歳以上の男子」から「20 歳以上の男女」に引き下げられてから、なんと、70 年ぶりの改正である。2015 年現在、18・19 歳の青年は 240 万人いるそうだから、①この 240 万人の人々に選挙権が与えられるわけである。

　なぜ 20 歳から 18 歳に引き下げられるようになったかについては、若者の声を政治に反映させるためとか、諸外国では大多数の国が 18 歳以上だから、などと説明されている。

　日本では、小学校から高校にかけて、係や委員を選挙で選んでいるので、選挙には慣れているはずなのに、なぜか、国や地方自治体の選挙では②若者の投票率が低い。2014 年の冬に行　われた国の議員を選ぶ選挙では、60 代の投票率が 68％なのに対して、50 代が約 60％、40 代が 50％、30 代が 42％、そして、③20 代は 33％である。三人に一人しか投票に行っていないのである。選挙権が 18 歳以上になったとしても、いったい、どれぐらいの若者が投票に行くか、疑問である。それに、18 歳といえば大学受験に忙しく、政治的な話題には消極的だという意見も聞かれる。

　しかし、投票をしなければ自分たちの意見は政治に生かされない。これからの長い人生が政治に左右されることを考えれば、若者こそ、選挙に行って投票すべきである。

　そのためには、学校や家庭で、政治や選挙についてしっかり教育することが最も大切であると思われる。

34

①この 240 万人の人々について、正しいのはどれか。

1 2015 年に選挙権を失った人々

2 1945 年に新たに選挙権を得た人々

3 2015 年に初めて選挙に行った人々

4 2015 年の時点で、18 歳と 19 歳の人々

翻譯

2015 年 6 月，日本將選舉權的年齡下限從 20 歲降至 18 歲。這是自 1945 年將「25 歲以上的男性」選舉權下調至「20 歲以上的男女」後，時隔 70 年進行的再次修改。截至 2015 年，18 至 19 歲的年輕人共有 240 萬人，①這 240 萬人因此獲得了選舉權。

關於為什麼將選舉權年齡從 20 歲降至 18 歲，主要的解釋有：為了讓年輕人的聲音更好地反映在政治中，以及因為世界大多數國家的選舉權年齡都定為 18 歲以上。

在日本，小學至高中階段，學生們通過選舉選出班委和各種負責人，因此理應對選舉有所熟悉。然而，令人遺憾的是，國家和地方政府的選舉中，②年輕人的投票率卻始終偏低。以 2014 年冬季舉行的國會議員選舉為例，60 多歲選民的投票率達到了 68%，而 50 多歲的約為 60%，40 多歲為 50%，30 多歲為 42%，而③ 20 多歲的投票率僅為 33%。這意味著，只有三分之一的 20 多歲選民參與了投票。即使選舉權年齡降至 18 歲，我們仍然懷疑會有多少年輕人真正去投票。此外，18 歲的年輕人正忙於準備大學入學考試，對政治話題普遍不太積極。

然而，如果不參與投票，自己的意見就無法體現在政治中。考慮到未來漫長的人生將受到政治的影響，年輕人更應該積極參與選舉，行使自己的選舉權。

因此，最為重要的是在學校和家庭中加強政治和選舉相關的教育。

[34] 關於①這 240 萬人，下列哪一項正確？

1 2015 年失去選舉權的人群

2 1945 年新獲得選舉權的人群

3 2015 年首次參加選舉的人群

4 2015 年時，年齡在 18 歲和 19 歲之間的人群

題型解題訣竅

這道題目屬於「細節題（詳細理解問題）」。

題目描述

題目要求考生根據文章內容判斷「①この 240 万人の人々」指的是哪些人。這是一個典型的細節理解問題，因為它要求考生根據文章中的具體信息來選擇正確的選項。

文章內容

文章提到，2015 年日本的選舉權年齡從 20 歲降低到 18 歲，這意味著當時有 240 萬名 18 歲和 19 歲的年輕人因此獲得了選舉權。文章強調這是 70 年來第一次對選舉權年齡進行的調整。

問題類型

題目要求考生根據文章細節判斷正確選項。文章指出，2015 年選舉權從 20 歲以上降至 18 歲以上，240 萬人為當時 18 和 19 歲的青年，因此選項 4 正確反映了這一信息。這屬於細節題，因為它要求考生從文章中提取並理解具體細節。

關鍵詞語

「引き下げられる」解釋了選舉權年齡的變化；「240 万人の人々」和「18 歲と 19 歲の青年」對應選項 4 的正確內容。了解「選舉権が与えられる」和「2015年の時点」這些詞組的重要性，以及如何確定正確的時間和對象。

Question 問題

34 ①この 240 万人の人々について、正しいのはどれか。

[34] 關於①這 240 萬人，下列哪一項正確？

答案：**4**

選項 1 2015 年に選挙権を失った人々（2015 年失去選舉權的人群）

錯誤原因 文章明確指出，這 240 萬人是 2015 年因選舉權年齡下調而獲得選舉權的年輕人，而非失去選舉權的人。

關鍵句子 この 240 万人の人々に選挙権が与えられるわけである。

選項 2 1945 年に新たに選挙権を得た人々（1945 年新獲得選舉權的人群）

錯誤原因 這個選項描述的是 1945 年選舉權調整的歷史情況，與 2015 年 240 萬名 18、19 歲年輕人的情況無關。

關鍵句子 文章提到 1945 年是選舉權從「25 歲以上的男子」變更為「20 歲以上的男女」，與 2015 年的 240 萬人無關。

選項 3 2015 年に初めて選挙に行った人々（2015 年首次參加選舉的人群）

錯誤原因 雖然 240 萬人可能包括一些第一次參加選舉的人，但文章的重點是這些人因年齡變更而獲得選舉權，並不限定他們是否第一次參加選舉。

關鍵句子 この 240 万人の人々に選挙権が与えられるわけである。

選項 4 2015 年の時点で、18 歳と 19 歳の人々（2015 年時，年齡在 18 歲和 19 歲之間的人群）

正確原因 這個選項正確反映了文章內容。文章指出，2015 年有約 240 萬名 18 歲和 19 歲的年輕人因選舉權年齡調整而獲得選舉權。

關鍵句子 2015 年現在、18・19 歳の青年は 240 万人いるそうだから…。

題型解題訣竅

這道題目屬於「推斷題（推論問題）」。

題目描述

題目要求考生推斷筆者對於「若者の投票率が低いこと」的看法。這是一個典型的推斷題，因為它要求考生根據文章內容來理解筆者的觀點並做出推斷，而這個觀點並沒有直接明示在文本中。

文章內容

文章中提到，雖然年輕人的投票率低，但筆者強調了投票的重要性，特別是對於年輕人來說，因為他們的意見如果不通過投票表達出來，就無法反映在政治決策中。筆者還強調了教育的重要性，認為學校和家庭應該加強對政治和選舉的教育，從而提高年輕人的投票率。

問題類型

題目要求考生推斷筆者對「若者の投票率が低い」的看法。文章強調若者不投票，自己的意見就無法反映在政治中，因此選項 2 正確反映了筆者的觀點。這屬於推斷題，因為它要求考生理解文章並推斷作者的態度或觀點。

關鍵詞語

首先，「若者の投票率が低い」解釋了問題的背景；其次，「投票しなければ自分たちの意見が政治に反映されない」對應選項 2 的正確答案。理解「選挙に行って投票すべき」和「若者こそ」這些詞組，是解題的關鍵。

Question 問題

答案：**2**

[35] 關於②年輕人投票率低的現象，作者是如何看待的？

選項1〉若者は政治に関心がないので、仕方がない（年輕人對政治不感興趣，這是無法避免的）

錯誤原因〉筆者並不認為年輕人對政治的冷漠是不可避免的，反而強調需要通過教育來改變這種情況，並非「仕方がない」（無法避免）。

關鍵句子〉しかし、投票をしなければ自分たちの意見は政治に生かされない。

選項2〉投票しなければ自分たちの意見が政治に反映されない（如果不參與投票，他們的意見將無法反映在政治中）

正確原因〉這個選項正確反映了筆者的觀點。文章指出，如果年輕人不參與投票，他們的意見將無法在政治中得到反映，這是筆者想要傳達的核心信息。

關鍵句子〉投票をしなければ自分たちの意見は政治に生かされない。

選項3〉もっと選挙に行きやすくすれば、若者の投票率も高くなる（如果讓選舉更方便，年輕人的投票率就會提高）

錯誤原因〉文章中並未提到筆者認為改善投票便利性會提高投票率。筆者的重點在於加強教育而非投票便利性的改進。

關鍵句子〉文章強調的是「しっかり教育することが最も大切」。

選項4〉年齢とともに投票率も高くなるので、心配いらない（投票率會隨著年齡增長而提高，因此無需擔心）

錯誤原因〉筆者對年輕人投票率低表示擔憂，並且認為需要通過教育來提高年輕人的政治參與，並非不需要擔心。

關鍵句子〉若者こそ、選挙に行って投票すべきである。

題型解題訣竅

這道題目屬於「數據理解題（データ解釈問題）」。

題目描述

題目要求考生根據給出的數據「③ 20 代は 33%である」，來判斷這個數據與其他年齡段的比較。這是一個典型的數據理解題，因為它要求考生理解並比較不同年齡段的投票率數據。

文章內容

文章提到了不同年齡段的投票率，其中 60 代為 68%，50 代為約 60%，40 代為 50%，30 代為 42%，而 20 代的投票率為 33%。這些數據顯示出隨著年齡增長，投票率逐漸增加，20 代的投票率是最低的。

問題類型

題目要求考生比較 20 代的投票率與其他年代的數據。文章提到，20 代的投票率為 33%，而 60 代為 68%，顯示 20 代的投票率約為 60 代的一半，因此選項 3 正確。這屬於數據理解題，因為它要求考生分析並比較文本中的數據。

關鍵詞語

首先，投票率「20 代は 33%」提供了年齡層的具體數據；其次，「他の年代と比べて」表明這是一個比較的問題。理解「約半分である」中的「約」（大約）和「である」（為，是）是文法重點。

Question 問題

36 ③ 20代は33%であるとあるが、他の年代と比べてどのようなことが言えるか。

[36] ③ 20多歲投票率為33%，與其他年齡段相比，這意味著什麼？

選項 1 20代の投票率は、30代より高い（20多歲的投票率高於30多歲）

錯誤原因 20代的投票率（33%）明顯低於30代的投票率（42%）。

關鍵句子 30代が42%、20代は33%である。」20代的投票率低於30代，這個選項不正確。

選項 2 20代の投票率は、40代と同じくらいである（20多歲的投票率與40多歲相當）

錯誤原因 20代的投票率（33%）低於40代的投票率（50%）。

關鍵句子 40代が50%、20代は33%である。」兩者的投票率差距明顯，這個選項不正確。

選項 3 20代の投票率は、60代の約半分である（20多歲的投票率是60多歲的一半左右）

正確原因 60代的投票率為68%，20代的投票率為33%，33%約等於68%的一半，因此這個選項是正確的。

關鍵句子 60代の投票率が68% ...20代は33%である。

選項 4 20代の投票率が一番低く、四人に一人しか投票に行っていない（20多歲的投票率是最低的，只有四分之一的人參加了投票）

錯誤原因 雖然20代的投票率是最低的，但「四人に一人」的描述不符合數據，因為33%更接近三分之一，而不是四分之一。

關鍵句子 20代は33%である。

題型解題訣竅

這道題目屬於「因果關係題（因果関係問題）」。

題目描述

題目要求考生根據文章內容判斷促使年輕人參加選舉的有效措施。這是一個典型的因果關係題，因為它要求考生找出文章中對於某個結果（年輕人去投票）的原因或必要條件。

文章內容

文章提到，若要提高年輕人的投票率，最重要的是在學校和家庭中加強政治和選舉的教育。筆者認為，教育能夠幫助年輕人理解投票的重要性，從而提高他們的投票意願。

問題類型

題目要求考生判斷促使年輕人參加選舉的必要條件。文章最後強調了「通過學校和家庭對政治和選舉的教育的重要」，因此選項 3 正確反映了促使年輕人投票的解決方案。這屬於因果關係題，因為它探討原因與結果之間的關係。

關鍵詞語

首先「選挙に行くようにするには」表明了問題的主旨；其次，「何が必要か」問的是解決方案。理解「学校や家庭での教育」中的「教育」這個詞，並注意「での」（在…的）表示場所或情境的助詞是文法重點。

Question 問題

37 若者が選挙に行くようにするには、何が必要か。

答案: **3**

[37] 為了鼓勵年輕人參加選舉，應該怎麼做？

選項1 選挙に慣れさせること（讓年輕人熟悉選舉過程）

錯誤原因 這個選項雖然可能是一種方法，但文章中並未強調「選舉に慣れさせる」作為提高投票率的關鍵。

關鍵句子 選挙には慣れているはずなのに…。

選項2 投票場をたくさん設けること（增加投票站的數量）

錯誤原因 文章中沒有提到需要設置更多的投票場所來促進年輕人投票。

選項3 学校や家庭での教育（在學校和家庭中加強教育）

正確原因 文章強調了通過學校和家庭對政治和選舉的教育是提高年輕人投票率的最重要方法。

關鍵句子 そのためには、学校や家庭で、政治や選挙についてしっかり教育することが最も大切であると思われる。

選項4 選挙に行かなかった若者の名を発表すること（公布未參加選舉的年輕人的名字）

錯誤原因 文章中沒有提到要公佈沒有參加選舉的年輕人的名字。

問題七 翻譯與題解

第 7 大題　請閱讀以下（1）至（4）的文章，然後回答問題。

答案請從 1、2、3、4 之中挑出最適合的選項。

令和元年 7 月 1 日

社員のみなさまへ

総務部

社員旅行のお知らせ

本年も社員旅行を次の通り行います。参加希望の方は、下の申込書にご記入の上、7 月 20 日までに、山村（内線番号 XX）に提出してください。多くの方のお申し込みを、お待ちしています。

記

1. 日時　　9 月 4 日（土）〜 5 日（日）
2. 行き先　静岡県富士の村温泉
3. 宿泊先　　　　星山温泉ホテル（TEL：XXX-XXX-XXXX）
4. 日程

9 月 4 日（土）

午前 9 時　本社出発 ― 月川 PA ― ビール工場見学 ― 富士の村温泉着　午後 5 時頃

9 月 5 日（日）

午前 9 時　ホテル出発 ― ピカソ村観光 (アイスクリーム作り) ― 月川 PA ― 本社着　午後 5 時頃

＊道路が混雑していた場合、遅れます

5. 費用　一人 15,000 円 (ピカソ村昼食代は別)

- -

申し込み書

氏名

部署名

ご不明な点は、総務部山村（内線番号 XX）まで、お問い合わせ下さい。

38

この旅行に参加したいとき、どうすればいいか。
りょこう さんか

1 7月20日までに、社員に旅行代金の 15,000 円を払う。
がつ はつ か しゃいん りょこうだいきん えん はら

2 7月20日までに、山村さんに申込書を渡す。
がつ はつ か やまむら もうしこみしょ わた

3 7月20日までに、申込書と旅行代金を山村さんに渡す。
がつ はつ か もうしこみしょ りょこうだいきん やまむら わた

4 7月20日までに、山村さんに電話する。
がつ はつ か やまむら でん わ

令和元年 7 月 1 日
總務部

員工旅遊相關公告

敬致全體員工

　　今年依照往例舉辦員工旅遊，方式如下：擬參加者，請填寫下述報名表，並於 7 月 20 日前提交山村（分機ＸＸ）彙整。期待各位踴躍報名！

報名表

日期
9 月 4 日（六）～5 日（日）

目的地
靜岡縣富士之村溫泉

住宿
星山溫泉旅館（電話 ＸＸＸ-ＸＸＸ-ＸＸ ＸＸ）

行程
9 月 4 日（六）
上午 9 時於公司出發—月川休息站—參觀啤酒工廠—下午 5 時左右抵達富士之村溫泉

9 月 5 日（日）
上午 9 時於旅館出發—遊覽畢卡索村（製作冰淇淋）—月川休息站—下午 5 時左右抵達公司
＊若遇塞車的情況則可能延遲

費用
一人 15000 日圓（畢卡索村的午餐費另計）

-------------------------------- **報名表** --------------------------------

姓名：　　　　　　部門：

關於這次旅遊如有問題，請洽詢山村（分機ＸＸ）。

翻譯

[38] 如果想參加這次旅行，應該怎麼做？

1 在 7 月 20 日之前，支付 15,000 日圓的旅遊費用給員工。

2 在 7 月 20 日之前，將申請書交給山村小姐。

3 在 7 月 20 日之前，將申請書和旅遊費用一起交給山村小姐。

4 在 7 月 20 日之前，打電話給山村小姐。

題型解題訣竅

這道題目屬於「細節題（詳細理解問題）」。

 題目描述

題目要求考生根據公告的內容，判斷參加員工旅行需要做什麼具體的步驟。這是一個典型的細節理解問題，因為它要求考生從公告中找出具體的指示，並根據這些指示選擇正確的答案。

 文章內容

公告中明確指出，員工如果希望參加旅行，應在7月20日之前填寫申請表並提交給山村小姐。並沒有提到需要提前支付費用或僅僅通過電話聯繫即可。

 問題類型

題目要求考生理解公告中的具體要求和細節，並根據這些信息來選擇正確的行動方案。通知中明確提到，參加員工旅行者需在7月20日前將填好的申請書交給山村。因此，選項2是正確的。這屬於細節理解題，因為考生需從文章中提取具體的行動指示。

 關鍵詞語

「参加したいとき」指出問題的情境；「どうすればいいか」問的是具體的行動步驟。理解「7月20日までに」和「申込書を渡す」這些詞組，特別是助詞「を」的用法，表示動作的對象。「山村（內線番號XX）に提出してください」是關鍵句，指示申請書的提交對象。

uestion 問題

この旅行に参加したいとき、どうすれ
ばいいか。

[38] 如果想參加這次旅行，應該怎麼做？

答案： **2**

1.

選 項 1 ⟩ 7 月 20 日までに、社員に旅行代金の 15,000 円を払う（在 7 月 20 日之前，支付 15,000 日圓的旅遊費用給員工）

錯誤原因 ⟩ 公告中並未提到需在 7 月 20 日之前支付旅行費用，只要求在此日期前提交申請書。

2.

選 項 2 ⟩ 7 月 20 日までに、山村さんに申込書を渡す（在 7 月 20 日之前，將申請書交給山村小姐）

正確原因 ⟩ 公告中明確指出需在 7 月 20 日之前將申請書提交給山村小姐。這是參加旅行的必須步驟。

關鍵句子 ⟩ 参加希望の方は、下の申込書にご記入の上、7 月 20 日までに、山村（内線番号 XX）に提出してください。

3.

選 項 3 ⟩ 7 月 20 日までに、申込書と旅行代金を山村さんに渡す（在 7 月 20 日之前，將申請書和旅遊費用一起交給山村小姐）

錯誤原因 ⟩ 公告中並未要求同時提交申請書和旅行費用，只要求在 7 月 20 日之前提交申請書。

4.

選 項 4 ⟩ 7 月 20 日までに、山村さんに電話する（在 7 月 20 日之前，打電話給山村小姐）

錯誤原因 ⟩ 公告要求提交申請書，而不是通過電話聯繫。

題型解題訣竅

這道題目屬於「正誤判斷題（正誤判斷問題）」。

 題目描述

題目要求考生判斷四個選項中哪一個與公告內容不符。這是一個典型的正誤判斷題，因為它要求考生找出與文章內容不一致的陳述。

 文章內容

公告中描述了旅行日程、費用與聯絡方式。選項 1 提及新幹線，但公告未提及此交通工具。選項 2 正確說明了除旅行費外，還需自費 2 日目午餐。選項 3 正確指出回程可能延遲，公告提到若道路擁堵將會晚點。選項 4 也正確，公告明確指出如有疑問可聯繫山村小姐。

 問題類型

題目要求考生判斷哪個選項與公告內容不符。文章描述了員工旅行的詳細安排，但未提到使用新幹線，選項 1 不正確。這屬於正誤判斷題，因為它要求考生找出與文本信息不一致的選項。

 關鍵詞語

「正しくないものはどれか」要求找出不符合文章內容的選項。「帰りは新幹線を使う」和「昼食代がかかる」涉及旅行的細節。理解「午後 5 時より遅くなることがある」中的助詞「より」表示比較對象，還要注意「山村さんに聞く」中助詞「に」的指示對象功能。

Question 問題

39 この旅行について、正しくないものはどれか。

[39] 關於這次旅行，哪一項是不正確的？

答案：**1**

1.

選項 1 この旅行は、帰りは新幹線を使う（這次旅行回程將乘坐新幹線）

錯誤原因 公告中沒有提到使用新幹線作為交通工具。行程中只提到從「ホテル出発」（旅館出發）到「本社着」（抵達公司），而非具體使用新幹線。

關鍵句子 9月5日（日）ホテル出発―本社着

2.

選項 2 旅行代金 15,000 円の他に、2日目の昼食代がかかる（除了旅行費用 15,000 日圓外，還需要支付第二天的午餐費用）

正確原因 公告中明確指出旅行費用是 15,000 日元，但「ピカソ村昼食代は別」提到午餐費用需要額外支付。

關鍵句子 費用 一人 15,000 円（ピカソ村昼食代は別）

3.

選項 3 本社に帰って来る時間は、午後5時より遅くなることがある（返回公司時間可能會晚於下午5點）

正確原因 公告中提到如果道路擁堵，返回時間可能會晚於預定的下午5時。

關鍵句子 ＊道路が混雑していた場合、遅れます。

4.

選項 4 この旅行についてわからないことは、山村さんに聞く（對這次旅行有任何疑問，可以詢問山村小姐）

正確原因 公告中明確表示如有疑問可聯繫山村小姐（總務部）。

關鍵句子 ご不明な点は、総務部山村（内線番号 XX）まで、お問い合わせ下さい。

Track017

つぎの（1）から（4）の文章を読んで、質問に答えなさい。答えは、1・2・3・4から最もよいものを一つえらびなさい。

（1）

　　私たち日本人は、食べ物を食べるときには「いただきます」、食べ終わったときには「ごちそうさま」と言う。自分で料理を作って一人で食べる時も、お店でお金を払って食べる時も、誰にということもなく、両手を合わせて「いただきます」「ごちそうさま」と言っている。

　　ある人に「お金を払って食べているんだから、レストランなどではそんな挨拶はいらないんじゃない？」と言われたことがある。

　　しかし、私はそうは思わない。「いただきます」と「ごちそうさま」は、料理を作ってくれた人に対する感謝の気持ちを表す言葉でもあるが、それよりも、私たち人間の食べ物としてその生命をくれた動物や野菜などに対する感謝の気持ちを表したものだと思うからである。

24　作者は「いただきます」「ごちそうさま」という言葉について、どう思っているか。

1　日本人としての礼儀である。

2　作者の家族の習慣である。

3　料理を作ってくれたお店の人への感謝の気持ちである。

4　食べ物になってくれた動物や野菜への感謝の表れである。

（2）

　　暑い時に熱いものを食べると、体が熱くなるので当然汗をかく。その汗が蒸発[※1]するとき、体から熱を奪うので涼しくなる。だから、インドなどの熱帯地方では熱くてからいカレーを食べるのだ。

　　では、日本人も暑い時には熱いものを食べると涼しくなるのか。

　　実は、そうではない。日本人の汗は他の国の人と比べると塩分濃度[※2]が高く、かわきにくい上に、日本は湿度が高いため、ますます汗は蒸発しにくくなる。

　　だから、暑い時に熱いものを食べると、よけいに暑くなってしまう。インド人のまねをしても涼しくはならないということである。

※1　蒸発…気体になること。

※2　濃度…濃さ。

[25]　暑い時に熱いものを食べると、よけいに暑くなってしまう 理由はどれか。

1　日本は、インドほどは暑くないから

2　カレーなどの食べ物は、日本のものではないから

3　日本人は、必要以上にあせをかくから

4　日本人のあせは、かわきにくいから

（3）   Track019

佐藤さんの机の上に、メモがおいてある。

___

佐藤さん、

お疲れ様です。

本日 15 時頃、北海道支社の川本さんより、電話がありました。

出張^{しゅっちょう}※の予定表を金曜日までに欲しいそうです。

また、ホテルの希望を聞きたいので、

今日中に携帯^{けいたい}090-XXXX-XXXX に連絡をください、とのことです。

よろしくお願いします。

18：00 田中

___

※　出張…仕事のためにほかの会社などに行くこと

26　佐藤さんは、まず、何をしなければならないか。

1　川本さんに、ホテルの希望を伝える。

2　田中さんに、ホテルの希望を伝える。

3　川本さんに、出張の予定表を送る。

4　田中さんに、出張の予定表を送る。

（4）Track020

これは、病院にはってあったポスターである。

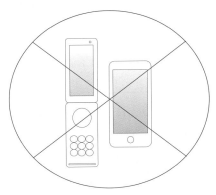

病院内では携帯電話をマナーモードにしてください

1. お電話は、決められた場所でしてください。
   （携帯電話コーナー、休憩室、病棟個室等）
2. 病院内では、電源 off エリアが決められています。
   （診察室、検査室、処置室、ICU 等）
3. 歩きながらのご使用はご遠慮ください。
4. 診察に邪魔になる場合は、使用中止をお願いすることが
   あります。

27 この病院の中の携帯電話の使い方で、正しくないものはどれか。

1 休憩室では、携帯電話を使うことができる。

2 検査室では、マナーモードにしなければならない。

3 携帯電話コーナーでは、通話してもよい。

4 歩きながら使ってはいけない。

Track021

つぎの(1)と(2)の文章を読んで、質問に答えなさい。答えは、1・2・3・4から最もよいものを一つえらびなさい。

(1)

　　私は、仕事で人と会ったり会社を訪問したりするとき、①服の色に気をつけて選ぶようにしている。

　　例えば、仕事でほかの会社を訪問するとき、私は、黒い色の服を選ぶ。黒い色は、冷静で頭がよく自立※1した印象を与えるため、仕事の場では有効な色だと思うからだ。また、初対面の人と会うときは、白い服を選ぶことが多い。初対面の人にあまり強すぎる印象は与えたくないし、その点、白は上品で清潔な印象を与えると思うからだ。

　　入社試験の面接※2などでは、濃い青色の服を着る人が多い「②リクルートスーツ」などと呼ばれているが、青は、まじめで落ち着いた印象を与えるので、面接等に適しているのだろう。

　　このように、服の色によって人に与える印象が変わるだけでなく、③服を着ている人自身にも影響を与える。私は、赤が好きなのだが、赤い服を着ると元気になり、行動的になるような気がする。

　　服だけでなく、色のこのような作用は、身の回りのさまざまなところで利用されている。

　　それぞれの色の特徴や作用を知って、改めて商品の広告や、道路や建物の中のマークなどを見ると、その色が選ばれている理由がわかっておもしろい。

※1　自立…人に頼らないで、自分の考えで決めることができること。

※2　面接…会社の入社試験などで、試験を受ける人に会社の人が直接考えなどを聞くこと。

28　①<u>服の色に気をつけて選ぶようにしている</u>とあるが、それはなぜか。

1　服の色は、その日の自分の気分を表しているから

2　服の色によって、人に与える印象も変わるから

3　服の色は服のデザインよりも人にいい印象を与えるから

4　服の色は、着る人の性格を表すものだから

29　入社試験などで着る②<u>「リクルートスーツ」</u>は、濃い青色が多いのはなぜだと筆者は考えているか。

1　青は、まじめで落ち着いた印象を人に与えるから

2　青は、上品で清潔な印象を人に与えるから

3　入社試験には、青い服を着るように決まっているから

4　青は、頭がよさそうな印象を人に与えるから

30　③<u>服を着ている人自身にも影響を与える</u>とあるが、その例として、どのようなことが書かれているか。

1　白い服は、人に強すぎる印象を与えないこと

2　黒い服を着ると、冷静になれること

3　青い服を着ると、仕事に対するファイトがわくこと

4　赤い服を着ると、元気が出て行動的になること

（2）　　　　　　　　　　　　　　　　　　Track022

　　最近、野山や林の中で昆虫採集※1をしている子どもを見かけることが少なくなった。私が子どものころは、夏休みの宿題といえば昆虫採集や植物採集だった。男の子はチョウやカブトムシなどの虫を捕る者が多く、虫捕り網をもって、汗を流しながら野山を走り回ったものである。うまく虫を捕まえた時の①わくわく、どきどきした気持ちは、今でも忘れられない。

　　なぜ、今、虫捕りをする子どもたちが減っているのだろうか。

　　一つには、近くに野山や林がなくなったからだと思われる。もう一つは、自然を守ろうとするあまり、学校や大人たちが、虫を捕ることを必要以上に強く否定し、禁止するようになったからではないだろうか。その結果、子どもたちは生きものに直接触れる貴重な機会をなくしてしまっている。

　　分子生物学者の平賀壯太博士は、「子どもたちが生き物に接したときの感動が大切です。生き物を捕まえた時のプリミティブ※2な感動が、②自然を知る入口だといって良いかもしれません。」とおっしゃっている。そして、実際、多くの生きものを捕まえて研究したことのある人の方が自然の大切さを知っているということである。

　　もちろんいたずらに生きものを捕まえたり殺したりすることは許されない。しかし、自然の大切さを強調するあまり、子どもたちの自然への関心や感動を奪ってしまわないように、私たち大人や学校は気をつけなければならないと思う。

※1　昆虫採集…勉強のためにいろいろな虫を集めること。

※2　プリミティブ…基本的な最初の。

31　①わくわく、どきどきした気持ちとは、どんな気持ちか。

1　虫に対する恐怖心や不安感

2　虫をかわいそうに思う気持ち

3　虫を捕まえたときの期待感や緊張感

4　虫を逃がしてしまった残念な気持ち

32　②自然を知る入口とはどのような意味か。

1　自然から教えられること

2　自然の恐ろしさを知ること

3　自然を知ることができないこと

4　自然を知る最初の経験

33　この文章を書いた人の意見と合うのは次のどれか。

1　自然を守るためには、生きものを捕らえたり殺したりしないほうがいい。

2　虫捕りなどを禁止してばかりいると、かえって自然の大切さを理解できなくなる。

3　学校では、子どもたちを叱らず、自由にさせなければならない。

4　自然を守ることを強く主張する人々は、自然を深く愛している人々だ。

Track023

つぎの文章を読んで、質問に答えなさい。答えは、1・2・3・4から最もよいものを一つえらびなさい。

　　二人で荷物を持って坂や階段を上がるとき、上と下ではどちらが重いかということが、よく問題になる。下の人は、物の重さがかかっているので下のほうが上より重いと言い、上の人は物を引き上げなければならないから、下より上のほうが重いと言う。

　　実際はどうなのだろうか。実は、力学※1的に言えば、荷物が二人の真ん中にあるとき、二人にかかる重さは全く同じなのだそうである。このことは、坂や階段でも平らな道を二人で荷物を運ぶときも同じだということである。

　　ただ、①これは、荷物の重心※2が二人の真ん中にある場合のことである。しかし、②もし重心が荷物の下の方にずれていると下の人、上の方にずれていると上の人の方が重く感じる。

　　③重い荷物を長い棒に結びつけて、棒の両端を二人でそれぞれ持つ場合、棒の真ん中に荷物があれば、二人の重さは同じであるが、そうでなければ、荷物に遠いほうが軽く、近いほうが重いということになる。

　　このように、重い荷物を二人以上で運ぶ場合、荷物の重心から、一番離れた場所が一番軽くなるので、④覚えておくとよい。

※1　力学…物の運動と力との関係を研究する物理学の一つ。

※2　重心…物の重さの中心

34 ①<u>これ</u>は何を指すか。

1　物が二人の真ん中にあるとき、力学的には二人にかかる重さは同じであること

2　坂や階段を上がるとき、下の方の人がより重いということ

3　坂や階段を上がるとき、上の方の人により重さがかかるということ

4　物が二人の真ん中にあるときは、どちらの人も重く感じるということ

35 坂や階段を上るとき、②<u>もし重心が荷物の下の方にずれていると</u>、どうなるか。

1　上の人のほうが重くなる。

2　下の人のほうが重くなる。

3　重心の位置によって重さが変わることはない。

4　上の人も下の人も重く感じる。

36 ③<u>重い荷物を長い棒に結びつけて、棒の両端を二人でそれぞれ持つ場合</u>、二人の重さを同じにするは、どうすればよいか。

1　荷物を長いひもで結びつける。

2　荷物をもっと長い棒に結びつける。

3　荷物を二人のどちらかの近くに結びつける。

4　荷物を棒の真ん中に結びつける。

37 ④<u>覚えておくとよいのはどんなことか。</u>

1　荷物の重心がどこかわからなければ、どこを持っても重さは変わらないということ

2　荷物を二人で運ぶ時は、棒にひもをかけて持つと楽であるということ

3　荷物を二人以上で運ぶ時は、重心から最も離れたところを持つと軽いということ

4　荷物を二人以上で運ぶ時は、重心から一番近いところを持つと楽であるということ

第3回　もんだい7　模擬試題

Track024

つぎのページは、ある図書館のカードを作る時の決まりである。これを読んで、下の質問に答えなさい。答えは、1・2・3・4から最もよいものを一つえらびなさい。

38 中松市に住んでいる留学生のマニラムさん (21歳) は、図書館で本を借りるための手続きをしたいと思っている。マニラムさんが図書館カードを作るにはどうしなければならないか。

1　お金をはらう。

2　パスポートを持っていく。

3　貸し出し申込書に必要なことを書いて、学生証か外国人登録証を持っていく。

4　貸し出し申込書に必要なことを書いて、お金をはらう。

39 図書館カードについて、正しいものはどれか。

1　図書館カードは、中央図書館だけで使うことができる。

2　図書館カードは、三年ごとに新しく作らなければならない。

3　住所が変わった時は、電話で図書館に連絡をしなければならない。

4　図書館カードをなくして、新しく作る時は一週間かかる。

図書館カードの作り方

① はじめて本を借りるとき

図書館カード

なまえ **マニラム・スレシュ**

中松市立図書館
〒 333-2212 中松市今中 1-22-3
☎ 0901-33-3211

- ● 中松市に住んでいる人
- ● 中松市内で働いている人
- ● 中松市内の学校に通学する人は、カードを作ることができます。
- ● また、坂下市、三田市及び松川町に住所がある人も作ることができます。

　カウンターにある「貸し出し申込書」に必要なことを書いて、図書館カードを受け取ってください。

　その際、氏名・住所が確認できるもの（運転免許証・健康保険証・外国人登録証・住民票・学生証など）をお持ちください。中松市在勤、在学で、その他の市にお住まいの人は、その証明も合わせて必要です。

② 続けて使うとき、住所変更、カードをなくしたときの手続き

- ● 図書館カードは 3 年ごとに住所確認手続きが必要です。登録されている内容に変更がないか確認を行います。手続きをするときは、氏名・住所が確認できる書類をお持ちください。
- ● 図書館カードは中央図書館、市内公民館図書室共通で利用できます。3 年ごとに住所確認のうえ、続けて利用できますので、なくさないようお願いいたします。
- ● 住所や電話番号等、登録内容に変更があった場合はカウンターにて変更手続きを行ってください。また、利用資格がなくなった場合は、図書館カードを図書館へお返しください。
- ● 図書館カードを紛失※された場合は、すぐに紛失届けを提出してください。カードをもう一度新しく作ってお渡しするには、紛失届けを提出された日から 1 週間かかります。

※　紛失…なくすこと

問題四　翻譯與題解

第4大題　請閱讀以下（1）至（4）的文章，然後回答問題。答案請從1、2、3、4之中挑出最適合的選項。

私たち日本人は、食べ物を食べるときには「いただきます」、食べ終わったときには「ごちそうさま」と言う。自分で料理を作って一人で食べる時も、お店でお金を払って食べる時も、誰にということもなく、両手を合わせて「いただきます」「ごちそうさま」と言っている。

ある人に「お金を払って食べているんだから、レストランなどではそんな挨拶はいらないんじゃない？」と言われたことがある。

しかし、私はそうは思わない。「いただきます」と「ごちそうさま」は、料理を作ってくれた人に対する感謝の気持ちを表す言葉でもあるが、それよりも、私たち人間の食べ物としてその生命をくれた動物や野菜などに対する感謝の気持ちを表したものだと思うからである。

文章を深く読み解いて、言葉の美しさを味わおう。

24 作者は「いただきます」「ごちそうさま」という言葉について、どう思っているか。

1 日本人としての礼儀である。

2 作者の家族の習慣である。

3 料理を作ってくれたお店の人への感謝の気持ちである。

4 食べ物になってくれた動物や野菜への感謝の表れである。

――――――――――――――翻譯

我們日本人，在用餐前會説「いただきます」，用餐結束後則會説「ごちそうさま」。無論是自己下廚獨自進餐，還是在餐館付費用餐，我們總是雙手合十，輕聲道出這兩句話，彷彿自然而然地要向誰表達感謝一般。

曾經有人對我説：「既然已經付了錢，在餐館裡應該不需要這樣的問候吧？」

但我並不這樣認為。「いただきます」和「ごちそうさま」這些話語，雖然是對烹飪者表達感謝，但更重要的是，它們代表了我們對那些賦予我們生命養分的動物、植物所懷有的深切感恩之情。

[24] 作者對於「我開動了」「我吃飽了」這些話語持有什麼看法？

1 這是作為日本人的一種禮儀。

2 這是作者家庭的習慣。

3 這是對於烹飪者的感謝之情。

4 這是對於成為食物的動物和蔬菜的感恩之情。

題型解題訣竅

這道題目屬於「主旨題（主旨理解問題）」。

題目描述 1.

題目要求考生理解作者對「いただきます」「ごちそうさま」這兩個詞語的看法，並從選項中選擇最能反映作者觀點的選項。這是一個典型的主旨題，因為它要求考生抓住文章的核心思想或作者的主要觀點。

文章內容 2.

文章中，作者討論了「いただきます」「ごちそうさま」這兩個詞語的意義，強調這些詞語不僅僅是對料理者的感謝，更重要的是對於那些成為食物的動植物的感謝。作者明確表示，即使在餐廳付費用餐，這些表達依然重要，因為它們代表了對食物的生命的感恩。

問題類型 3.

這個題目要求考生理解文章的核心觀點，即「いただきます」「ごちそうさま」在作者眼中的真正含義。文章中明確表示，這些詞表達了對於成為食物的動物和植物的感謝。因此，選項 4 正確。這屬於主旨理解題，因為它要求提取文本中的具體信息以把握核心觀點。

關鍵詞語 4.

首先，「いただきます」和「ごちそうさま」這兩個詞語表達的是感謝的情感。其次，理解「感謝の気持ちを表したものだと思う」中的「表した」（表達）這個動詞和助詞「の」連接的主觀想法。

Question 問題

24 作者は「いただきます」「ごちそうさま」という言葉について、どう思っているか。

[24] 作者對於「我開動了」「我吃飽了」這些話語持有什麼看法？

選項 1 日本人としての礼儀である（這是作為日本人的一種禮儀）

錯誤原因 雖然這反映了這些詞語在日本文化中的禮儀意義，但並沒有捕捉到作者強調的更深層次的感恩之意。

選項 2 作者の家族の習慣である（這是作者家庭的習慣）

錯誤原因 文章中沒有提到這是作者家族的習慣，而是日本人普遍的做法。

選項 3 料理を作ってくれたお店の人への感謝の気持ちである（這是對於烹飪者的感謝之情）

部分正確 雖然這反映了感謝烹飪者的意圖，但作者更強調的是對動物和植物的感謝。

關鍵句子 それよりも、私たち人間の食べ物としてその生命をくれた動物や野菜などに対する感謝の気持ちを表したものだ。

選項 4 食べ物になってくれた動物や野菜への感謝の表れである（這是對於成為食物的動物和蔬菜的感恩之情）

正確原因 這個選項精確反映了作者的主要觀點，作者認為「いただきます」和「ごちそうさま」主要是對那些成為食物的生命的感恩。

關鍵句子 それよりも、私たち人間の食べ物としてその生命をくれた動物や野菜などに対する感謝の気持ちを表したものだと思うからである。

問題四　翻譯與題解

第 4 大題　請閱讀以下（1）至（4）的文章，然後回答問題。答案請從 1、2、3、4 之中挑出最適合的選項。

暑い時に熱いものを食べると、体が熱くなるので当然汗をかく。その汗が蒸発※1するとき、体から熱を奪うので涼しくなる。だから、インドなどの熱帯地方では熱くてからいカレーを食べるのだ。

では、日本人も暑い時には熱いものを食べると涼しくなるのか。

実は、そうではない。日本人の汗は他の国の人と比べると塩分濃度※2が高く、かわきにくい上に、日本は湿度が高いため、ますます汗は蒸発しにくくなる。

だから、暑い時に熱いものを食べると、よけいに暑くなってしまう。インド人のまねをしても涼しくはならないということである。

※1蒸発…気体になること。
※2濃度…濃さ。

文章を深く読み解いて、言葉の美しさを味わおう。

25 暑い時に熱いものを食べると、よけいに暑
くなってしまう 理由はどれか。

1 日本は、インドほどは暑くないから

2 カレーなどの食べ物は、日本のものではないから

3 日本人は、必要以上に汗をかくから

4 日本人の汗は、かわきにくいから

――――――――――――――― 翻譯

在炎熱的天氣裡，進食熱食會導致體溫升高，隨之自然
會出汗。而當汗液蒸發[1]時，會帶走體內的熱量，使人感到
涼爽。因此，在印度等熱帶地區，人們習慣食用熱辣的咖哩
來降溫。

那麼，日本人在炎熱的時候吃熱食也會感到涼爽嗎？

事實上，並非如此。與其他國家的人相比，日本人的汗
液含有較高的鹽分濃度[2]，不易蒸發。此外，由於日本的空
氣濕度較高，汗液的蒸發更加困難。

因此，當日本人在炎熱的天氣裡食用熱食時，體感溫度
反而會升高。模仿印度人的做法並不會帶來預期的降溫效果。

※1 蒸發：變成氣體。

※2 濃度：濃厚程度。

[25] 當日本人在炎熱的天氣裡食用熱食時，為什麼會感覺更熱？

1 因為日本沒有印度那麼炎熱。

2 因為咖哩等食物並非日本特產。

3 因為日本人出汗過多。

4 因為日本人的汗液不易蒸發。

題型解題訣竅

這道題目屬於「因果關係題（因果　係問題）」。

題目描述　　　　　　　　　　1.

題目要求考生理解並選擇「為什麼在炎熱的時候吃熱的東西會使日本人更加悶熱」的原因。這是一個典型的因果關係題，因為它要求考生找出文章中提到的原因，並將其與結果聯繫起來。

文章內容　　　　　　　　　　2.

文章解釋了為什麼在炎熱的天氣下，日本人吃熱的食物會使身體變得更熱。作者提到，與其他國家的人相比，日本人的汗液含有更高濃度的鹽分，這使得汗水不容易蒸發。而且，由於日本的濕度較高，汗水更難以蒸發，因此無法通過汗水蒸發來冷卻身體。

問題類型　　　　　　　　　　3.

題目要求解釋日本人為什麼在炎熱的天氣下吃熱的食物會使身體更加炎熱的原因。文章提到日本人汗液鹽分濃度高且不易蒸發，加上高濕度，導致更熱。選項 4 正確。這屬於因果關係題，因為它涉及原因與結果的分析。

關鍵詞語　　　　　　　　　　4.

「よけいに暑くなってしまう」描述吃熱的食物後的效果；「汗は蒸発しにくくなる」指出了關鍵原因。文法上，要注意「と、になる」的因果關係，這強調了吃熱食與變熱之間的聯繫。

uestion 問題

25 暑い時に熱いものを食べると、よけいに暑くなってしまう 理由はどれか。

答案：**4**

[25] 當日本人在炎熱的天氣裡食用熱食時，為什麼會感覺更熱？

選項1 日本は、インドほどは暑くないから（因為日本沒有印度那麼炎熱）

錯誤原因 文章並未比較日本和印度的溫度，也沒有說明溫度是造成感覺熱的主要原因。

關鍵句子 日本人の汗は他の国の人と比べると塩分濃度が高く、かわきにくい上に、日本は湿度が高いため、ますます汗は蒸発しにくくなる。

選項2 カレーなどの食べ物は、日本のものではないから（因為咖哩等食物並非日本特產）

錯誤原因 文章並沒有提到食物的來源是否會影響感受，重點在於食物引發的生理反應，而非食物本身的文化背景。

選項3 日本人は、必要以上に汗をかくから（因為日本人出汗過多）

錯誤原因 雖然日本人的汗水分泌和其他人群有不同，但文章的重點在於「汗液不易蒸發」，而不是出汗過多。

關鍵句子 日本人の汗は他の国の人と比べると塩分濃度が高く、かわきにくい。

選項4 日本人の汗は、かわきにくいから（因為日本人的汗液不易蒸發）

正確原因 這個選項直接反映了文章中的主要論點，即日本人的汗水蒸發困難是他們在吃熱食物時感到更熱的原因。

關鍵句子 日本人の汗は他の国の人と比べると塩分濃度が高く、かわきにくい上に、日本は湿度が高いため、ますます汗は蒸発しにくくなる。

問題四 翻譯與題解

第 4 大題 請閱讀以下（1）至（4）的文章，然後回答問題。答案請從 1、2、3、4 之中挑出最適合的選項。

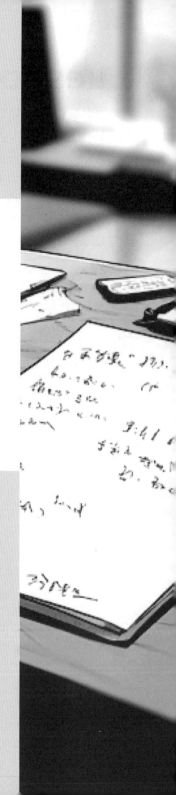

佐藤さんの机の上に、メモがおいてある。

佐藤さん、

お疲れ様です。

本日15時頃、北海道支社の川本さんより、電話がありました。

出張※の予定表を金曜日までに欲しいそうです。

また、ホテルの希望を聞きたいので、

今日中に携帯 090-XXXX-XXXX に連絡をください、とのことです。

よろしくお願いします。

18:00 田中

※ 出張…仕事のためにほかの会社などに行くこと

文章を深く読み解いて、言葉の美しさを味わおう。

26 佐藤さんは、まず、何をしなければならないか。

1 川本さんに、ホテルの希望を伝える。
2 田中さんに、ホテルの希望を伝える。
3 川本さんに、出張の予定表を送る。
4 田中さんに、出張の予定表を送る。

——————————————————翻譯

佐藤先生的桌上有一張備忘錄。

您好,辛苦了。

　　今日下午 15 點左右,北海道分公司的川本先生來電詢問。他希望能在週五前收到您的出差※行程表。

　　另外,他想了解您對酒店的具體要求,請您務必在今天內聯繫他的手機號碼 090-XXXX-XXXX。

　　麻煩您了。

18:00　田中

※ 出差:為了工作而前往其他公司或地點。

[26] 佐藤先生首先應該做什麼?

1 向川本先生告知酒店的具體要求。
2 向田中先生告知酒店的具體要求。
3 向川本先生寄送出差行程表。
4 向田中先生寄送出差行程表。

題型解題訣竅

這道題目屬於「細節題（詳細理解問題）」。

題目描述 1.

題目要求考生根據佐藤先生的桌上備忘錄內容，判斷他接下來應該做什麼。這是一個典型的細節理解問題，因為它要求考生仔細閱讀備忘錄中的細節，並找出佐藤先生需要進行的下一步行動。

文章內容 2.

備忘錄中提到，北海道支社的川本先生要求佐藤先生在週五前提供出差的計劃表，並希望佐藤先生當天聯繫他以了解酒店的要求。因此，佐藤先生首先應該聯繫川本先生並告知酒店的要求。

問題類型 3.

題目要求理解備忘錄的具體內容，判斷佐藤先生需要做什麼。備忘錄中提到，川本先生要求在星期五之前提交出差計劃表，並希望佐藤先生在當天聯絡以確認酒店安排。這是細節題，因為它要求考生從文中提取並理解具體信息

關鍵詞語 4.

「電話がありました」暗示需要回覆電話；「ホテルの希望を聞きたいので」提示了要回覆的內容；以及「今日中に連絡をください」表明緊迫性。文法上，理解「てください」（請做）的用法，指示佐藤先生需要馬上聯絡。

Question 問題

26 佐藤さんは、まず、何をしなければならないか。

答案：**2**

[26] 佐藤先生首先應該做什麼？

選項1〉川本さんに、ホテルの希望を伝える（向川本先生告知酒店的具體要求）

正確原因〉這個選項正確。備忘錄中明確說明，佐藤先生需要在當天與川本先生聯繫，並提供有關酒店的需求。

關鍵句子〉今日中に携帯 090-XXXX-XXXX に連絡をください、とのことです。

選項2〉田中さんに、ホテルの希望を伝える（向田中先生告知酒店的具體要求）

錯誤原因〉田中先生只是傳遞信息的人，並不需要佐藤先生提供酒店的需求。

選項3〉川本さんに、出張の予定表を送る（向川本先生寄送出差行程表）

錯誤原因〉雖然佐藤先生需要在星期五前提供計劃表，但文章中強調的第一件事是聯繫川本先生，討論酒店的要求。

選項4〉田中さんに、出張の予定表を送る（向田中先生寄送出差行程表）

錯誤原因〉田中先生並不是要求計劃表的人，應該是發送給川本先生。

問題四　翻譯與題解

第4大題　請閱讀以下（1）至（4）的文章，然後回答問題。答案請從1、2、3、4之中挑出最適合的選項。

こ れは、病院にはってあったポスターである。

病院内では携帯電話を
びょういんない　　けいたいでん わ
マナーモードにしてください

1. お電話は、決められた場所でしてください。
　でん わ　　　　　　　　　　ば しょ
　（携帯電話コーナー、休憩室、病棟個室等）
　　けいたいでん わ　　　　　　　きゅうけいしつ　びょうとう こ しつなど
2. 病院内では、電源 off エリアが決められてい
　びょういんない　　　でんげん　　　　　　　 き
　ます。

　（診察室、検査室、処置室、ICU 等）
　　しんさつしつ　けん さ しつ　しょ ち しつ　　　など
3. 歩きながらのご使用はご遠慮ください。
　ある　　　　　　　し よう　　 えんりょ
4. 診察に邪魔になる場合は、使用中止をお願い
　しんさつ　じゃ ま　　　　ば あい　　し ようちゅうし　　ねが
　することがあります。

文章を深く読み解いて、言葉の美しさを味わおう。

27 この病院の中の携帯電話の使い方で、正しくないものはどれか。

1 休憩室では、携帯電話を使うことができる。
2 検査室では、マナーモードにしなければならない。
3 携帯電話コーナーでは、通話してもよい。
4 歩きながら使ってはいけない。

―――――――― 翻譯

這是一張貼在醫院內的公告：

在院內請將手機設定為靜音模式

1. 請在指定區域內撥打電話。
   （手機使用區、休息室、病房單間等）
2. 醫院內已劃定禁止開機的區域。
   （診療室、檢查室、處置室、重症監護室等）
3. 請勿在行走時使用手機。
4. 若手機使用影響到診療，可能會要求您停止使用。

[27] 在這家醫院中，下列哪一項有關手機使用的描述是不正確的？

1 在休息室內，可以使用手機。
2 在檢查室內，手機必須設置為靜音模式。
3 在手機使用區內，可以進行通話。
4 不可在行走時使用手機。

題型解題訣竅

這道題目屬於「正誤判斷題（正誤判斷問題）」。

題目描述 1.

題目要求考生判斷四個選項中哪一個與醫院內的手機使用規定不符。這是一個典型的正誤判斷題，因為它要求考生找出與文章內容不一致的陳述。

文章內容 2.

根據醫院張貼的海報，醫院內的手機使用規定如下：
手機需設置為靜音模式。只能在指定地點（如手機區、休息室、病房等）使用手機。某些區域（如診療室、檢查室、處置室、ICU 等）禁止使用手機，手機需關機。禁止邊走邊使用手機。若手機使用影響診療，可能會被要求停止使用。

問題類型 3.

題目要求考生判斷哪個選項與海報內容不符。根據海報，檢查室是電源 off 區域，不是只需設為靜音模式。選項 2 不正確。這屬於正誤判斷題，因為它要求識別與文本信息不一致的選項。

關鍵詞語 4.

「マナーモードにしてください」指示在醫院內要將手機設置為靜音；「決められた場所」和「電源 off エリア」分別指示在哪些地方可以使用手機，哪些地方必須關機。文法上要理解「しなければならない」（必須做）和「してはいけない」（不可以做）的用法。

Question 問題

27 この病院の中の携帯電話の使い方で、正しくないものはどれか。

答案：**2**

[27] 在這家醫院中，下列哪一項有關手機使用的描述是不正確的？

選項1〉休憩室では、携帯電話を使うことができる（在休息室內，可以使用手機）

正確原因〉根據規定，休息室屬於可以使用手機的區域之一。

關鍵句子〉携帯電話コーナー、休憩室、病棟個室等

選項2〉検査室では、マナーモードにしなければならない（在檢查室內，手機必須設置為靜音模式）

錯誤原因〉這個選項不正確。根據規定，檢查室等區域是「電源 off エリア」，手機應該關機而非僅設為靜音模式。

關鍵句子〉病院内では、電源offエリアが決められています（診察室、検査室、処置室、ICU 等）

選項3〉携帯電話コーナーでは、通話してもよい（在手機使用區內，可以進行通話）

正確原因〉根據規定，在手機專用區可以進行通話。

關鍵句子〉お電話は、決められた場所でしてください（携帯電話コーナー、休憩室、病棟個室等）

選項4〉歩きながら使ってはいけない（不可在行走時使用手機）

正確原因〉規定明確指出禁止邊走邊使用手機。

關鍵句子〉歩きながらのご使用はご遠慮ください。

問題五　翻譯與題解

第５大題　請閱讀以下（1）至（4）的文章，然後回答問題。答案請從１、２、３、４之中挑出最適合的選項。

私は、仕事で人と会ったり会社を訪問したりするとき、①服の色に気をつけて選ぶようにしている。

例えば、仕事でほかの会社を訪問するとき、私は、黒い色の服を選ぶ。黒い色は、冷静で頭がよく自立[※1]した印象を与えるため、仕事の場では有効な色だと思うからだ。また、初対面の人と会うときは、白い服を選ぶことが多い。初対面の人にあまり強すぎる印象は与えたくないし、その点、白は上品で清潔な印象を与えると思うからだ。

入社試験の面接[※2]などでは、濃い青色の服を着る人が多い。「②リクルートスーツ」などと呼ばれているが、青は、まじめで落ち着いた印象を与えるので、面接等に適しているのだろう。

このように、服の色によって人に与える印象が変わるだけでなく、③服を着ている人自身にも影響を与える。私は、赤が好きなのだが、赤い服を着ると元気になり、行動的になるような気がする。

服だけでなく、色のこのような作用は、身の回りのさまざまなところで利用されている。

それぞれの色の特徴や作用を知って、改めて商品の広告や、道路や建物の中のマークなどを見ると、その色が選ばれている理由がわかっておもしろい。

※1 自立…人に頼らないで、自分の考えで決めることができること。

※2 面接…会社の入社試験などで、試験を受ける人に会社の人が直接考えなどを聞くこと。①服の色に気をつけて

176

28

<u>選ぶようにしている</u>とあるが、
それはなぜか。

1 服の色は、その日の自分の気分を表して
　いるから

2 服の色によって、人に与える印象も変わ
　るから

3 服の色は服のデザインよりも人にいい印
　象を与えるから

4 服の色は、着る人の性格を表すものだから

――――――――――――――― 翻譯

在

工作中，無論是與人見面還是拜訪公司，①我都會特別注意選擇服裝的顏色。例如，在工作中拜訪其他公司時，我通常會選擇黑色的服裝。因為黑色能夠傳達出冷靜、智慧與自立[1]的印象，因此我認為這是一個在職場中非常有效的顏色。同樣地，當我第一次與人見面時，我常常選擇穿白色的衣服。這是因為我不希望在初次見面時給對方留下過於強烈的印象，而白色則能帶來一種高雅且潔淨的感覺。

在參加入社面試[2]等場合時，許多人會選擇穿深藍色的服裝，這通常被稱為「②就職西裝」。藍色能夠傳達出認真且沉穩的形象，因此非常適合這類面試場合。

由此可見，服裝的顏色不僅影響他人對我們的印象，還會③對穿著者本人產生影響。我特別喜歡紅色，當我穿上紅色衣服時，會感覺自己變得更加充滿活力，行動力也隨之增強。

不僅僅是服裝，顏色的這種影響在我們周圍的各個方面都得到了應用。當我們了解了每種顏色的特性及其作用後，再次觀察商品廣告、道路標誌或建築物內的標識時，便能明白這些顏色的選擇背後的理由，這實在是非常有趣的。

※1 自立：能夠不依賴他人，依據自己的想法做出決定。

※2 面試：在公司入社考試等情境中，公司的人直接向應試者詢問他們的想法。

[28] 為什麼①作者特別注意選擇服裝的顏色？

1 因為服裝的顏色能反映當日的心情。

2 因為服裝的顏色會影響他人對自己的印象。

3 因為服裝的顏色比設計更能給人留下好的印象。

4 因為服裝的顏色能體現穿著者的性格。

題型解題訣竅

這道題目屬於「因果關係題（因果関係問題）」。

題目描述

● 題目要求考生理解作者為什麼會注意選擇服裝的顏色，並選擇最適合的解釋。這是一個典型的因果關係題，因為它要求考生理解某個行動（注意選擇服裝顏色）的原因。

文章內容

● 文章中，作者提到自己在選擇服裝顏色時會特別注意，因為服裝的顏色會影響他人對自己的印象。例如，黑色讓人感覺冷靜、聰明和自立，白色給人高雅和清潔的印象，藍色則讓人覺得沉穩可靠。因此，作者在不同情境下會選擇不同顏色的衣服，以給予他人不同的印象。

問題類型

● 題目要求解釋作者為何會「特別注意選擇服裝的顏色」。文章中提到，不同顏色的衣服會改變給他人的印象，因此選項 2 正確。這是因果關係題，因為它要求考生理解文章中提到的原因和行動之間的關係。

關鍵詞語

● 「服の色」這是文章中討論的重點；「気をつけて選ぶようにしている」表示選擇衣服顏色時的慎重態度；「印象を与える」用來描述服裝顏色對他人的影響。文法上，要理解「によって」（根據）用來表示不同情況下的影響。

Question 問題

28 ①服の色に気をつけて選ぶようにして いるとあるが、それはなぜか。

答案：**2**

[28] 為什麼①作者特別注意選擇服裝的顏色？

選項1 服の色は、その日の自分の気分を表しているから（衣服的顏色反映了當天自己的心情）

錯誤原因 文章討論的是服裝顏色對他人印象的影響，而不是衣服顏色用來表達個人心情。因此，這個選項與文章的重點不符。

關鍵句子 私は、仕事で人と会ったり会社を訪問したりするとき、①服の色に気をつけて選ぶようにしている。

選項2 服の色によって、人に与える印象も変わるから（因為衣服的顏色會改變人給他人的印象）

正確原因 文章中明確指出，不同的顏色會給人不同的印象，作者特別注意選擇衣服的顏色是為了影響他人對自己的印象。例如，黑色給人冷靜和聰明的印象，白色給人高雅和清潔的印象，藍色給人認真和沉穩的印象。

關鍵句子 このように、服の色によって人に与える印象が変わるだけでなく、服を着ている人自身にも影響を与える。

選項3 服の色は服のデザインよりも人にいい印象を与えるから（衣服的顏色比設計更能給人好印象）

錯誤原因 這個選項部分正確，但文章並沒有比較顏色與設計之間的重要性。文章的重點是不同顏色對人際關係和他人印象的影響，而非顏色和設計的比較。

選項4 服の色は、着る人の性格を表すものだから（衣服的顏色反映穿衣者的性格）

錯誤原因 這個選項與文章內容不符。文章主要討論了顏色對他人印象的影響，而不是顏色如何反映穿衣者的性格。文章強調的是顏色如何改變他人對穿衣者的看法，而非顏色對個性表現的影響。

關鍵句子 服の色によって人に与える印象が変わる。

題型解題訣竅

這道題目屬於「因果關係題（因果関係問題）」。

題目描述

● 題目要求考生理解筆者為什麼認為在入社面試中多數人選擇穿著深藍色的「リクルートスーツ」。這是一個典型的因果關係題，因為它要求考生找出筆者認為某一行為（選擇深藍色的西裝）的原因。

文章內容

● 文章中，筆者提到深藍色的西裝在面試中很常見，因為藍色會給人一種「まじめで落ち着いた印象」，這使得藍色適合用於正式場合如入社面試。

問題類型

● 題目要求解釋筆者對「リクルートスーツ」多為深青色的原因。文章中指出，藍色給人一種「認真和沉穩的印象」，因此選項 1 是正確的。這是因果關係題，因為它探討顏色選擇與其效果之間的關係。

關鍵詞語

● 「リクルートスーツ」特指面試時穿的正式服裝；「濃い青色」描述了服裝的顏色；「印象を人に与える」用來描述顏色對他人的影響。文法上，要理解「～なぜだと筆者は考えているか」來尋找作者的觀點。

Question 問題

29 入社試験などで着る② 「リクルートスーツ」は、
濃い青色が多いのはなぜだと筆者は考えているか。

 答案：**1**

[29] 作者認為，為什麼在入社面試中多數人選擇穿深藍色的「就職西裝」？

選項1〉青は、まじめで落ち着いた印象を人に与えるから（藍色給人一種認真和沉穩的印象）

正確原因〉文章中明確提到藍色給人一種沉穩、認真的印象。這種印象在面試等正式場合被認為是有利的，因此筆者認為穿濃藍色的西裝是適合的選擇。

關鍵句子〉青は、まじめで落ち着いた印象を与えるので、面接等に適しているのだろう。

選項2〉青は、上品で清潔な印象を人に与えるから（藍色給人一種高雅和清潔的印象）

錯誤原因〉文章中提到高雅和清潔的印象是由白色衣服給人的，而不是藍色。藍色給人的印象是認真和沉穩，因此這個選項與文章內容不符。

關鍵句子〉また、初対面の人と会うときは、白い服を選ぶことが多い。…白は上品で清潔な印象を与えると思うからだ。

選項3〉入社試験には、青い服を着るように決まっているから（因為規定入社考試時要穿藍色衣服）

錯誤原因〉文章中並沒有提到在入社考試時穿藍色衣服是被規定的。文章重點強調的是顏色對印象的影響，而非服裝規定。因此，這個選項與文章中的信息不符。

選項4〉青は、頭がよさそうな印象を人に与えるから（藍色給人一種看起來聰明的印象）

錯誤原因〉文章提到「頭がよく」（聰明）的印象是黑色衣服給人的，而不是藍色。藍色給人的印象是認真和沉穩，因此這個選項與文章內容不符。

關鍵句子〉黒い色は、冷静で頭がよく自立した印象を与えるため、仕事の場では有効な色だと思うからだ。

題型解題訣竅

這道題目屬於「細節題（詳細理解問題）」。

題目描述

● 題目要求考生從文章中找出作者提供的例子，以說明穿著不同顏色的衣服對穿衣者自身的影響。這是一個典型的細節理解題，因為它要求考生從文章中找出具體的例子來回答問題。

文章內容

● 在文章中，作者提到不同顏色的衣服不僅影響他人對自己的印象，還會影響穿衣者自身的感覺。具體提到作者自己喜歡紅色，穿紅色衣服時感覺更有活力，更行動積極。

問題類型

● 題目要求找出文章中提到的「服裝對穿著者本身也有影響」的具體例子。文章提到穿紅色衣服會讓人感到更有活力和行動力，因此選項 4 正確。這是細節題，因為它需要考生理解並提取文本中的具體描述

關鍵詞語

● 「服を着ている人自身にも影響を与える」這一短語，表示服裝顏色對穿著者心理或行為的影響；「その例として」是提示尋找具體事例的指示詞；「ことが書かれている」使用被動形「書かれている」表示描述的內容。

uestion 問題

30 ③服を着ている人自身にも影響を与えるとあるが、その例として、どのようなことが書かれているか。 答案：**4**

[30] 關於「③服裝對穿著者本身也有影響」，作者舉了什麼例子？

選項1 白い服は、人に強すぎる印象を与えないこと（白色的衣服不會給人過於強烈的印象）

錯誤原因 這個選項與文章中討論的重點不符。文章談到的是服裝顏色對穿著者自身的影響，而不是對他人印象的影響。白色衣服不會給人過於強烈的印象是對他人感受的描述，而非對穿著者自身的影響。

關鍵句子 初対面の人にあまり強すぎる印象は与えたくないし、その点、白は上品で清潔な印象を与えると思うからだ。

選項2 黒い服を着ると、冷静になれること（穿黑色衣服可以讓人冷靜）

錯誤原因 這個選項部分正確，黑色確實給人冷靜的印象，但文章的焦點是顏色對穿著者的行為或情緒的影響，而非黑色如何讓穿著者變得冷靜。文章沒有明確說明穿黑色衣服會讓穿著者冷靜，而是說黑色給人冷靜的印象。

關鍵句子 黒い色は、冷静で頭がよく自立した印象を与えるため、仕事の場では有効な色だと思うからだ。

選項3 青い服を着ると、仕事に対するファイトがわくこと（穿藍色衣服會激發工作熱情）

錯誤原因 這個選項不正確。文章中並未提到穿藍色衣服會激發工作熱情，僅提到藍色給人認真和沉穩的印象。因此，這個選項與文章內容不符。

關鍵句子 青は、まじめで落ち着いた印象を与えるので、面接等に適しているのだろう。

選項4 赤い服を着ると、元気が出て行動的になること（穿紅色衣服會讓人變得有活力並積極行動）

正確原因 這個選項是正確的。文章中明確提到，穿紅色衣服會讓穿著者感覺更加有活力和積極行動，這正是顏色對穿著者自身影響的一個例子。

關鍵句子 私は、赤が好きなのだが、赤い服を着ると元気になり、行動的になるような気がする。

問題五　翻譯與題解

第5大題　請閱讀以下（1）至（4）的文章，然後回答問題。答案請從1、2、3、4之中挑出最適合的選項。

最近、野山や林の中で昆虫採集[※1]をしている子どもを見かけることが少なくなった。私が子どものころは、夏休みの宿題といえば昆虫採集や植物採集だった。男の子はチョウやカブトムシなどの虫を捕る者が多く、虫捕り網をもって、汗を流しながら野山を走り回ったものである。うまく虫を捕まえた時の①わくわく、どきどきした気持ちは、今でも忘れられない。

なぜ、今、虫捕りをする子どもたちが減っているのだろうか。

一つには、近くに野山や林がなくなったからだと思われる。もう一つは、自然を守ろうとするあまり、学校や大人たちが、虫を捕ることを必要以上に強く否定し、禁止するようになったからではないだろうか。その結果、子どもたちは生きものに直接触れる貴重な機会をなくしてしまっている。

分子生物学者の平賀壮太博士は、「子どもたちが生き物に接したときの感動が大切です。生き物を捕まえた時のプリミティブ[※2]な感動が、②自然を知る入口だといって良いかもしれません。」とおっしゃっている。そして、実際、多くの生きものを捕まえて研究したことのある人の方が自然の大切さを知っているということである。

もちろんいたずらに生きものを捕まえたり殺したりすることは許されない。しかし、自然の大切さを強調するあまり、子どもたちの自然への関心や感動を奪ってしまわないように、私たち大人や学校は気をつけなければならないと思う。

※1 昆虫採集…勉強のためにいろいろ
　な虫を集めること。
※2 プリミティブ…基本的な、最初の。

31

①<u>わくわく、どきどきした気持ち</u>とは、どんな気持ちか。

1 虫に対する恐怖心や不安感
2 虫をかわいそうに思う気持ち
3 虫を捕まえたときの期待感や緊張感
4 虫を逃がしてしまった残念な気持ち

―――――――――――翻譯

近來，在野外山林中進行昆蟲採集的孩子們越來越少了。回想起我小時候，暑假的作業往往是昆蟲採集※1 或植物採集。男孩子們大多喜歡捉蝶或鍬形蟲，手持捕蟲網，在炎熱的夏日裡滿頭大汗地在山野間奔跑。成功捕捉到昆蟲的那一刻，①心中那份期待和激動的心情，至今仍歷歷在目。

為什麼現在捉昆蟲的孩子越來越少了呢？

其中一個原因可能是，附近的山林越來越少了。另一個原因或許是，由於過度強調保護自然，學校和大人們對於捉昆蟲的行為採取了過於嚴厲的否定態度，甚至禁止這些活動。結果，孩子們失去了與自然生物直接接觸的寶貴機會。

分子生物學家平賀壯太博士曾說過：「孩子們在接觸生物時所感受到的那份感動非常重要。捕捉到生物時所體驗到的那種原始※2 的感動，可以說是②通往了解自然的大門。」實際上，那些曾捕捉並研究過大量生物的人，更能深刻理解自然的重要性。

當然，隨意捕捉或殺害生物的行為是不可取的。然而，過度強調自然的重要性，不應該奪走孩子們對自然的關注和感動。我們大人和學校應該更加謹慎，避免在保護自然的過程中，忽略了對孩子們自然情感的培養。

※1 昆蟲採集：為了學習而收集各種昆蟲的活動。
※2 原始的：基本的、最初的。

[31] ①「期待和激動的心情」指的是什麼樣的感受？

1 對昆蟲的恐懼和不安。
2 對昆蟲的憐憫之情。
3 捕捉到昆蟲時的期待和緊張感。
4 昆蟲逃跑時的遺憾。

題型解題訣竅

這道題目屬於「語句改寫題（言い換え問題）」。

題目描述

● 題目要求考生理解文中出現的「わくわく、どきどきした気持ち」（期待和激動的心情）這個詞組的具體含義，並選擇與其意思最接近的選項。

文章內容

● 文章提到作者在捕捉昆蟲時，感受到了「わくわく、どきどきした気持ち」，這是一種期待和緊張的情緒，是當時捕捉昆蟲成功時的真實感受。

問題類型

● 題目要求考生解釋「①わくわく、どきどきした気持ち」的具體含義。根據文章內容，這些感受描述了捕捉到昆蟲時的興奮和緊張，因此選項 3 是正確的。這屬於語句改寫題，因為它要求考生將這個表達進行同義改寫或選擇最能反映這種情感的描述。

關鍵詞語

● 「うまく虫を捕まえた時」指明情境；「わくわく、どきどき」表現了期待與緊張；「捕まえた時の気持ち」是關鍵表達；「～した気持ち」描述當時的感受。理解這些詞組和文法有助於選擇選項 3 為正確答案。

 **uestion** 問題

31 ①わくわく、どきどきした気持ちとは、どんな気持ちか。

答案： **3**

[31] ①「期待和激動的心情」指的是什麼樣的感受？

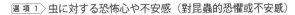

選項1〉虫に対する恐怖心や不安感（對昆蟲的恐懼或不安感）

錯誤原因〉這個選項與文章內容不符。文章描述的是孩子在捕捉昆蟲時的興奮和緊張感，而不是對昆蟲的恐懼或不安感。

關鍵句子〉うまく虫を捕まえた時のわくわく、どきどきした気持ちは、今でも忘れられない。

選項2〉虫をかわいそうに思う気持ち（對昆蟲的憐憫之情）

錯誤原因〉這個選項與文章內容不符。文章並沒有表達對昆蟲的同情心，而是描述了捕捉昆蟲的過程中的情感。

選項3〉虫を捕まえたときの期待感や緊張感（捕捉昆蟲時的期待感和緊張感）

正確原因〉這個選項正確地描述了文章中提到的「わくわく、どきどきした気持ち」（興奮和緊張的情感）的意思。文章提到孩子在成功捕捉昆蟲時感受到的興奮（わくわく，興奮）和緊張（どきどき，緊張）的情感。

關鍵句子〉うまく虫を捕まえた時のわくわく、どきどきした気持ちは、今でも忘れられない。

選項4〉虫を逃がしてしまった残念な気持ち（昆蟲逃跑時的遺憾）

錯誤原因〉這個選項描述的是遺憾的情感，但文章強調的是捕捉昆蟲時的興奮和緊張感，並不是描述失去或放走昆蟲的感受。

題型解題訣竅

這道題目屬於「語句改寫題（言い換え問題）」。

題目描述

● 題目要求考生理解文中出現的「自然を知る入口」這個詞組的具體含義，並選擇與其意思最接近的選項。

文章內容

● 文章中提到「子どもたちが生き物に接したときの感動が大切です。生き物を捕まえた時のプリミティブな感動が、自然を知る入口だといって良いかもしれません。」這句話的意思是，接觸自然和捕捉生物時的最初感動，成為了了解自然的起點或開始。

問題類型

● 題目要求考生理解「②自然を知る入口」的具體含義。文章中解釋，這指的是孩子們通過捕捉生物來獲得對自然的初步認識，因此選項 4 正確。這屬於語句改寫題，因為它要求考生將「自然を知る入口」這個表達進行同義改寫。

關鍵詞語

● 「自然を知る入口」是關鍵詞；「生き物を捕まえた時のプリミティブな感動」表明了初次體驗；「～だといって良い」表示推測或斷言；「入口」表現了開始的概念。理解這些詞組和文法有助於選擇選項 4 為正確答案。

Question 問題

32 ② 自然を知る入口とはどのような意味か。

[32] ②「通往了解自然的大門」意味著什麼？

 答案：**4**

選項1 自然から教えられること（從自然中學到的事物）

錯誤原因 這個選項過於廣泛，涵蓋了從自然中學習的各種可能性，而文章中的「自然を知る入口」（了解自然的入口）特別強調了接觸生物的初次體驗，而不是泛指所有從自然中學習的事物。

關鍵句子 生き物を捕まえた時のプリミティブな感動が、自然を知る入口だといって良いかもしれません。

選項2 自然の恐ろしさを知ること（認識自然的可怕）

錯誤原因 這個選項與文章內容不符。文章中提到的是接觸自然和生物時的感動和學習經歷，而不是認識到自然的恐怖。

選項3 自然を知ることができないこと（無法了解自然）

錯誤原因 這個選項與文章內容完全相反。文章中強調了了解自然的重要性和可能性，並不是說無法了解自然。

選項4 自然を知る最初の経験（初次接觸自然的經驗）

正確原因 這個選項正確解釋了「自然を知る入口」的含義。文章中提到捕捉生物時的「プリミティブな感動」（原始的感動）是了解自然的起點，這符合選項4的解釋。

關鍵句子 生き物を捕まえた時のプリミティブな感動が、自然を知る入口だといって良いかもしれません。

題型解題訣竅

這道題目屬於「正誤判斷題（正誤判斷問題）」。

題目描述

● 題目要求考生從選項中選擇與文章作者觀點最一致的一項。這意味著考生需要理解文章作者的整體觀點，並判斷選項中的陳述是否符合作者的立場。

文章內容

● 文章討論了現代社會中孩子們越來越少參與捕捉昆蟲的活動，並指出這可能會導致他們失去與自然接觸的機會。作者強調了過度禁止孩子接觸生物會削弱他們對自然的理解和熱愛。

問題類型

● 題目要求判斷與作者觀點一致的選項。文章表達了對過度禁止昆蟲採集的擔憂，認為這會減少孩子們了解自然的機會，因此選項 2 正確。這屬於正誤判斷題，因為它要求識別與作者觀點一致的選項。

關鍵詞語

● 「禁止することで」這是文章中的重點；「関心を奪ってしまわないように」表示避免負面影響；「大切さを理解できなくなる」描述禁止行為的結果。文法上，要理解「～してばかりいると」（總是這樣做的話）用來表達某種行為的結果。

uestion 問題

33 この文章を書いた人の意見と合うのは次のどれか。

答案: 2

[33] 與本文作者的觀點一致的是哪一項？

選項 1 〉自然を守るためには、生きものを捕らえたり殺したりしないほうがいい（為了保護自然，最好不要捕捉或殺害生物）

錯誤原因 〉文章中雖然提到不應該隨意捕捉或殺害生物，但作者並不反對所有形式的生物捕捉。相反，他強調過度的禁止會讓孩子們失去接觸自然和學習的機會，因此這個選項與作者的觀點不符。

關鍵句子 〉もちろんいたずらに生きものを捕まえたり殺したりすることは許されない。

選項 2 〉虫捕りなどを禁止してばかりいると、かえって自然の大切さを理解できなくなる（如果一味禁止捉昆蟲等活動，反而會無法理解自然的重要性）

正確原因 〉這個選項符合作者的觀點。作者提到，過度禁止孩子們接觸自然會讓他們失去了解自然的機會，無法體會自然的感動和重要性。

關鍵句子 〉自然の大切さを強調するあまり、子どもたちの自然への関心や感動を奪ってしまわないように、私たち大人や学校は気をつけなければならないと思う。」

選項 3 〉学校では、子どもたちを叱らず、自由にさせなければならない（學校不應責備孩子們，應讓他們自由發揮）

錯誤原因 〉這個選項的敘述過於極端，文章並未提倡完全不管束孩子，只是不希望過度禁止孩子們與自然互動，因此這個選項與作者的觀點不符。

選項 4 〉自然を守ることを強く主張する人々は、自然を深く愛している人々だ（強烈主張保護自然的人，往往是深愛自然的人）

錯誤原因 〉作者並未明確表示這一觀點，並且文章中更多地關注如何在保護自然的同時讓孩子們有機會接觸自然。文章沒有直接討論對自然的保護與愛的關聯。

問題六　翻譯與題解

第6大題　請閱讀以下（1）至（4）的文章，然後回答問題。答案請從1、2、3、4之中挑出最適合的選項。

──一

　　二人で荷物を持って坂や階段を上がるとき、上と下ではどちらが重いかということが、よく問題になる。下の人は、物の重さがかかっているので下のほうが上より重いと言い、上の人は物を引き上げなければならないから、下より上のほうが重いと言う。

　　実際はどうなのだろうか。実は、力学※1的に言えば、荷物が二人の真ん中にあるとき、二人にかかる重さは全く同じなのだそうである。このことは、坂や階段でも平らな道を二人で荷物を運ぶときも同じだということである。

　　ただ、①これは、荷物の重心※2が二人の真ん中にある場合のことである。しかし、②もし重心が荷物の下の方にずれていると下の人、上の方にずれていると上の人の方が重く感じる。

　　③重い荷物を長い棒に結びつけて、棒の両端を二人でそれぞれ持つ場合、棒の真ん中に荷物があれば、二人の重さは同じであるが、そうでなければ、荷物に遠いほうが軽く、近いほうが重いということになる。

　　このように、重い荷物を二人以上で運ぶ場合、荷物の重心から、一番離れた場所が一番軽くなるので、④覚えておくとよい。

※1力学…物の運動と力との関係を研究する物理学の一つ。
※2重心…物の重さの中心。

34

①これは何を指すか。
_{なに} _さ

1 物が二人の真ん中にあるとき、力学
_{もの} _{ふたり} _ま _{なか} _{りきがく}
的には二人にかかる重さは同じであ
_{てき} _{ふたり} _{おも} _{おな}
ること

2 坂や階段を上がるとき、下の方の人
_{さか} _{かいだん} _あ _{した} _{ほう} _{ひと}
がより重いということ
_{おも}

3 坂や階段を上がるとき、上の方の人
_{さか} _{かいだん} _あ _{うえ} _{ほう} _{ひと}
により重さがかかるということ
_{おも}

4 物が二人の真ん中にあるときは、ど
_{もの} _{ふたり} _ま _{なか}
ちらの人も重く感じるということ
_{ひと} _{おも} _{かん}

當

—————— 翻譯

兩個人一起抬著重物爬坡或登階梯時，經常會討論到底是上方的人還是下方的人承受的重量更大。下方的人認為，由於重物的重量壓在自己身上，因此下方承受的重量更大；而上方的人則認為，因為需要將重物拉起來，因此上方承受的重量更大。

那麼，實際情況是怎樣的呢？事實上，根據力學^{※1}原理，如果重物位於兩人之間的正中間，那麼兩人承受的重量完全相同。這一原理適用於無論是在平地上還是在坡道或階梯上運送重物的情況。

然而，①這是在重物的重心^{※2}位於兩人中間的情況下才成立的。②如果重心偏向重物的下方，則下方的人會感覺更重；而如果重心偏向上方，上方的人則會感覺更重。

③當兩人用一根長杆抬著綁在杆上的重物時，如果重物位於杆的正中間，兩人承受的重量是相等的；但如果重物不在正中間，那麼離重物較遠的一方感覺較輕，而較近的一方感覺較重。

因此，當多於一個人一起運送重物時，④記住這一點很有用：重心離得最遠的地方，承受的重量最輕。

※1 力學：研究物體運動與力之間關係的物理學分支。
※2 重心：物體重量的中心點。

[34] ①「這」指的是什麼？

1 當重物位於兩人中間時，根據力學原理，兩人承受的重量相同。

2 當爬坡或登階梯時，下方的人承受的重量更大。

3 當爬坡或登階梯時，上方的人承受的重量更大。

4 當重物位於兩人中間時，兩人都感覺很重。

題型解題訣竅

這道題目屬於「指示題（指示語問題）」。

題目描述

題目要求考生確定「これは」所指代的具體內容。「これは」是一個指示詞，用來指代前文提到的某個概念或敘述。

文章內容

文章討論了當兩個人一起搬運物品時，物品的重心位置如何影響他們感受到的重量。文中提到，「荷物が二人の真ん中にあるとき，二人にかかる重さは全く同じ」，隨後使用了指示詞「これは」來繼續說明這種情況。

問題類型

題目要求考生判斷「①これは」在文章中的具體指代內容。根據上下文，「これは」指的是「物品位於兩人中間時，力學上兩人承受的重量相同」，因此選項 1 正確。這屬於指示題，因為它要求理解指示語所指代的具體概念。

關鍵詞語

「荷物が二人の真ん中にあるとき」這是重點；「力学的に言えば、二人にかかる重さは同じ」表示科學上的結論；「～場合のことである」是條件句，表示特定情況下的事實。文法上，要理解「～とき」（當…時）用來表達特定時間或條件。

Question 問題

34 ①これは何を指すか。

[34]①「這」指的是什麼？

答案：**1**

選項1 物が二人の真ん中にあるとき、力学的には二人にかかる重さは同じであること（物品位於兩人中間時，力學上兩人承受的重量相同）

正確原因 文章中明確指出，從力學角度來看，當物品位於兩人中間時，兩人承受的重量是完全相同的，這句話說明了「これは」所指的情況，即當物品位於兩人之間的中點時，兩人承受的重量相同。因此，「これは」指的正是這種情況。

關鍵句子 実は、力学的に言えば、荷物が二人の真ん中にあるとき、二人にかかる重さは全く同じなのだそうである。

選項2 坂や階段を上がるとき、下の方の人がより重いということ（上坡或上樓梯時，下方的人承受較重的重量）

錯誤原因 這個選項描述的是一種情況，即下方的人因為直接承受物品的重量而感覺較重，但這不是「これは」所指的內容。文章中的「これは」指的是「物品在兩人中間時重量相同」的情況，與這個選項描述的場景無關。

關鍵句子 実は、力学的に言えば、荷物が二人の真ん中にあるとき、二人にかかる重さは全く同じなのだそうである。

選項3 坂や階段を上がるとき、上の方の人により重さがかかるということ（上坡或上樓梯時，上方的人承受較重的重量）

錯誤原因 這個選項錯誤地解釋了「これは」的含義。它討論的是另一種情況，即上方的人因為需要提起物品而感覺較重，但「これは」指的是當物品在兩人中間時重量相同，這與此選項無關。

關鍵句子 実は、力学的に言えば、荷物が二人の真ん中にあるとき、二人にかかる重さは全く同じなのだそうである。

選項4 物が二人の真ん中にあるときは、どちらの人も重く感じるということ（物品位於兩人中間時，兩人都感覺很重）

錯誤原因 這個選項不正確，因為文章中並沒有提到兩人都會感覺到重量的情況。文章強調的是，當物品在兩人中間時，兩人承受的重量是相同的，而不是都感覺到重量。這個選項錯誤地解釋了「これは」的含義。

題型解題訣竅

這道題目屬於「因果關係題（因果関係問題）」。

題目描述

題目要求考生理解當「もし重心が荷物の下の方にずれている」時會發生什麼情況。這是一個典型的因果關係問題，要求考生理解「因」（重心位置的改變）和「果」（感受到的重量）的關聯。

文章內容

文章提到「もし重心が荷物の下の方にずれていると下の人、上の方にずれていると上の人の方が重く感じる」，即重心的位置會直接影響兩人各自感受到的重量。

問題類型

題目要求考生理解重心位置對搬運重物時的影響。文章指出，若重心偏向下方，則下方的人會感覺較重，因此選項2正確。這是因果關係題，因為它要求理解重心位置變化與重量感受之間的因果關係。

關鍵詞語

「重心が荷物の下の方にずれている」具體是指重心位置的變化，這是解釋誰會感覺更重的關鍵；「下の人の方が重く感じる」具體說明了當重心偏下時，重量會集中在下方。「もし〜と」這個條件句表達假設。

35 坂や階段を上るとき、②もし重心が荷物の下の方にずれていると、どうなるか。

答案：**2**

[35] 當爬坡或登階梯時，②如果重心偏向重物的下方，會怎麼樣？

選項 1 上の人のほうが重くなる（上方的人會感覺較重）

錯誤原因 根據文章，當重心向下方偏移時，下方的人會感覺到更重。選項 1 提到上方的人會感覺較重，這與文章的描述不符。因此，這個選項是錯誤的。

關鍵句子 もし重心が荷物の下の方にずれていると下の人、上の方にずれていると上の人の方が重く感じる。

選項 2 下の人のほうが重くなる（下方的人會感覺較重）

正確原因 文章明確指出，當重心偏向下方時，下方的人會感覺到更重。這完全符合選項 2 的描述，因此這是正確答案。

選項 3 重心の位置によって重さが変わることはない（重心的位置不會影響重量的變化）

錯誤原因 文章明確指出重心位置會影響重量的分配，因此選項 3 的陳述與文章內容相反。根據力學原理，重心的位置確實會影響兩人感覺到的重量分布。

選項 4 上の人も下の人も重く感じる（上方和下方的人都會感覺到重量）

錯誤原因 文章中並未提到當重心偏移時，兩個人都會感覺到重量。實際上，它只描述了當重心偏向某一方時，該方的人會感覺較重。因此，選項 4 的描述不符合文章的內容。

題型解題訣竅

這道題目屬於「語句改寫題（言い換え問題）」。

題目描述

題目要求考生選擇一個能夠讓「二人の重さを同じにする」的方法，也就是說，考生需要從選項中選擇與文章中描述的「二人にかかる重さを同じにする」的概念最接近的選項。

文章內容

文章中提到「重い荷物を長い棒に結びつけて、棒の両端を二人でそれぞれ持つ場合、棒の真ん中に荷物があれば、二人の重さは同じである」明確指出了當負重物位於杆子的正中間時，兩人承受的重量會相等。

問題類型

題目要求考生理解如何使兩人感覺到的重量相等。文章指出，若重物位於杆子的正中央，兩人承受的重量相同，因此選項 4 正確。這屬於語句改寫題，因為它要求理解文中的描述，並進行同義改寫或選擇最接近的選項。

關鍵詞語

「棒の真ん中に荷物があれば、二人の重さは同じである」是文章中的關鍵句，明確指出重心位置對重感的影響；「結びつける」是具體動作；文法上，條件句「～場合」表達了在某種情況下的結果。

Question 問題

36 ③ 重い荷物を長い棒に結びつけて、棒の両端を二人でそれぞれ持つ場合、二人の重さを同じにするは、どうすればよいか。

答案: **4**

[36] 如果將重物綁在一根長杆上，由兩人抬著，要使兩人承受的重量相同，應該怎麼做？

選項 1〉荷物を長いひもで結びつける（用長繩將物品繫住）

錯誤原因〉文章中並未提及「用長繩將物品繫住」的做法，也沒有討論這樣做會如何影響重量分布。因此，這個選項與如何使兩人承受的重量相等無關。

選項 2〉荷物をもっと長い棒に結びつける（把物品繫在更長的杆子上）

錯誤原因〉文章提到的是「物品在杆子的中間」時，兩人感受的重量相同，而非與杆子的長度有關。增加杆子的長度並不會改變重量的分配，只會改變兩人之間的距離。

關鍵句子〉棒の真ん中に荷物があれば、二人の重さは同じであるが。

選項 3〉荷物を二人のどちらかの近くに結びつける（將物品繫在兩人中的一人附近）

錯誤原因〉文章明確指出，如果物品不在杆子的中間，則靠近物品的一方會感覺較重。因此，將物品繫在兩人中的一人附近，會導致該人感覺更重，而不是平衡重量。

關鍵句子〉荷物に遠いほうが軽く、近いほうが重いということになる。

選項 4〉荷物を棒の真ん中に結びつける（將物品繫在杆子的中間）

正確原因〉根據文章，當物品位於杆子的中間時，兩人感受到的重量是相同的。這是保持重量平衡的最佳方法。因此，這是正確答案。

關鍵句子〉棒の真ん中に荷物があれば、二人の重さは同じであるが。

題型解題訣竅

這道題目屬於「語句改寫題（言い換え問題）」。

題目描述

題目要求考生理解文中出現的「覚えておくとよい」這一表達的具體含義，並選擇與其意思最接近的選項。這要求考生對文章內容進行同義改寫或選擇最接近的選項。

文章內容

文章提到「重い荷物を二人以上で運ぶ場合、荷物の重心から、一番離れた場所が一番軽くなるので、覚えておくとよい」。這裡的意思是，如果你在搬運重物時，應該記住重心距離越遠，負擔越輕。

問題類型

題目要求考生理解應記住的重物搬運原則。文章提到，重物搬運時，距離重心最遠的位置最輕，因此選項 3 正確。這屬於語句改寫題，因為它需要考生將文章中的觀點用不同的表達方式重新理解並選擇。

關鍵詞語

「重心から、一番離れた場所が一番軽くなる」是文章中的關鍵句，直接指出了重量分配的規則；「覚えておくとよい」表明建議；文法上，「～と」用來表示條件或結果。

Question 問題

[37] ④ 覚えておくとよいのはどんなことか。

[37] ④「記住這一點」指的是什麼？

答案：**3**

選項1 荷物の重心がどこかわからなければ、どこを持っても重さは変わらないということ（如果不知道物品的重心在哪裡，無論從哪裡拿起重物都不會改變重量）

錯誤原因 文章討論的是如何根據重心位置來分配重量，而不是在重心未知的情況下的操作。無法得知重心位置並不意味著重量感受會相同。這與文章的內容不符。

關鍵句子 荷物の重心から、一番離れた場所が一番軽くなるので、覚えておくとよい。

選項2 荷物を二人で運ぶ時は、棒にひもをかけて持つと楽であるということ（兩人運送物品時，用繩子掛在杆子上會比較輕鬆）

錯誤原因 文章沒有提到用繩子掛在杆子上會使搬運更輕鬆。這個選項與文章中關於重心和重量分布的討論無關。

選項3 荷物を二人以上で運ぶ時は、重心から最も離れたところを持つと軽いということ（兩人以上搬運物品時，持在離重心最遠的地方會感覺較輕）

正確原因 這個選項直接對應了文章的結論部分，強調了在搬運物品時，離重心越遠的地方感覺越輕。這是文章中建議「覚えておくとよい」的主要內容。

關鍵句子 荷物の重心から、一番離れた場所が一番軽くなるので、覚えておくとよい。

選項4 荷物を二人以上で運ぶ時は、重心から一番近いところを持つと楽であるということ（兩人以上搬運物品時，持在離重心最近的地方會比較輕鬆）

錯誤原因 這個選項與文章內容相反。文章指出，靠近重心的地方會感覺較重，而不是較輕。因此，這個選項不正確。

關鍵句子 荷物に遠いほうが軽く、近いほうが重いということになる。

問題七　翻譯與題解

第 7 大題　請閱讀以下（1）至（4）的文章，然後回答問題。
答案請從 1、2、3、4 之中挑出最適合的選項。

図書館カードの作り方
としょかん　　　　　　　　つく　かた

図書館カード

なまえ **マニラム・スレシュ**

中松市立図書館

〒 333-2212 中松市今中 1-22-3

☎ 0901-33-3211

① はじめて本を借りるとき
ほん　か

- 中松市に住んでいる人
  なかまつし　す　　　　　ひと
- 中松市内で働いている人
  なかまつしない　はたら　　　　ひと
- 中松市内の学校に通学する人は、カード
  なかまつしない　がっこう　つうがく　ひと
  を作ることができます。
  つく
- また、坂下市、三田市及び松川町に住所
  さかしたし　みたしおよ　まつかわちょう　じゅうしょ
  がある人も作ることができます。
  ひと　つく

カウンターにある「貸し出し申込書」に必要
か　だ　もうしこみしょ　ひつよう
なことを書いて、図書館カードを受け取ってく
か　　　　としょかん　　　　　う　と
ださい。

その際、氏名・住所が確認できるもの（運転
さい　しめい　じゅうしょ　かくにん　　　　　　うんてん
免許証・健康保険証・外国人登録証・住民票・
めんきょしょう　けんこうほけんしょう　がいこくじんとうろくしょう　じゅうみんひょう
学生証など）をお持ちください。中松市在勤、
がくせいしょう　　　　も　　　　　　なかまつしざいきん
在学で、その他の市にお住まいの人は、その証
ざいがく　　　　た　し　す　　　　ひと　　　　しょう
明も合わせて必要です。
めい　あ　　　ひつよう

② 続けて使うとき、住所変更、カードをなくしたときの手続き

- 図書館カードは3年ごとに住所確認手続きが必要です。登録されている内容に変更がないか確認を行います。手続きをするときは、氏名・住所が確認できる書類をお持ちください。

- 図書館カードは中央図書館、市内公民館図書室共通で利用できます。3年ごとに住所変更のうえ、続けて利用できますので、なくさないようお願いいたします。

- 住所や電話番号等、登録内容に変更があった場合はカウンターにて変更手続きを行ってください。また、利用資格がなくなった場合は、図書館カードを図書館へお返しください。

- 図書館カードを紛失※された場合は、すぐに紛失届けを提出してください。カードをもう一度新しく作ってお渡しするには、紛失届けを提出された日から1週間かかります。

※ 紛失…なくすこと

38 中松市に住んでいる留学生のマニラムさん(21歳)は、図書館で本を借りるための手続きをしたいと思っている。マニラムさんが図書館カードを作るにはどうしなければならないか。

1 お金をはらう。

2 パスポートを持っていく。

3 貸し出し申込書に必要なことを書いて、学生証か外国人登録証を持っていく。

4 貸し出し申込書に必要なことを書いて、お金をはらう。

圖書館卡的辦理指南

図書館借閱證

姓名 **馬尼拉姆・司雷舒**

中松市立圖書館

〒 333-2212 中松市今中 1-22-3 ☎ 0901-33-3211

① 首次借書時

● 中松市居民
● 在中松市內工作的個人
● 就讀於中松市內學校的學生均可申請辦理圖書館卡。
● 此外，居住在坂下市、三田市及松川町的人士也可申請辦理。

　請填寫櫃檯提供的《借書申請表》，並領取圖書館卡。

　辦理時，請攜帶能證明您的姓名和地址的有效證件（如駕照、健康保險證、外國人登錄證、住民票或學生證等）。若您在中松市工作或就學，但居住在其他城市，則需提供相應的證明文件。

② 持續使用、地址變更或卡片遺失時的手續

- 圖書館卡每三年需要進行一次地址確認手續，以確保註冊信息的準確性。辦理手續時，請攜帶能證明您的姓名和地址的有效證件。
- 圖書館卡可通用於中央圖書館及市內各公民館圖書室。請妥善保管卡片，每三年可通過地址確認後繼續使用。
- 若您的住址或電話號碼等註冊信息發生變更，請至櫃檯辦理變更手續。如不再符合使用資格，請將圖書館卡交回圖書館。
- 如果遺失※圖書館卡，請立即提交遺失報告。重新辦理並發放新卡需自提交遺失報告之日起一週時間。

※ 遺失：遺失卡片或物品

_____翻譯

[38] 中松市居住的留學生馬尼拉姆（21歲）希望在圖書館借書。為辦理圖書館卡，馬尼拉姆應該怎麼做？

1 支付費用。

2 攜帶護照。

3 填寫《借書申請表》，並攜帶學生證或外國人登錄證。

4 填寫《借書申請表》並支付費用。

題型解題訣竅

這道題目屬於「細節題（詳細理解問題）」。

題目描述

題目要求考生根據給定的圖書館借閱證申請規定，找出中松市居住的留學生馬尼拉姆（21歲）應該如何辦理圖書館卡的手續。這是一道典型的細節題，要求考生仔細閱讀規定並找出與問題相關的具體資訊。

文章內容

在規定中明確說明了首次辦理圖書館卡的條件和需要的文件，包括要填寫「貸し出し申込書」並出示能確認姓名與地址的證件。對於留學生，可以使用「学生証」或「外国人登録証」來辦理。

問題類型

題目要求了解如何辦理圖書館卡。文章指出，需填寫「貸し出し申込書」並提供證件，如學生證或外國人登錄證。選項3正確。這屬於細節題，因為它要求考生根據規定中的細節資訊來回答具體的問題。

關鍵詞語

首先「貸し出し申込書に必要なことを書いて」指示申請過程；其次，「氏名・住所が確認できるもの」如「外国人登録証」或「学生証」，這是需攜帶的文件；最後，理解「紛失」這個詞組以及手續相關說明。掌握這些細節是正確解題的關鍵。

38 中松市に住んでいる留学生のマニラムさん（21歳）は、図書館で本を借りるための手続きをしたいと思っている。マニラムさんが図書館カードを作るにはどうしなければならないか。

答案：**3**

[38] 中松市居住的留學生馬尼拉姆（21歲）希望在圖書館借書。為辦理圖書館卡，馬尼拉姆應該怎麼做？

選項1 お金をはらう（支付費用）

錯誤原因 文章中並沒有提到辦理圖書館卡需要支付費用，因此這個選項是不正確的。

關鍵句子 カウンターにある『貸し出し申込書』に必要なことを書いて、図書館カードを受け取ってください。

選項2 パスポートを持っていく（攜帶護照）

錯誤原因 文章中提到的是需要「氏名・住所が確認できるもの（運転免許証・健康保険証・外国人登録証・住民票・学生証など）」，並沒有提到必須攜帶護照。因此這個選項是不正確的。

關鍵句子 氏名・住所が確認できるもの（運転免許証・健康保険証・外国人登録証・住民票・学生証など）をお持ちください。

選項3 貸し出し申込書に必要なことを書いて、学生証か外国人登録証を持っていく（填寫借出申請書，並攜帶學生證或外國人登錄證）

正確原因 這個選項完全符合文章中提到的手續要求。文章指出，申請圖書館卡需要填寫貸出申請書，並提供可以確認身份的文件（如學生證或外國人登錄證）。這正是符合留學生馬尼拉姆的需求的正確答案。

關鍵句子 カウンターにある『貸し出し申込書』に必要なことを書いて、図書館カードを受け取ってください。その際、氏名・住所が確認できるもの（運転免許証・健康保険証・外国人登録証・住民票・学生証など）をお持ちください。

選項4 貸し出し申込書に必要なことを書いて、お金をはらう（填寫借出申請書，並支付費用）

錯誤原因 文章中並沒有提到需要支付任何費用來申請圖書館卡，這個選項是不正確的。

關鍵句子 カウンターにある『貸し出し申込書』に必要なことを書いて、図書館カードを受け取ってください。

題型解題訣竅

這道題目屬於「正誤判斷題（正誤判斷問題）」。

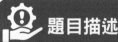 題目描述

題目要求考生從選項中選擇與圖書館卡相關規定一致的正確陳述。這是一個典型的正誤判斷題，考生需要檢查每個選項，並與給定的規定進行對比，找出唯一符合規定的選項。

 文章內容

圖書館卡可在「中央図書館、市内公民館図書室共通で利用」。
圖書館卡需要每三年進行住所確認手續，而不是每三年重新辦理。
變更住址需在圖書館櫃檯進行手續，並未提及需電話聯絡。
如果丟失圖書館卡，重新辦理需一週時間。

 問題類型

題目要求考生判斷哪個選項與文本內容相符。文章提到，圖書館卡遺失後再辦理需要一週，因此選項 4 正確。這屬於正誤判斷題，因為它要求識別與文本信息一致的選項。

 關鍵詞語

「住所が変わった時」是文章中的關鍵句，指明需要通知的情況；「連絡をしなければならない」表明必須行為；文法上，「～しなければならない」表示強制或義務。

Question 問題

図書館カードについて、正しいものはどれか。

答案：**4**

[39] 關於圖書館卡，下列哪項描述是正確的？

1.

選項1 図書館カードは、中央図書館だけで使うことができる（圖書館卡只能在中央圖書館使用）

錯誤原因 文章提到圖書館卡可以在「中央圖書館和市內公民館圖書室共用」。因此，這個選項的說法是錯誤的。

關鍵句子 図書館カードは中央図書館、市内公民館図書室共通で利用できます。

2.

選項2 図書館カードは、3年ごとに新しく作らなければならない（圖書館卡每三年必須重新辦理）

錯誤原因 文章中提到的是「每三年需要進行一次地址確認手續」，而不是重新辦理圖書館卡。因此，這個選項是不正確的。

關鍵句子 図書館カードは3年ごとに住所確認手続きが必要です。

3.

選項3 住所が変わった時は、電話で図書館に連絡をしなければならない（地址變更時必須打電話通知圖書館）

錯誤原因 文章中要求的是「在櫃檯辦理變更手續」，並沒有提到需要電話聯絡。因此，這個選項是不正確的。

關鍵句子 住所や電話番号等、登録内容に変更があった場合はカウンターにて変更手続きを行ってください。

4.

選項4 図書館カードをなくして、新しく作る時は一週間かかる（圖書館卡遺失後重新辦理需要一週時間）

正確原因 文章明確說明，如果遺失圖書館卡，重新辦理需要一週的時間。因此，這個選項是正確的。

關鍵句子 図書館カードを紛失された場合は、すぐに紛失届けを提出してください。カードをもう一度新しく作ってお渡しするには、紛失届けを提出された日から1週間かかります。

Track025

次の（1）から(4)の文章を読んで、質問に答えなさい。答えは、1・2・3・4から最もよいものを一つえらびなさい。

（1）

> 日本で、東京と横浜の間に電話が開通したのは1890年です。当時、電話では「もしもし」ではなく、「もうす、もうす（申す、申す）」「もうし、もうし（申し、申し）」とか「おいおい」と言っていたそうです。その当時、電話はかなりお金持ちの人しか持てませんでしたので、「おいおい」と言っていたのは、ちょっといばっていたのかもしれません。それがいつごろ「もしもし」に変わったかについては、よくわかっていません。たくさんの人がだんだん電話を使うようになり、いつのまにか<u>そうなっていた</u>ようです。
>
> 　この「もしもし」という言葉は、今は電話以外ではあまり使われませんが、例えば、前を歩いている人が切符を落とした時に、「もしもし、切符が落ちましたよ。」というように使うことがあります。

24 <u>そうなっていた</u> は、どんなことをさすのか。

1　電話が開通したこと

2　人々がよく電話を使うようになったこと

3　お金持ちだけでなく、たくさんの人が電話を使うようになったこと

4　電話をかける時に「もしもし」と言うようになったこと

（2）

　「ペットボトル」の「ペット」とは何を意味しているのだろうか。もちろん動物のペットとはまったく関係がない。

　ペットボトルは、プラスチックの一種であるポリエチレン・テレフタラート（Polyethylene terephthalate）を材料として作られている。実は、ペットボトルの「ペット（pet）」は、この語の頭文字をとったものだ。ちなみに「ペットボトル」という語と比べて、多くの国では「プラスチック　ボトル（plastic bottle）」と呼ばれているということである。

　ペットボトルは日本では1982年から飲料用に使用することが認められ、今や、お茶やジュース、しょうゆやアルコール飲料などにも使われていて、毎日の生活になくてはならない存在である。

[25] 「ペットボトル」の「ペット」とは、どこから来たのか。

1　動物の「ペット」の意味からきたもの

2　「plastic bottle」を省略したもの

3　1982年に、日本のある企業が考え出したもの

4　ペットボトルの材料「Polyethylene terephthalate」の頭文字からとったもの

（3）　　　　　　　　　　　　　　　　　　　Track027

　　レストランの入り口に、お知らせが貼ってある。

お知らせ

　2020 年 8 月 1 日から 10 日まで、ビル外がわの階段工事を行います。

　ご来店のみなさまには、大変ご迷惑をおかけいたしますが、どうぞよろしくお願い申し上げます。

　なお、工事期間中は、お食事をご注文のお客様に、コーヒーのサービスをいたします。

　みなさまのご来店を、心よりお待ちしております。

レストラン　サンセット・クルーズ

店主　山村

26　このお知らせの内容と、合っているものはどれか。

1　レストランは、8 月 1 日から休みになる。

2　階段の工事には、10 日間かかる。

3　工事の間は、コーヒーしか飲めない。

4　工事中は、食事ができない。

（4）　　　　　　　　　　　　　　　　　　　　　　　　Track028

　　これは、野口さんに届いたメールである。

結婚お祝いパーティーのご案内

［koichi.mizutani @xxx.ne.jp］

送信日時：2020/8/10（月）10:14

宛先：2020danceclub@members.ne.jp

このたび、山口友之さんと三浦千恵さんが結婚されることになり
ました。

つきましてはお祝いのパーティーを行いたいと思います。

日時　2020年10月17日（土）18:00～
場所　ハワイアンレストランHuHu（新宿）
会費　5000円

出席か欠席かのお返事は、8月28日（金）までに、水谷koichi.
mizutani@xxx.ne.jp に、ご連絡ください。
楽しいパーティーにしたいと思います。ぜひ、ご参加ください。

世話係
水谷高一
koichi.mizutani@xxx.ne.jp

27　このメールの内容で、正しくないのはどれか。

　1　山口友之さんと三浦千恵さんは、8月10日（月）に結婚した。

　2　パーティーは、10月17日（土）である。

　3　パーティーに出席するかどうかは、水谷さんに連絡をする。

　4　パーティーの会費は、5000円である。

Track029

つぎの (1) と (2) の文章（ぶんしょう）を読んで、質問に答えなさい。答えは、1・2・3・4から最もよいものを一つえらびなさい。

(1)

　　日本では毎日、数千万人もの人が電車や駅を利用しているので、①もちろんのことですが、毎日のように多くの忘れ物が出てきます。

　　JR 東日本※の方に聞いてみると、一番多い忘れ物は、マフラーや帽子、手袋などの衣類、次が傘だそうです。傘は、年間約30万本も忘れられているということです。雨の日や雨上がりの日などには、「傘をお忘れになりませんように。」と何度も車内アナウンスが流れるほどですが、②効果は期待できないようです。

　　ところで、今から100年以上も前、初めて鉄道が利用されはじめた明治時代には、③現代では考えられないような忘れ物が、非常に多かったそうです。

　　その忘れ物とは、いったい何だったのでしょうか。

　　それは靴（履き物）です。当時はまだ列車に慣れていないので、間違えて、駅で靴を脱いで列車に乗った人たちがいたのです。そして、降りる駅で、履きものがない、と気づいたのです。

　　日本では、家にあがるとき、履き物を脱ぐ習慣がありますので、つい、靴を脱いで列車に乗ってしまったということだったのでしょう。

※　JR東日本…日本の鉄道会社名

28　①もちろんのこととは、何か。

1　毎日、数千万人もの人が電車を利用していること

2　毎日のように多くの忘れ物が出てくること

3　特に衣類の忘れ物が多いこと

4　傘の忘れ物が多いこと

29　②効果は期待できないとはどういうことか。

1　衣類の忘れ物がいちばん多いということ

2　衣類の忘れ物より傘の忘れ物の方が多いこと

3　傘の忘れ物は少なくならないということ

4　車内アナウンスはなくならないということ

30　③現代では考えられないのは、なぜか。

1　鉄道が利用されはじめたのは、100年以上も前だから

2　明治時代は、車内アナウンスがなかったから

3　現代人は、靴を脱いで電車に乗ることはないから

4　明治時代の日本人は、履き物を脱いで家に上がっていたから

（2）　　　　　　　　　　　　　　　　　　　　　　　Track030

　　挨拶は世界共通の行動であるらしい。ただ、その方法は、社会や文化の違い、挨拶する場面によって異なる。日本で代表的な挨拶といえばお辞儀※1であるが、西洋でこれに代わるのは握手である。また、タイでは、体の前で両手を合わせる。変わった挨拶としては、ポリネシアの挨拶が挙げられる。ポリネシアでも、現代では西洋的な挨拶の仕方に変わりつつあるそうだが、①伝統的な挨拶は、お互いに鼻と鼻を触れ合わせるのである。

　　日本では、相手に出会う時間や場面によって、挨拶が異なる場合が多い。

　　朝は「おはよう」や「おはようございます」である。これは、「お早くからご苦労様です」などを略したもの、昼の「こんにちは」は、「今日はご機嫌いかがですか」などの略である。そして、夕方から夜にかけての「こんばんは」は、「今晩は良い晩ですね」などが略されて短い挨拶の言葉になったと言われている。

　　このように、日本の挨拶の言葉は、相手に対する感謝やいたわり※2の気持ち、または、相手の体調などを気遣う※3気持ちがあらわれたものであり、お互いの人間関係をよくする働きがある。時代が変わっても、お辞儀や挨拶は、最も基本的な日本の慣習※4として、ぜひ残していきたいものである。

※1　お辞儀…頭を下げて礼をすること。

※2　いたわり…親切にすること。

※3　気遣う…相手のことを考えること。

※4　慣習…社会に認められている習慣。

31　ポリネシアの①伝統的な挨拶は、どれか。

1　お辞儀をすること

2　握手をすること

3　両手を合わせること

4　鼻を触れ合わせること

32　日本の挨拶の言葉は、どんな働きを持っているか。

1　人間関係がうまくいくようにする働き

2　相手を良い気持ちにさせる働き

3　相手を尊重する働き

4　日本の慣習をあとの時代に残す働き

33　この文章に、書かれていないことはどれか。

1　挨拶は世界共通だが、社会や文化によって方法が違う。

2　日本の挨拶の言葉は、長い言葉が略されたものが多い。

3　目上の人には、必ず挨拶をしなければならない。

4　日本の挨拶やお辞儀は、ずっと残していきたい。

Track031

つぎの文章を読んで、質問に答えなさい。答えは、1・2・3・4から最もよいものを一つえらびなさい。

> 「必要は発明の母」という言葉がある。何かに不便を感じてある物が必要だと感じることから発明が生まれる、つまり、必要は発明を生む母のようなものである、という意味である。電気洗濯機も冷蔵庫も、ほとんどの物は必要から生まれた。
>
> しかし、現代では、必要を感じる前に次から次に新しい製品が生まれる。特にパソコンや携帯電話などの情報機器※がそうである。①その原因はいろいろあるだろう。
>
> 第一に考えられるのは、明確な目的を持たないまま機械を利用している人々が多いからであろう。新製品を買った人にその理由を聞いてみると、「新しい機能がついていて便利そうだから」とか、「友だちが持っているから」などだった。その機能が必要だから買うのではなく、ただ単に珍しいからという理由で、周囲に流されて買っているのだ。
>
> 第二に、これは、企業側の問題なのだが、②企業が新製品を作る競争をしているからだ。人々の必要を満たすことより、売れることを目指して、不必要な機能まで加えた製品を作る。その結果、人々は、機能が多すぎてかえって困ることになる。③新製品を買ったものの、十分に使うことができない人たちが多いのはそのせいだ。

　　次々に珍しいだけの新製品が開発されるため、古い携帯電話や
パソコンは捨てられたり、個人の家の引き出しの中で眠っていた
りする。ひどい資源のむだづかいだ。

　　確かに、生活が便利であることは重要である。便利な生活のた
めに機械が発明されるのはいい。しかし、必要でもない新製品を
作り続けるのは、もう、やめてほしいと思う。

※　情報機器 …パソコンや携帯電話など、情報を伝えるための機械。

34　①その原因は、何を指しているか。

1　ほとんどの物が必要から生まれたものであること

2　パソコンや携帯電話が必要にせまられて作られること

3　目的なしに機械を使っている人が多いこと

4　新しい情報機器が次から次へと作られること

35　②企業が新製品を作る競争をしている目的は何か。

1　技術の発展のため

2　工業製品の発明のため

3　多くの製品を売るため

4　新製品の発表のため

36　③新製品を買ったものの、十分に使うことができない人たち
　　　が多いのは、なぜか

1　企業側が、製品の扱い方を難しくするから

2　不必要な機能が多すぎるから

3　使う方法も知らないで新製品を買うから

4　新製品の説明が不足しているから

37　この文章の内容と合っていないのはどれか。

1　明確な目的・意図を持たないで製品を買う人が多い。

2　新製品が出たら、使い方をすぐにおぼえるべきだ。

3　どの企業も新製品を作る競争をしている。

4　必要もなく新製品を作るのは資源のむだ使いだ。

N3

言語知識・讀解

第4回 もんだい7 模擬試題

Track032

右のページは、あるNPOが留学生を募集するための広告である。これを読んで、下の質問に答えなさい。答えは、1・2・3・4から最もよいものを一つえらびなさい。

38 東京に住んでいる留学生のジャミナさんは、日本語学校の夏休みにホームステイをしたいと思っている。その前に、北海道の友達の家に遊びに行くため、北海道までは一人で行きたい。どのプランがいいか。

1 Aプラン

2 Bプラン

3 Cプラン

4 Dプラン

39 このプログラムに参加するためには、いつ申し込めばいいか。

1 8月20日までに申し込む。

2 6月23日が締め切りだが、早めに申し込んだ方がいい。

3 夏休みの前に申し込む。

4 6月23日の後で、できるだけ早く申し込む。

2020 年　第 29 回夏のつどい留学生募集案内

北海道ホームステイプログラム「夏のつどい^{※1}」

日程	8月20日（木）〜 9月2日（水）14泊15日
募集人数	100 名
参加費	A プラン 68,000 円（東京駅集合・関西空港解散） B プラン 65,000 円（東京駅集合・羽田空港解散） C プラン 70,000 円（福岡空港集合・福岡空港解散） D プラン 35,000 円（函館駅集合・現地^{※2}解散^{※3}）
定員	100 名
申し込み締め切り	6 月 23 日（火）まで

※ 毎年大人気のプログラムです。締め切りの前に定員に達する場合もありますので、早めにお申し込みください。

申し込み・問い合わせ先
(財)北海道国際文化センター
〒 040-0054 函館市元町××ー 1
Tel : 0138-22-××××　**Fax** : 0138-22-××××
http://www.×××.or.jp/
E-mail : ×××@hif.or.jp

※1　つどい…集まり

※2　現地…そのことを行う場所。

※3　解散…グループが別れること

我的閱讀筆記本

問題四　翻譯與題解

第4大題　請閱讀以下（1）至（4）的文章，然後回答問題。答案請從1、2、3、4之中挑出最適合的選項。

日本で、東京と横浜の間に電話が開通したのは1890年です。当時、電話では「もしもし」ではなく、「もうす、もうす（申す、申す）」「もうし、もうし（申し、申し）」とか「おいおい」と言っていたそうです。その当時、電話はかなりお金持ちの人しか持てませんでしたので、「おいおい」と言っていたのは、ちょっといばっていたのかもしれません。それがいつごろ「もしもし」に変わったかについては、よくわかっていません。たくさんの人がだんだん電話を使うようになり、いつのまにかそうなっていたようです。

　この「もしもし」という言葉は、今は電話以外ではあまり使われませんが、例えば、前を歩いている人が切符を落とした時に、「もしもし、切符が落ちましたよ。」というように使うことがあります。

文章を深く読み解いて、言葉の美しさを味わおう。

24 そうなっていた は、どんなことをさすのか。

1 電話が開通したこと

2 人々がよく電話を使うようになったこと

3 お金持ちだけでなく、たくさんの人が電話を使うようになったこと

4 電話をかける時に「もしもし」と言うようになったこと

翻譯

日本在東京與橫濱之間首次開通電話是在 1890 年。當時，電話通話中並非使用「もしもし」，而是説「もうす、もうす（申す、申す）」、「もうし、もうし（申し、申し）」或「おいおい」。那個時候，電話僅限於非常富有的人才能擁有，因此使用「おいおい」這種語句的人，可能帶有一絲自傲的意思。然而，這些用語在何時變成「もしもし」卻無法確切得知。隨著越來越多的人開始使用電話，這種説法逐漸普及，最終<u>演變成今天的用法</u>。

如今，「もしもし」這個詞彙除了在電話中使用外，已不常見。然而，在某些情況下仍有應用，例如當前面的人掉落車票時，你可以説「もしもし，您的車票掉了。」這樣的話語來提醒對方。

[24]「演變成今天的用法」指的是什麼？

1 電話已經開通。

2 人們開始頻繁使用電話。

3 不僅限於富人，許多人也開始使用電話。

4 當撥打電話時，人們開始説「もしもし」。

題型解題訣竅

這道題目屬於「指示題（指示語問題）」。

題目描述 1.

題目要求考生理解「そうなっていた」這個指示詞所指代的具體內容。指示題的特點是要求考生確定一個指示詞或代詞所指代的先行詞或概念。

文章內容 2.

文章提到「電話では『もしもし』ではなく、『もうす、もうす』などと言っていた」的歷史背景，並討論了「もしもし」這個詞彙的出現過程。最後一句話說「たくさんの人がだんだん電話を使うようになり、いつのまにかそうなっていたようです」，其中「そうなっていた」指的是使用「もしもし」這個詞彙作為打電話時的問候語。

問題類型 3.

題目要求考生理解「そうなっていた」所指的具體內容。根據文章，這指的是電話用語從「もうす、もうす」等變成了「もしもし」。因此，選項 4 正確。這屬於指示題，因為它要求確定指示語的具體指代。

關鍵詞語 4.

「そうなっていた」是文章中的關鍵句，表明了一個逐漸變化的結果；「いつのまにか」表示事情自然發生；「もしもしに変わったかについては、よくわかっていません」是變化的主題。文法上，「～になった」表示變化的過程。

Question 問題

24 そうなっていたは、どんなことをさすのか。

[24]「演變成今天的用法」指的是什麼？

選項1〉電話が開通したこと（電話已開通）

錯誤原因〉文章提到「そうなっていた」是在描述一個語言習慣的變化，即使用「もしもし」這個詞的習慣。電話開通的事不是此處「そうなっていた」指代的內容。

關鍵句子〉それがいつごろ『もしもし』に変わったかについては、よくわかっていません。たくさんの人がだんだん電話を使うようになり、いつのまにかそうなっていたようです。

選項2〉人々がよく電話を使うようになったこと（人們開始經常使用電話）

錯誤原因〉這個選項描述了電話使用的普及，但是它不是「そうなっていた」的主要指代內容。文章強調的是電話問候語從「もうす、もうす」或「おいおい」變成「もしもし」的過程。

關鍵句子〉同上。描述的是語言習慣的變化，而不是使用電話的普及。

選項3〉お金持ちだけでなく、たくさんの人が電話を使うようになったこと（不僅富人，還有許多人開始使用電話）

錯誤原因〉雖然這個選項描述了電話使用者增加的情況，但這並不是「そうなっていた」指代的具體內容。文章更側重於「もしもし」這個詞是如何成為電話問候語的。

關鍵句子〉同上。「そうなっていた」指的是語言習慣的改變。

選項4〉電話をかける時に「もしもし」と言うようになったこと（打電話時開始說「もしもし」）

正確原因〉這個選項正確地反映了「そうなっていた」所指的內容，即電話用語逐漸變成「もしもし」的這個變化。文章提到隨著電話的普及，這種語言習慣逐漸形成。

關鍵句子〉それがいつごろ「もしもし」に変わったかについては、よくわかっていません。たくさんの人がだんだん電話を使うようになり、いつのまにかそうなっていたようです。

問題四　翻譯與題解

第 4 大題　請閱讀以下（1）至（4）的文章，然後回答問題。答案請從 1、2、3、4 之中挑出最適合的選項。

「ペットボトル」の「ペット」とは何を意味しているのだろうか。もちろん動物のペットとはまったく関係がない。

ペットボトルは、プラスチックの一種であるポリエチレン・テレフタラート（Polyethylene terephthalate）を材料として作られている。実は、ペットボトルの「ペット（pet）」は、この語の頭文字をとったものだ。ちなみに「ペットボトル」という語と比べて、多くの国では「プラスチック　ボトル（plastic bottle）」と呼ばれているということである。

ペットボトルは日本では 1982 年から飲料用に使用することが認められ、今や、お茶やジュース、しょうゆやアルコール飲料などにも使われていて、毎日の生活になくてはならない存在である。

文章を深く読み解いて、言葉の美しさを味わおう。

25 「ペットボトル」の「ペット」とは、どこから来たのか。

1 動物の「ペット」の意味からきたもの

2 「plastic bottle」を省略したもの

3 1982 年に、日本のある企業が考え出したもの

4 ペットボトルの材料「Polyethylene terephthalate」の頭文字からとったもの

_____翻譯

「PET 瓶」中的「PET」究竟代表什麼含義呢？當然，這裡的「PET」與動物的寵物毫無關聯。

　　PET 瓶是由一種塑料——聚對苯二甲酸乙二醇酯（Polyethylene terephthalate）製成的。事實上，PET 瓶中的「PET」正是取自這種材料名稱的首字母縮寫。值得一提的是，與「PET 瓶」這個詞相比，許多國家更常使用「塑料瓶（plastic bottle）」來稱呼這類容器。

　　PET 瓶自 1982 年在日本獲准用於飲料包裝以來，如今已廣泛應用於茶、果汁、醬油及酒精飲料等各類產品中，成為人們日常生活中不可或缺的一部分。

[25]「PET 瓶」中的「PET」來源於哪裡？

1 來源於動物「寵物」的意思

2 來源於「塑料瓶（plastic bottle）」的縮寫

3 1982 年由日本某企業創造

4 來源於 PET 瓶材料「聚對苯二甲酸乙二醇酯（Polyethylene terephthalate）」的首字母

題型解題訣竅

這道題目屬於「語句改寫題（言い換え問題）」。

題目描述

1.

題目要求考生理解「ペットボトル」的「ペット」這個詞的來源，並選擇與文章內容意思最接近的選項。這是一個典型的語句改寫題，要求考生理解特定詞語的來源或含義，並選擇能夠正確解釋這個詞的選項。

文章內容

2.

文章明確說明「ペットボトル」中的「ペット」是來自於「ポリエチレン・テレフタラート（Polyethylene terephthalate）」這種材料的首字母。這也排除了「ペット」與動物或其他來源有關的可能性。

問題類型

3.

這道題目要求考生理解「ペットボトル」中「ペット」的來源，並選擇最準確的解釋。文章指出，「ペット」來自「Polyethylene terephthalate」的首字母，因此選項 4 是正確的。這屬於語句改寫題，因為它要求提取並重新表達具體資訊。

關鍵詞語

4.

「ペットボトルの『ペット』は、この語の頭文字をとったもの」是文章中的關鍵句，直接回答了問題；「Polyethylene terephthalate」指出具體材料名稱；文法上，「～をとったもの」表示來源或由來。

Question 問題

25 「ペットボトル」の「ペット」とは、
どこから来たのか。

答案：**4**

[25]「PET 瓶」中的「PET」來源於哪裡？

選項1 動物の「ペット」の意味からきたもの（來自動物的「寵物」的意思）

錯誤原因 文章開頭已經明確指出「ペットボトル」中的「ペット」和動物的「寵物」完全沒有關係，所以這個選項是錯誤的。

關鍵句子 もちろん動物のペットとはまったく関係がない。

選項2 「plasticbottle」を省略したもの（簡寫「塑膠瓶」的意思）

錯誤原因 文章提到「ペットボトル」這個詞來源於材料的名稱的縮寫，而不是「plasticbottle」的簡寫，因此這個選項不符合文章內容。

關鍵句子 ちなみに『ペットボトル』という語と比べて、多くの国では『プラスチックボトル（plasticbottle）』と呼ばれているということである。

選項3 1982 年に、日本のある企業が考え出したもの（1982 年由日本某公司想出的東西）

錯誤原因 雖然 1982 年是日本開始允許使用「ペットボトル」的年份，但文章並未提到「ペット」這個詞是由日本企業在 1982 年創造的，所以這個選項是錯誤的。

關鍵句子 ペットボトルは日本では1982年から飲料用に使用することが認められ…。

選項4 ペットボトルの材料「Polyethyleneterephthalate」の頭文字からとったもの（來自 PET 瓶材料「Polyethyleneterephthalate」這種材料的首字母）

正確原因 文章清楚說明了「ペットボトル」中的「ペット」是來源於其材料「Polyethyleneterephthalate」的首字母縮寫，因此這是正確答案。

關鍵句子 実は、ペットボトルの『ペット（pet）』は、この語の頭文字をとったものだ。

問題四　翻譯與題解

第 4 大題　請閱讀以下（1）至（4）的文章，然後回答問題。答案請從 1、2、3、4 之中挑出最適合的選項。

レストランの入り口に、お知らせが貼ってある。

お知らせ

　2020 年 8 月 1 日から 10 日まで、ビル外がわの階段工事を行います。

　ご来店のみなさまには、大変ご迷惑をおかけいたしますが、どうぞよろしくお願い申し上げます。

　なお、工事期間中は、お食事をご注文のお客様に、コーヒーのサービスをいたします。

　みなさまのご来店を、心よりお待ちしております。

　　　　　レストラン　サンセット・クルーズ

　　　　　　　　　　　　店主　山村

文章を深く読み解いて、言葉の美しさを味わおう。

26 このお知らせの内容と、合っているものはどれか。

1 レストランは、8月1日から休みになる。

2 階段の工事には、10日間かかる。

3 工事の間は、コーヒーしか飲めない。

4 工事中は、食事ができない。

翻譯

餐廳入口處貼了一張通知。

公告

　　本餐廳所在建築物的外部樓梯將於 2020 年 8 月 1 日至 10 日期間進行施工。由此給各位顧客帶來的不便，我們深表歉意，懇請您的理解與配合。

　　此外，在施工期間，凡在本餐廳用餐的顧客，我們將提供免費咖啡服務。

　　我們真誠期待您的光臨。

餐廳 夕陽航程

店主 山村

[26] 下列哪項敘述與公告內容相符？

1 餐廳將於 8 月 1 日開始休業。

2 階梯施工將持續 10 天。

3 施工期間只能喝咖啡。

4 施工期間無法提供餐飲服務。

題型解題訣竅

這道題目屬於「正誤判斷題（正誤判斷問題）」。

題目描述 1.

題目要求考生從選項中選擇與公告內容最符合的一項。這是一個典型的正誤判斷題，考生需要檢查每個選項，並與公告內容進行對比，找出唯一符合事實的選項。

文章內容 2.

公告內容提到，從 2020 年 8 月 1 日到 10 日進行階段施工。施工期間內，來店用餐的顧客將獲得咖啡服務，但沒有提到餐廳休業或無法提供餐飲服務。

問題類型 3.

題目要求考生判斷哪個選項與公告內容相符。公告中提到，階段施工從 8 月 1 日到 10 日，共 10 天，因此選項 2 正確。這屬於正誤判斷題，因為它要求識別與公告內容一致的選項。

關鍵詞語 4.

「8 月 1 日から 10 日まで、階段工事を行います」是文章中的關鍵句，指出工期長度；「コーヒーのサービスをいたします」表明工期中的優惠措施；文法上，「～間」表示期間。

uestion 問題

[26] 下列哪項敘述與公告內容相符？

答案：**2**

選項 1 レストランは、8月1日から休みになる（餐廳從8月1日開始休業）

錯誤原因 公告中並未提及餐廳在施工期間會休息，只提到施工期間會造成不便，但餐廳仍正常營業。因此，這個選項是不正確的。

關鍵句子 工事期間中は、お食事をご注文のお客様に、コーヒーのサービスをいたします。

選項 2 階段の工事には、10日間かかる（樓梯的施工需要10天時間）

正確原因 公告中明確寫道施工期間為2020年8月1日至8月10日，共計10天。這個選項正確描述了施工的時間長度。

關鍵句子 2020年8月1日から10日まで、ビル外がわの階段工事を行います。」

選項 3 工事の間は、コーヒーしか飲めない（施工期間只能喝咖啡）

錯誤原因 公告中提到的是，施工期間點餐的客人可以免費享用咖啡，並非只能喝咖啡，因此這個選項不符合實際情況。

關鍵句子 お食事をご注文のお客様に、コーヒーのサービスをいたします。

選項 4 工事中は、食事ができない（施工期間無法供餐）

錯誤原因 公告中明確提到施工期間餐廳仍然營業，並且提供免費咖啡服務，所以這個選項是錯誤的。

關鍵句子 ご来店のみなさまには、大変ご迷惑をおかけいたしますが、どうぞよろしくお願い申し上げます。

問題四 翻譯與題解

第 4 大題　請閱讀以下（1）至（4）的文章，然後回答問題。
答案請從 1、2、3、4 之中挑出最適合的選項。

こ れは、野口さんに届いたメールである。

結婚お祝いパーティーのご案内

[koichi.mizutani @xxx.ne.jp]

送信日時：2020/8/10（月）10:14

宛先：2020danceclub@members.ne.jp

　このたび、山口友之さんと三浦千恵さんが結婚され
ることになりました。
　つきましてはお祝いのパーティーを行いたいと思い
ます。

日時	2020 年 10 月 17 日（土）18:00〜
場所	ハワイアンレストラン HuHu（新宿）
会費	5000 円

　出席か欠席かのお返事は、8 月 28 日（金）までに、
水谷 koichi.mizutani@xxx.ne.jp に、ご連絡ください。
　楽しいパーティーにしたいと思います。ぜひ、ご参
加ください。

世話係
水谷高一
koichi.mizutani@xxx.ne.jp

27

このメールの内容で、正しくないのはどれか。

1 山口友之さんと三浦千恵さんは、8月10日(月)に結婚した。

2 パーティーは、10月17日(土)である。

3 パーティーに出席するかどうかは、水谷さんに連絡をする。

4 パーティーの会費は、5000円である。

_____翻譯

結 婚慶祝派對邀請函

發件人：[koichi.mizutani@xxx.ne.jp]

發送時間：2020 年 8 月 10 日（星期一）10:14

收件人：2020danceclub@members.ne.jp

尊敬的野口先生：

　　欣聞山口友之先生與三浦千惠小姐即將步入婚姻的殿堂。為慶祝這一喜事，我們計劃舉辦一場婚禮慶祝派對。

　　　　日期：　2020 年 10 月 17 日（星期六）18:00 起

　　　　地點：　夏威夷風情餐廳 HuHu（新宿）

　　　　會費：　5000 日圓

　　懇請您於 2020 年 8 月 28 日（星期五）前，將您的出席或缺席回覆至水谷高一先生的郵箱（koichi.mizutani@xxx.ne.jp）。

　　我們真誠期盼您的蒞臨，共同度過這個愉快的夜晚。

此致 敬禮

籌辦人 水谷高一

koichi.mizutani@xxx.ne.jp

[27] 下列關於這封郵件的內容，哪一項是不正確的？

1 山口友之先生與三浦千惠小姐於 8 月 10 日（星期一）結婚。

2 派對將於 10 月 17 日（星期六）舉行。

3 是否出席派對，需通知水谷先生。

4 派對的會費為 5000 日圓。

題型解題訣竅

這道題目屬於「正誤判斷題（正誤判斷問題）」。

題目描述 1.

題目要求考生從選項中選擇一個與郵件內容不一致的選項。這是一個典型的正誤判斷題，考生需要檢查每個選項，並與郵件內容進行對比，找出與事實不符的選項。

文章內容 2.

郵件提到的主要信息包括：山口友之和三浦千惠的婚禮派對定於 2020 年 10 月 17 日（星期六），會費為 5000 日圓，出席或缺席的回覆需在 8 月 28 日之前發送給水谷高一。

問題類型 3.

題目要求考生判斷哪個選項與郵件內容不符。郵件中提到結婚派對的日期是 10 月 17 日，並未說明結婚日期是 8 月 10 日，因此選項 1 不正確。這屬於正誤判斷題，因為它要求識別與文本內容不一致的選項。

關鍵詞語 4.

「山口友之さんと三浦千惠さんが結婚されることになりました」表明未來結婚；「日時 2020 年 10 月 17 日」指出派對時間；「ご連絡ください」指示聯絡方式。文法上，「～されることになりました」表示未來的決定。

 問題

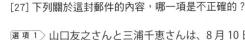

27 このメールの内容で、正しくないのは
どれか。

答案： **1**

[27] 下列關於這封郵件的內容，哪一項是不正確的？

選項1〉山口友之さんと三浦千恵さんは、8月10日（月）に結婚した（山口友之先生和三浦千恵小姐在8月10日結婚）

錯誤原因〉郵件中提到的是結婚派對的邀請通知，並未提到他們在8月10日結婚。8月10日只是郵件的發送日期，因此這個選項是錯誤的。

關鍵句子〉送信日時：2020/8/10（月）10:14；山口友之さんと三浦千恵さんが結婚されることになりました。

選項2〉パーティーは、10月17日（土）である（派對是在10月17日，星期六舉行）

正確原因〉郵件中明確提到結婚派對的日期是2020年10月17日（星期六），這個選項正確。

關鍵句子〉日時 2020年10月17日（土）18:00〜

選項3〉パーティーに出席するかどうかは、水谷さんに連絡をする（是否參加派對，應聯繫水谷先生）

正確原因〉郵件中明確要求回覆出席與否應聯繫水谷高一，這個選項正確。

關鍵句子〉出席か欠席かのお返事は、8月28日（金）までに、水谷 koichi.mizutani@xxx.ne.jp に、ご連絡ください。

選項4〉パーティーの会費は、5000円である（派對的費用是5000日圓）

正確原因〉郵件中提到的派對費用是5000日圓，這個選項正確。

關鍵句子〉会費 5000円

問題五 翻譯與題解

第5大題 請閱讀以下（1）至（4）的文章，然後回答問題。答案請從1、2、3、4之中挑出最適合的選項。

日本では毎日、数千万人もの人が電車や駅を利用しているので、①もちろんのことですが、毎日のように多くの忘れ物が出てきます。

JR東日本※の方に聞いてみると、一番多い忘れ物は、マフラーや帽子、手袋などの衣類、次が傘だそうです。傘は、年間約30万本も忘れられているということです。雨の日や雨上がりの日などには、「傘をお忘れになりませんように。」と何度も車内アナウンスが流れるほどですが、②効果は期待できないようです。

ところで、今から100年以上も前、初めて鉄道が利用されはじめた明治時代には、③現代では考えられないような忘れ物が、非常に多かったそうです。

その忘れ物とは、いったい何だったのでしょうか。

それは靴（履き物）です。当時はまだ列車に慣れていないので、間違えて、駅で靴を脱いで列車に乗った人たちがい

在日本，每天有數千萬人次利用電車和車站，因此，①自然每天都會有大量的遺失物品出現。根據 JR 東日本※的相關人員透露，最常見的遺失物是圍巾、帽子和手套等衣物，其次便是雨傘。據說，每年約有 30 萬把雨傘被遺忘在車上。即便在雨天或雨後，車內廣播會反覆提醒乘客「請不要忘記您的雨傘」，但似乎②效果並不顯著。

然而，回顧百餘年前的明治時代，當鐵路剛開始投入使用時，有一種③現代人難以想像的遺失物卻非常常見。那麼，這種遺失物究竟是什麼呢？

答案是鞋子（履物）。當時，由於人們尚未習慣乘坐列車，因此有些人在車站錯將列車當作家屋，脫鞋上車。結果，當他們到達目的地時，才發現自己沒有穿鞋。

在日本，由於人們進屋時有脫鞋的習慣，因此有些人可能不自覺地在上車時脫下了鞋子。

※ JR 東日本：日本的一家鐵路公司

[28]①「當然」指的是什麼？

1 每天有數千萬人次利用電車。

2 每天都會有大量的遺失物品出現。

3 特別是衣物遺失的情況較多。

4 雨傘是最常見的遺失物品之一。

たのです。そして、降りる駅で、履きものがない、と気づいたのです。

日本では、家にあがるとき、履き物を脱ぐ習慣がありますので、つい、靴を脱いで列車に乗ってしまったということだったのでしょう。

※ JR 東日本…日本の鉄道会社名

28 ①もちろんのこととは、何か。

1 毎日、数千万人もの人が電車を利用していること

2 毎日のように多くの忘れ物が出てくること

3 特に衣類の忘れ物が多いこと

4 傘の忘れ物が多いこと

翻譯

題型解題訣竅

這道題目屬於「指示題（指示語問題）」。

題目描述

● 題目要求考生理解「もちろんのこと」這個指示詞所指代的具體內容。指示題的特點是要求考生確定一個指示詞或代詞所指代的先行詞或概念。

文章內容

● 文章提到在日本，每天有數千萬人使用電車和車站，因此每天都會有大量的忘記物品出現。文中提到「もちろんのことですが、毎日のように多くの忘れ物が出てきます」，這裡的「もちろんのこと」指的是「每天都有許多人使用電車」這個背景事實，這自然導致了每天都會有許多遺失物品。

問題類型

● 題目要求考生理解「①もちろんのこと」指的是什麼。根據文章上下文，這指的是因為每天有數千萬人使用電車和車站，所以每天都有很多人忘記物品。因此，選項 2 正確。這屬於指示題，因為它要求考生理解指示語所指代的具體內容。

關鍵詞語

● 「毎日のように多くの忘れ物が出てきます」是文章中的關鍵句，緊接在「もちろんのことですが」之後，直接解釋了忘物頻繁發生的情況；文法上，「～のこと」表示具體的事實。

uestion 問題

28 ①もちろんのこととは、何か。

[28] ①「<u>當然</u>」指的是什麼？

答案：**2**

選項 1〉 毎日、数千万人もの人が電車を利用していること（每天有數千萬人使用電車）

錯誤原因〉這個選項描述的是「もちろんのこと」（當然）的背景事實，而不是主要結果。文章中「もちろんのこと」用來引出的是遺失物品多的情況，而不是每天使用電車的人數。

關鍵句子〉日本では毎日、数千万人もの人が電車や駅を利用しているので、①もちろんのことですが、毎日のように多くの忘れ物が出てきます。

選項 2〉 毎日のように多くの忘れ物が出てくること（每天都有很多遺失物品出現）

正確原因〉根據文中的說法，「もちろんのこと」指的是由於大量乘客使用電車，導致每天都有大量遺失物品出現，這是自然會發生的結果。因此選項 2 正確反映了這個意思。

關鍵句子〉もちろんのことですが、毎日のように多くの忘れ物が出てきます。

選項 3〉 特に衣類の忘れ物が多いこと（特別是衣物的遺失物品多）

錯誤原因〉這個選項具體描述了遺失物品的種類，但「もちろんのこと」指的是整體遺失物品的情況，而非特定種類的遺失物品數量。

關鍵句子〉一番多い忘れ物は、マフラーや帽子、手袋などの衣類…

選項 4〉 傘の忘れ物が多いこと（遺失的傘數量多）

錯誤原因〉雖然文章提到遺失的傘數量多，但「もちろんのこと」並不特指某種遺失物品，而是泛指由於人流量大，遺失物品多的整體情況。

關鍵句子〉傘は、年間約 30 万本も忘れられているということです。

題型解題訣竅

這道題目屬於「語句改寫題（言い換え問題）」。

題目描述

● 題目要求考生理解「効果は期待できない」這句話的具體含義，並選擇與其意思最接近的選項。這是一個典型的語句改寫題，要求考生理解某個表達的實際含義，並選擇與之意義最接近的選項。

文章內容

● 文章提到「雨の日や雨上がりの日などには、『傘をお忘れになりませんように。』と何度も車内アナウンスが流れるほどですが、効果は期待できないようです。」這裡的意思是，儘管車內多次播放提醒乘客不要忘記傘的廣播，但忘記傘的情況仍很普遍，廣播並沒有顯著減少忘記傘的數量。

問題類型

● 這道題目要求考生理解並選擇與「効果は期待できない」意思最接近的陳述，這正是語句改寫題的特徵。根據文章內容，即使車內多次提醒乘客不要忘記傘，傘的忘記數量仍然沒有減少，因此選項 3 正確。

關鍵詞語

● 「傘は、年間約 30 万本も忘れられている」是文章中的關鍵句，強調傘的忘記頻率；「効果は期待できない」表明車內廣播對減少傘的遺失無效；文法上，「〜は期待できない」表示無法達成預期效果。

Question 問題

29 ②効果は期待できないとはどういうことか。

[29] ②「效果不明顯」指的是什麼？

答案：**3**

選項1 衣類の忘れ物がいちばん多いということ（衣物是最多的遺失物品）

錯誤原因 雖然文章提到衣物是最多的遺失物品，但這與「効果は期待できない」（無法期待效果）的意思無關。這裡指的是某些措施（如廣播提醒）無法有效減少遺失物品，與衣物的數量無關。

關鍵句子 一番多い忘れ物は、マフラーや帽子、手袋などの衣類…

選項2 衣類の忘れ物より傘の忘れ物の方が多いこと（比起衣物，傘的遺失數量更多）

錯誤原因 這個選項陳述的是遺失物品的類別比較，但與「効果は期待できない」無關。「効果は期待できない」指的是廣播提醒無法有效減少遺失物品，並不涉及兩者之間的數量比較。

關鍵句子 傘は、年間約 30 万本も忘れられているということです。

選項3 傘の忘れ物は少なくならないということ（遺失的傘數量並未減少）

正確原因 文章提到即使車內多次廣播提醒，傘的遺失數量並未減少，這正是「効果は期待できない」的意思，即提醒措施未能達到預期效果。

關鍵句子 雨の日や雨上がりの日などには、『傘をお忘れになりませんように。』と何度も車内アナウンスが流れるほどですが、②効果は期待できないようです。

選項4 車内アナウンスはなくならないということ（車內廣播不會消失）

錯誤原因 這個選項解釋的是廣播的存在狀況，而不是其效果。「効果は期待できない」指的是提醒措施無法減少遺失物品數量，與廣播是否會繼續存在無關。

關鍵句子 車内アナウンスが流れるほどですが…

題型解題訣竅

這道題目屬於「因果關係題（因果関係問題）」。

題目描述

● 題目要求考生理解「現代では考えられない」這一表達的原因，並選擇與文章內容最接近的選項。因果關係題的特點是要求考生理解某個結果發生的原因或理由。

文章內容

● 文章提到，在明治時代，由於當時人們不習慣乘坐火車，許多人錯誤地在車站脫鞋，導致他們在目的地發現沒有鞋子可穿。這在現代是難以想像的，因為現代人不會在乘車時脫鞋。

問題類型

● 題目要求考生理解為什麼「現代では考えられない」。文章說明，在現代，人們不會脫鞋進入電車，而明治時代有這種情況，因此選項 3 正確。這是因果關係題，因為它解釋了過去行為與現代行為之間的差異。

關鍵詞語

● 「駅で靴を脱いで列車に乗った人たちがいた」是文章中的關鍵句，描述了當時的情況；「現代では考えられない」表明如今這種行為已不常見；文法上，「～ない」表達否定狀態。

uestion 問題

答案：**3**

選項 1〉鉄道が利用されはじめたのは、100 年以上も前だから（鐵路開始使用是在100 多年前）

錯誤原因〉這個選項只提到了鐵路使用的歷史背景，並沒有解釋為什麼在現代無法想像某些行為發生。選項與「現代では考えられない」的主要原因無關。

關鍵句子〉今から 100 年以上も前、初めて鉄道が利用されはじめた明治時代には…

選項 2〉明治時代は、車内アナウンスがなかったから（明治時代沒有車內廣播）

錯誤原因〉車內廣播的有無與人們是否在車上脫鞋無關。選項未能解釋為何在現代這種行為是難以想像的，無法回答「現代では考えられない」的原因。

選項 3〉現代人は、靴を脱いで電車に乗ることはないから（現代人不會脫鞋上車）

正確原因〉文章指出，過去人們會因習慣錯誤地在站台脫鞋上車，這在現代是不可能發生的。現代社會中，這種行為已經被認為是不合常理的，因此「現代では考えられない」。

關鍵句子〉今から 100 年以上も前、初めて鉄道が利用されはじめた明治時代には、現代では考えられないような忘れ物が、非常に多かったそうです。その忘れ物とは、いったい何だったのでしょうか。それは靴（履き物）です。

選項 4〉明治時代の日本人は、履き物を脱いで家に上がっていたから（明治時代的日本人進屋時會脫鞋）

錯誤原因〉雖然文章提到明治時代的日本人有進屋脫鞋的習慣，但這並不是解釋「現代では考えられない」的原因。該選項沒有直接回答為什麼現代人不會在電車上脫鞋。

關鍵句子〉日本では、家にあがるとき、履き物を脱ぐ習慣があります…

問題五 翻譯與題解

第 5 大題 請閱讀以下（1）至（4）的文章，然後回答問題。
答案請從 1、2、3、4 之中挑出最適合的選項。

挨拶は世界共通の行動であるらしい。ただ、その方法は、社会や文化の違い、挨拶する場面によって異なる。日本で代表的な挨拶といえばお辞儀※1であるが、西洋でこれに代わるのは握手である。また、タイでは、体の前で両手を合わせる。変わった挨拶としては、ポリネシアの挨拶が挙げられる。ポリネシアでも、現代では西洋的な挨拶の仕方に変わりつつあるそうだが、①伝統的な挨拶は、お互いに鼻と鼻を触れ合わせるのである。

　日本では、相手に出会う時間や場面によって、挨拶が異なる場合が多い。

　朝は「おはよう」や「おはようございます」である。これは、「お早くからご苦労様です」などを略したもの、昼の「こんにちは」は、「今日はご機嫌いかがですか」などの略である。そして、夕方から夜にかけての「こんばんは」は、「今晩は良い晩ですね」などが略されて短い挨拶の言葉になったと言われている。

　このように、日本の挨拶の言葉は、相手に対する感謝やいたわり※2の気持

ち、または、相手の体調などを気遣う※3気持ちがあらわれたものであり、お互いの人間関係をよくする働きがある。時代が変わっても、お辞儀や挨拶は、最も基本的な日本の慣習※4として、ぜひ残していきたいものである。

※1 お辞儀…頭を下げて礼をすること。
※2 いたわり…親切にすること。
※3 気遣う…相手のことを考えること。
※4 慣習…社会に認められている習慣。

31 ポリネシアの①伝統的な挨拶は、どれか。

1 お辞儀をすること
2 握手をすること
3 両手を合わせること
4 鼻を触れ合わせること

翻譯

問候似乎是世界共通的行為。然而，問候的方式會因社會、文化的差異以及所處的場合而有所不同。在日本，最具代表性的問候方式是鞠躬※1，而在西方，這一行為的對應方式則是握手。此外，在泰國，人們會在胸前雙手合十作為問候。而作為一種獨特的問候方式，波利尼西亞的傳統問候方法尤為引人注目。雖然現今波利尼西亞逐漸接受了西方式的問候，但①傳統上，他們的問候方式是互相以鼻尖輕觸。

在日本，問候的方式常常會隨著見面時間和場合的不同而有所變化。早晨，人們說「早安」或「早安您好」，這是「辛苦您這麼早起來工作」的簡略表達。中午的「您好」，則是「今日安好嗎」的簡化形式。而從傍晚到晚間的「晚上好」，據說是「今晚真是個好夜晚」的簡略說法。

由此可見，日本的問候語中，體現了對他人的感謝、關懷※2，以及對對方健康狀況的關心※3，這些都促進了人際關係的和諧。雖然時代在變遷，但鞠躬與問候作為日本最基本的習俗※4，應該繼續傳承下去。

※1 鞠躬：低頭行禮。
※2 關懷：表示慰問之意。
※3 關心：關心對方。
※4 習俗：社會公認的習慣。

[31] 波利尼西亞的①傳統問候方式是什麼？

1 鞠躬　　　　2 握手
3 雙手合十　　4 互相觸碰鼻尖

題型解題訣竅

這道題目屬於「指示題（指示語問題）」。

題目描述

● 題目要求考生理解「伝統的な挨拶」這個指示詞所指代的具體內容，並選擇正確的選項。指示題的特點是要求考生確定一個指示詞或代詞所指代的先行詞或概念。

文章內容

● 文章提到「ポリネシアの挨拶」與「伝統的な挨拶」，並且詳細描述了「伝統的な挨拶」是「お互いに鼻と鼻を触れ合わせる」這種方式。

問題類型

● 題目要求考生理解「伝統的な挨拶」這一表達指代的具體行為，這正是指示題的特徵。題目要求考生理解文本中提到的「ポリネシアの伝統的な挨拶」。文章明確指出，波利尼西亞的傳統問候方式是互相用鼻子碰觸，因此選項 4 正確。

關鍵詞語

● 「伝統的な挨拶は、お互いに鼻と鼻を触れ合わせる」是文章中的關鍵句，直接描述了傳統的挨拶方式；文法上，「～は」用來強調話題。

uestion 問題

31 ポリネシアの①伝統的な挨拶は、どれ
か。

答案：**4**

[31] 波利尼西亞的①傳統問候方式是什麼？

選項1〉お辞儀をすること（鞠躬）

錯誤原因〉鞠躬是日本的代表性問候方式，而不是波利尼西亞的傳統問候方式。文章中提到的波利尼西亞的問候方式與鞠躬無關。

關鍵句子〉日本で代表的な挨拶といえばお辞儀…

選項2〉握手をすること（握手）

錯誤原因〉握手是西方的問候方式，文章中提到西方的問候方式是握手，而非波利尼西亞的傳統問候方式。

關鍵句子〉西洋でこれに代わるのは握手である。

選項3〉両手を合わせること（雙手合十）

錯誤原因〉雙手合十是泰國的問候方式，而不是波利尼西亞的傳統問候方式。文章明確指出泰國的問候方式與雙手合十有關。

關鍵句子〉タイでは、体の前で両手を合わせる。

選項4〉鼻を触れ合わせること（鼻子互碰）

正確原因〉文章明確指出波利尼西亞的傳統問候方式是「鼻を触れ合わせる（鼻子互碰）」。這正是「伝統的な挨拶」所指的內容。

關鍵句子〉ポリネシアの伝統的な挨拶は、お互いに鼻と鼻を触れ合わせるのである。

題型解題訣竅

這道題目屬於「語句改寫題（言い換え問題）」。

題目描述

● 題目要求考生理解文章中關於「日本の挨拶の言葉」的描述，並選擇與其意思最接近的選項。這是一個典型的語句改寫題，要求考生理解某個表達的實際含義，並選擇與之意義最接近的選項。

文章內容

● 文章提到「日本の挨拶の言葉は、相手に対する感謝やいたわりの気持ち、または、相手の体調などを気遣う気持ちがあらわれたものであり、お互いの人間関係をよくする働きがある」。這裡強調了日本的問候語有助於改善和維持人際關係。

問題類型

● 這道題目要求考生將文章中的描述進行同義改寫或選擇最準確的解釋，這正是語句改寫題的特徵。題目要求考生理解日本的問候語的功能。文章中指出，日本的問候語能表達對他人的感謝和關心，有助於改善人際關係，因此選項 1 正確。

關鍵詞語

● 「お互いの人間関係をよくする働きがある」是文章中的關鍵句，直接說明挨拶的功能；「働きがある」用來描述作用或功能；文法上，「〜する働きがある」表明某種結果。

Question 問題

32 日本の挨拶の言葉は、どんな働きを持っ
ているか。

答案：**1**

[32] 日本的問候語具有哪些功能？

選項1 人間関係がうまくいくようにする働き（促進人際關係順利發展的功能）

正確原因 文章明確指出日本的問候語有助於改善和維持人際關係，是促進人際關係順利的功能。這正是選項1所描述的內容。

關鍵句子 このように、日本の挨拶の言葉は、相手に対する感謝やいたわりの気持ち、または、相手の体調などを気遣う気持ちがあらわれたものであり、お互いの人間関係をよくする働きがある。

選項2 相手を良い気持ちにさせる働き（讓對方感覺良好的功能）

錯誤原因 文章雖然提到問候語可以表達感謝和關懷，但並未特別強調讓對方感覺良好是其主要功能。文章重點在於人際關係的改善，而不是單純的讓對方感覺良好。

選項3 相手を尊重する働き（尊重對方的功能）

錯誤原因 文章並未具體提到日本的問候語具有尊重對方的功能，雖然尊重可能是問候的一部分，但文章更強調的是改善人際關係的功能。

選項4 日本の慣習をあとの時代に残す働き（將日本的習俗傳承給後代的功能）

錯誤原因 雖然文章提到希望保留問候語作為日本的傳統習俗，但這不是其主要功能。主要功能是改善人際關係，而不是文化傳承。

關鍵句子 時代が変わっても、お辞儀や挨拶は、最も基本的な日本の慣習として、ぜひ残していきたいものである。

題型解題訣竅

這道題目屬於「正誤判斷題（正誤判斷問題）」。

題目描述

- 題目要求考生從選項中選擇一個文章中未提及的內容。這是一個典型的正誤判斷題，考生需要檢查每個選項，並與文章內容進行對比，找出與文章內容不符或未提及的選項。

問題類型

- 題目要求考生找出文章中未提及的內容。文章提到問候方式因文化不同而異，日本問候語是縮略語，並希望保留日本的問候習慣，但未提到「目上の人には、必ず挨拶をしなければならない」。因此，選項3正確。這屬於正誤判斷題，因為它需要識別與文本信息不一致的選項。

文章內容

- 這段文章提到挨拶是世界共通的行為，但不同的社會和文化有各自的方式。例如，日本的代表性挨拶是「お辞儀」，而在西方則是握手，這表明選項1（挨拶は世界共通だが、社会や文化によって方法が違う）是文章提到的。另外，文章解釋了日本挨拶的由來，指出「おはよう」「こんにちは」「こんばんは」等詞語都是長句的簡略形式，對應選項2（日本の挨拶の言葉は、長い言葉が略されたものが多い）。此外，文章還強調了日本的挨拶文化是一種珍貴的傳統，應該延續下去，對應選項4（日本の挨拶やお辞儀は、ずっと残していきたい）。然而，文章並沒有具體提到「目上の人には必ず挨拶をしなければならない」這一點，選項3沒有在文章中被提及。

關鍵詞語

- 「目上の人には、必ず挨拶をしなければならない」未出現；「挨拶は世界共通の行動」強調共通性；「略されたものが多い」說明簡略起源；「ぜひ残していきたい」表達希望保留。文法上，「～しなければならない」表示義務

Question 問題

33 この文章に、書かれていないことはどれか。

[33] 下列哪一項內容未出現在文章中？

答案：**3**

選項 1 挨拶は世界共通だが、社会や文化によって方法が違う（問候是世界共通的行為，但因社會和文化不同而方法不同）

正確原因 文章的開頭部分明確提到，雖然問候這一行為在世界各地都是通用的，但具體的問候方式會因不同的社會和文化背景而異。這說明問候作為一種行為是世界共通的，但具體形式取決於文化差異。因此，選項 1 正確反映了文章的內容。

關鍵句子 挨拶は世界共通の行動であるらしい。ただ、その方法は、社会や文化の違い、挨拶する場面によって異なる。

選項 2 日本の挨拶の言葉は、長い言葉が略されたものが多い（日本的問候語多為簡化的長語句）

正確原因 文章中具體說明了多種日本問候語是長句的簡略形式。例如，「おはようございます」和「こんにちは」都是長句的省略版。這些例子表明，日本的問候語通常是由原本更長的句子簡化而來，因此選項 2 符合文章內容。

關鍵句子 これは、「お早くからご苦労様です」などを略したもの、…「今日はご機嫌いかがですか」などの略である。

選項 3 目上の人には、必ず挨拶をしなければならない（對上司或長輩一定要問候）

錯誤原因 文章中並沒有提到在日本文化中必須對上司或長輩問候的規定或習慣。文章的重點在於介紹各種文化背景下的問候方式和日本問候語的特點，而不是具體的社交禮儀規範。因此，選項 3 是錯誤的，因為它描述的內容在文章中沒有提到。

選項 4 日本の挨拶やお辞儀は、ずっと残していきたい（希望日本的問候語和鞠躬禮儀能長久保存）

正確原因 文章的最後部分強調了希望保留鞠躬和問候作為日本的基本習俗。作者提到，即使時代變遷，也希望這些基本的日本習慣能夠延續下去。因此，選項 4 正確反映了文章的內容和作者的意圖。

關鍵句子 時代が変わっても、お辞儀や挨拶は、最も基本的な日本の慣習として、ぜひ残していきたいものである。

問題六　翻譯與題解

第6大題　請閱讀以下（1）至（4）的文章，然後回答問題。答案請從 1、2、3、4之中挑出最適合的選項。

「必要は発明の母」という言葉がある。何かに不便を感じてある物が必要だと感じることから発明が生まれる、つまり、必要は発明を生む母のようなものである、という意味である。電気洗濯機も冷蔵庫も、ほとんどの物は必要から生まれた。

しかし、現代では、必要を感じる前に次から次に新しい製品が生まれる。特にパソコンや携帯電話などの情報機器※がそうである。①<u>その原因</u>はいろいろあるだろう。

第一に考えられるのは、明確な目的を持たないまま機械を利用している人々が多いからであろう。新製品を買った人にその理由を聞いてみると、「新しい機能がついていて便利そうだから」とか、「友だちが持っているから」などだった。その機能が必要だから買うのではなく、ただ単に珍しいからという理由で、周囲に流されて買っているのだ。

第二に、これは、企業側の問題なのだが、②<u>企業側が新製品を作る競争をしているからだ</u>。人々の必要を満たすことより、売れることを目指して、不必要な機能まで加えた製品を作る。その結果、人々は、機能が多すぎてかえって困ることになる。③<u>新製品を買ったものの、十分に使うことができない人たちが多いのはそのせいだ</u>。

次々に珍しいだけの新製品が開発されるため、古い携帯電話やパソコンは捨てられたり、個人の家の引き出しの中で眠っていたりする。ひどい資源のむだづかいだ。

確かに、生活が便利であることは重要である。便利な生活のために機械が発明されるのはいい。しかし、必要でもない新製品を作り続けるのは、もう、やめてほしいと思う。

※ 情報機器…パソコンや携帯電話な
ど、情報を伝えるための機械。

32 ①その原因は、何を指しているか。

1 ほとんどの物が必要から生まれたもので
あること

2 パソコンや携帯電話が必要にせまられて
作られること

3 目的なしに機械を使っている人が多いこ
と

4 新しい情報機器が次から次へと作られる
こと

────────── 翻譯

「需求是發明之母」這句話常被提及，意指人們因感到某種不便或需要某物而產生的需求，促使了發明的誕生。換言之，需求就像是發明之母，許多物品如電動洗衣機、冰箱等，幾乎都是由需求催生的。

然而，在現代社會中，新的產品在需求尚未明確表現之前便接踵而至，尤其是在電腦和手機等信息設備※的領域。這種現象背後有多種①原因。

首先，這可能是因為許多人在沒有明確目標的情況下使用這些機器。當詢問那些購買新產品的人的理由時，他們往往回答說：「因為新功能看起來很方便」或「因為朋友有，所以我也買了」。他們並不是因為需要這些功能才購買，而是因為覺得稀奇或受到周圍人的影響而購買。

其次，這也涉及企業的問題。②企業之間為了競爭，不斷推出新產品，他們的目標不再是滿足人們的需求，而是追求銷量。因此，他們甚至在產品中加入不必要的功能，導致消費者感到困惑，無法充分利用這些功能。③許多人購買了新產品後，卻無法充分發揮其功能，正是因此所致。

由於這種不斷開發僅僅因新奇而生的產品，許多舊的手機和電腦被丟棄或閒置在家中的抽屜裡，這無疑是資源的巨大浪費。

誠然，生活便利性至關重要，為了提升生活質量而發明新機器是值得肯定的。但無止境地製造無需的新產品，應該適可而止。

※ 信息設備：指用於傳遞信息的機器，如電腦和手機。

[34] ①「其原因」指的是什麼？

1 大多數的物品都是因需求而產生的事實

2 電腦和手機是因應需求而被製造出來的事實

3 許多人在沒有明確目的情況下使用機器的現象

4 新的信息設備接連不斷地被製造出來的現象

題型解題訣竅

這道題目屬於「指示題（指示語問題）」。

題目描述

題目要求考生理解「その原因」這個指示詞所指代的具體內容，並選擇最合適的選項。指示題的特點是要求考生確定一個指示詞或代詞所指代的先行詞或概念。

文章內容

文章討論了現代社會中新產品的產生，特別是關於電腦和手機等信息機器，並指出「その原因はいろいろあるだろう」這一部分。後文提到的原因包括「明確な目的を持たないまま機械を利用している人々が多い」和「企業側が新製品を作る競争をしている」等。

問題類型

題目要求考生理解「その原因」所指的內容。根據上下文，這指的是「現代では、必要を感じる前に次から次に新しい製品が生まれる」的原因，因此選項4正確。這屬於指示題，因為它要求考生理解指示語所指代的具體內容。

關鍵詞語

「その原因はいろいろあるだろう」是關鍵句；後文解釋了「目的なしに機械を使っている人が多い」以及企業競爭等原因；文法上，「その」指代前文中的具體原因。

Question 問題

34 ①その原因は、何を指しているか。

[34] ①「其原因」指的是什麼？

答案：**4**

選項 1 ＞ ほとんどの物が必要から生まれたものであること（大部分的物品都是因為需要而誕生的）

錯誤原因 這個選項提到的是物品的誕生原因，但與「その原因」所指的內容不符。文章中「その原因」指的是現代社會中新產品不斷湧現的原因，而不是過去產品誕生的原因。因此，選項 1 與「その原因」無關。

關鍵句子 電気洗濯機も冷蔵庫も、ほとんどの物は必要から生まれた。

選項 2 ＞ パソコンや携帯電話が必要にせまられて作られること（電腦和手機是因為需要而被製造出來的）

錯誤原因 這個選項與文章的描述相矛盾。文章中提到，現代的許多新產品（尤其是電腦和手機等信息設備）並非因需求而產生，而是先於需求誕生。因此，選項 2 不符合「その原因」的指代。

關鍵句子 現代では、必要を感じる前に次から次に新しい製品が生まれる。

選項 3 ＞ 目的なしに機械を使っている人が多いこと（有很多人沒有明確目的地使用機器）

正確原因 這個選項部分描述了「その原因」的一部分，但並非全部。文章指出，有很多人並不是因為需要或特定目的而購買新產品，而只是因為覺得新功能好奇或因為其他人也在使用，這是新產品大量出現的原因之一。儘管如此，這個選項只涉及部分原因，因此不完全正確。

關鍵句子 明確な目的を持たないまま機械を利用している人々が多いからであろう。

選項 4 ＞ 新しい情報機器が次から次へと作られること（新的信息設備不斷被製造出來）

正確原因 這個選項最能正確反映「その原因」的指代內容。文章提到，現代社會中新產品不斷湧現的原因有很多，包括人們沒有明確目的地使用產品以及企業之間競爭開發新產品等。因此，「その原因」指的是新信息設備和其他新產品不斷出現的原因。

關鍵句子 必要を感じる前に次から次に新しい製品が生まれる。

題型解題訣竅

這道題目屬於「因果關係題（因果関係問題）」。

題目描述

題目要求考生理解企業製造新產品競爭的目的，並選擇與文章內容最接近的選項。因果關係題的特點是要求考生理解某個行為或現象的原因或目的。

文章內容

文章提到「企業側が新製品を作る競争をしている」，並指出這種競爭的目的是為了「売れることを目指して」、即企業更關注的是能否賣出更多的產品，而不是單純的技術發展或新產品發表。

問題類型

題目要求考生理解企業競爭開發新產品的目的。文章指出，企業競爭製造新產品的目的是為了「売れることを目指して」，因此選項 3 正確。這屬於因果關係題，因為它要求理解行為（開發新產品）與其目標（增加銷售）之間的因果關係。

關鍵詞語

「企業側が新製品を作る競争をしている」具體指企業之間為了銷售競爭；「売れることを目指して」明確指出競爭的目的在於銷售量，而不是技術發展；文法上，「〜ため」表示原因或目的。

Question 問題

答案：**3**

[35] ②企業競相開發新產品的目的是什麼？

選項1〉技術の発展のため（為了技術的發展）

錯誤原因〉這個選項將企業製造新產品的目的歸結為技術進步。然而，文章中明確指出，企業之間的競爭主要目的是「売れることを目指して」（為了賣出更多產品），而不是純粹為了技術的發展。因此，選項1不正確。

關鍵句子〉人々の必要を満たすことより、売れることを目指して、不必要な機能まで加えた製品を作る。

選項2〉工業製品の発明のため（為了工業產品的發明）

錯誤原因〉這個選項將目標定位為產品的發明，但文章強調的是，企業競爭的主要目的是「売れること」（賣出更多的產品），而不是發明新產品。因此，選項2也不正確。

關鍵句子〉売れることを目指して、不必要な機能まで加えた製品を作る。

選項3〉多くの製品を売るため（為了賣出更多產品）

正確原因〉這個選項直接對應文章中提到的企業競爭的目的。文章指出，企業之間的競爭是為了「売れることを目指して」（目標是賣出更多產品），這正是企業開發新產品的主要原因。這個選項與文章內容完全一致，因此是正確答案。

關鍵句子〉売れることを目指して、不必要な機能まで加えた製品を作る。

選項4〉新製品の発表のため（為了新產品的發布）

錯誤原因〉這個選項將目的定位於發表新產品，但文章中強調的是競爭的終極目標是增加銷量，而不是僅僅發表新產品，因此這不是正確答案。

題型解題訣竅

這道題目屬於「因果關係題（因果関係問題）」。

題目描述

題目要求考生理解為什麼很多人買了新產品卻無法充分使用，並選擇與文章內容最接近的原因。因果關係題的特點是要求考生理解某個現象或行為的原因或理由。

文章內容

文章提到「企業側が新製品を作る競争をしているからだ」和「不必要な機能まで加えた製品を作る」這一現象，這意味著企業在設計新產品時，添加了過多的不必要功能，導致消費者在購買新產品後，無法充分利用這些功能。

問題類型

題目要求考生理解為什麼許多人購買新產品卻無法充分使用。文章指出，這是因為企業為了銷售而添加了過多不必要的功能，導致使用困難，因此選項 2 正確。這屬於因果關係題，因為它解釋了行為（購買新產品）與結果（無法充分使用）之間的因果關係。

關鍵詞語

「不必要な機能まで加えた製品を作る」具體說明了新產品功能過多的問題；「機能が多すぎてかえって困る」進一步解釋了使用困難的原因；文法上，「～すぎて」表示過度或超過某種程度。

Question 問題

36 ③新製品を買ったものの、十分に使うことができない人たちが多いのは、なぜか

答案：**2**

[36] ③為什麼許多人買了新產品卻無法充分使用？

選項1〉企業側が、製品の扱い方を難しくするから（因為企業讓產品的操作變得困難）

錯誤原因〉這個選項將問題歸咎於企業故意設計出操作困難的產品，但文章中強調的問題是新產品具有太多不必要的功能，而不是操作難度。因此，這個選項不符合文章的內容。

關鍵句子〉人々の必要を満たすことより、売れることを目指して、不必要な機能まで加えた製品を作る。

選項2〉不必要な機能が多すぎるから（因為不必要的功能太多）

正確原因〉這個選項正確反映了文章中的描述，文章指出企業增加了許多不必要的功能，這導致消費者難以充分使用產品。這正是文章中提到的主要原因，因此這個選項是正確答案。

關鍵句子〉売れることを目指して、不必要な機能まで加えた製品を作る。その結果、人々は、機能が多すぎてかえって困ることになる。

選項3〉使う方法も知らないで新製品を買うから（因為不知道使用方法就購買新產品）

錯誤原因〉雖然不排除有些消費者不了解產品使用方法就購買，但文章重點在於產品本身不必要的功能太多，而不是消費者的知識不足或不了解使用方法。因此，這個選項不完全符合文章內容。

關鍵句子〉新製品を買ったものの、十分に使うことができない人たちが多いのはそのせいだ。

選項4〉新製品の説明が不足しているから（因為新產品的說明不足）

錯誤原因〉這個選項將問題歸因於產品說明不足，但文章並沒有提到說明不足的問題，而是強調產品功能過多使得使用者感到困惑。因此，這個選項與文章內容不符。

題型解題訣竅

這道題目屬於「正誤判斷題（正誤判斷問題）」。

題目描述

題目要求考生找出與文章內容不符的選項。這是一個典型的正誤判斷題，考生需要檢查每個選項，並與文章內容進行對比，找出不符合文章內容的選項。

文章內容

文章指出，許多人購買新產品的原因往往是因為「新功能」或「朋友有」，而非真正需求，顯示出缺乏明確目的。文章批評了企業因競爭推出新產品是對資源的浪費，並未提到應立即學會使用新產品。

問題類型

題目要求找出與文章內容不符的選項。文章未提及「新製品が出たら、使い方をすぐにおぼえるべきだ」，而是批評不必要的新產品造成資源浪費。因此，選項2不符合文章內容。這屬於正誤判斷題，因為它要求識別與文本不一致的選項。

關鍵詞語

「使い方をすぐにおぼえるべきだ」未提及此內容；「不必要な機能まで加えた製品を作る」強調功能過多的問題；「資源のむだづかい」指出無意義的製品開發；「～べきだ」表示應該做的義務。

Question 問題

答案：**2**

選項1〉明確な目的・意図を持たないで製品を買う人が多い（許多人在沒有明確目的的情況下購買產品）

正確原因 這個選項與文章內容相符，文章提到許多人購買新產品時，並不是因為需要這些功能，而是因為「新しい機能がついていて便利そうだから」とか、「友だちが持っているから」等理由。因此，這些購買行為並沒有明確的目的或意圖。

關鍵句子 新製品を買った人にその理由を聞いてみると、「新しい機能がついていて便利そうだから」とか、「友だちが持っているから」などだった。その機能が必要だから買うのではなく、ただ単に珍しいからという理由で、周囲に流されて買っているのだ。

選項2〉新製品が出たら、使い方をすぐにおぼえるべきだ（新產品上市後應立即學會使用方法）

錯誤原因 這個選項不符合文章內容。文章並沒有提到消費者應該立即學會新產品的使用方法，而是討論了新產品的功能過多，且消費者往往並不需要這些功能。文章強調的是企業過度開發不必要的產品和功能，而不是消費者的學習責任。

關鍵句子 企業側が…不必要な機能まで加えた製品を作る。…新製品を買ったものの、十分に使う事ができない人たちが多いのはそのせいだ。

選項3〉どの企業も新製品を作る競争をしている（所有企業都在競爭開發新產品）

正確原因 這個選項與文章內容相符。文章提到，企業之間競爭製造新產品，甚至增加了不必要的功能來推動銷售，因此這個選項是正確的。

關鍵句子 これは、企業側の問題なのだが、企業側が新製品を作る競争をしているからだ。

選項4〉必要もなく新製品を作るのは資源のむだ使いだ（製造不必要的新產品是資源浪費）

正確原因 這個選項與文章內容相符。文章批評了企業製造不必要的新產品，這些產品最終成為了資源的浪費。

關鍵句子 次々に珍しいだけの新製品が開発されるため、古い携帯電話やパソコンは捨てられたり、個人の家の引き出しの中で眠っていたりする。ひどい資源のむだづかいだ。

問題七　翻譯與題解

第7大題　請閱讀以下（1）至（4）的文章，然後回答問題。

答案請從1、2、3、4之中挑出最適合的選項。

2020年　第29回夏のつどい留学生募集案内

北海道ホームステイプログラム「夏のつどい※1」

日程	8月20日（木）〜9月2日（水）14泊15日
募集人数	100名
参加費	Aプラン 68,000円 （東京駅集合・関西空港解散） Bプラン 65,000円 （東京駅集合・羽田空港解散） Cプラン 70,000円 （福岡空港集合・福岡空港解散） Dプラン 35,000円 （函館駅集合・現地※2解散※3）
定員	100名
申し込み締め切り	6月23日（火）まで

※ 毎年大人気のプログラムです。締め切りの前に定員に達する場合もありますので、早めにお申し込みください。

申し込み・問い合わせ先

（財）北海道国際文化センター

〒040-0054 函館市元町 ××ー1

Tel:0138-22-××××　Fax:0138-22-××××　http://www.×××.or.jp/

E-mail：×××@hif.or.jp

※1 つどい…集まり

※2 現地…そのことを行う場所。

※3 解散…グループが別れること

38 東京に住んでいる留学生のジャミナさんは、日本語学校の夏休みに ホームステイをしたいと思っている。その前に、北海道の友達の家に遊びに 行くため、北海道までは一人で行きたい。どのプランがいいか。

1 A プラン　　2 B プラン　　3 C プラン　　4 D プラン

_____翻譯

2020年　第29屆夏令營留學生招募公告

北海道寄宿家庭體驗活動「夏令營[※1]」

日程	8月20日（四）～9月2日（三）　15天14夜
參加人數	100人
參加費用	A方案 68,000 圓 （東京車站集合．關西機場解散） B方案 65,000 圓 （東京車站集合．羽田機場解散） C方案 70,000 圓 （福岡機場集合．福岡機場解散） D方案 35,000 圓 （函館機場集合．同一地點[※2]解散[※3]）
額滿人數	100人
報名截止日期	6月23日（二）之前

北海道
函館機場
東京車站
羽田機場
關西機場
福岡機場

※ 每年本活動參加人數相當踴躍，可能會在截止日期前
　 額滿，敬請提早報名。

洽詢單位：
財團法人北海道國際文化中心
〒 040-0054 函館市元町 xx ― 1
Tel 0138-22-xxxx　Fax 0138-22-xxxx
http://www.xxx.or.jp
E-mail: xxx@hif.or.jp

[38] 居住在東京的留學生賈米娜（Jamila）想在日本語學校的暑假期間進行寄宿家庭體驗。在此之前，她想先去北海道拜訪朋友，因此希望能夠單獨前往北海道。哪個方案最合適？

1 A 方案
2 B 方案
3 C 方案
4 D 方案

題型解題訣竅

這道題目屬於「細節題（詳細理解問題）」。

題目描述

題目要求考生根據提供的 NPO 留學生報名須知，選擇最適合某特定情境的選項。細節題的特點是要求考生從文章中找出與問題相關的具體細節，並做出正確的選擇。

文章內容

文中描述了不同的參加方案（A、B、C、D）的費用、集合和解散地點。根據題目，留學生「賈米娜」打算在參加活動前獨自去北海道探訪朋友。因此，她需要選擇一個在北海道集合的方案。

問題類型

題目要求根據具體細節選擇最適合的方案。根據題意，賈米娜想先到北海道朋友家，因此需自行前往北海道，然後參加活動。選項 4 符合她的需求。這是細節題，因為它要求根據文本中的詳細信息來做出決定。

關鍵詞語

「函館駅集合・現地解散」指出了 D プラン的集合和解散地點；「北海道まで一人で行きたい」是具體需求；「～までに」表示到達地點的時間。

Question 問題

38 東京に住んでいる留学生のジャミナさんは、日本語学校の夏休みにホームステイをしたいと思っている。その前に、北海道の友達の家に遊びに行くため、北海道までは一人で行きたい。どのプランがいいか。

答案：**4**

[38] 居住在東京的留學生賈米娜（Jamila）想在日本語學校的暑假期間進行寄宿家庭體驗。在此之前，她想先去北海道拜訪朋友，因此希望能夠單獨前往北海道。哪個方案最合適？

1.

選項 1 A プラン（A 方案）

錯誤原因 A 方案的集合地點是東京站，而解散地點是關西空港。這不符合賈米娜的需求，因為她希望在北海道集合。賈米娜想先去北海道的朋友家，這個選項無法讓她在北海道集合。

關鍵句子 東京駅集合・関西空港解散。

2.

選項 2 B プラン（B 方案）

錯誤原因 B 方案的集合地點是東京站，解散地點是羽田空港。這與賈米娜希望在北海道集合的需求不符。她需要一個可以在北海道集合的選項，而 B 方案無法滿足這個條件。

關鍵句子 東京駅集合・羽田空港解散。

3.

選項 3 C プラン（C 方案）

錯誤原因 C 方案的集合和解散地點都是福岡空港，這與賈米娜的需求完全不符。她想要先去北海道的朋友家，需要一個可以在北海道集合的方案。

關鍵句子 福岡空港集合・福岡空港解散。

4.

選項 4 D プラン（D 方案）

正確原因 D 方案的集合地點是函館　　，這正好符合賈米娜的需求。她希望能夠獨自前往北海道並在那裡集合，D 方案的集合地點是北海道的函館，因此最符合她的需求。

關鍵句子 函館駅集合・現地解散。

題型解題訣竅

這道題目屬於「細節題（詳細理解問題）」。

題目描述

題目要求考生根據提供的報名須知，確定申請參加這個活動的正確時間點。細節題的特點是要求考生從文章中找出與問題相關的具體細節，並選擇正確的答案。

文章內容

文中提到「申し込み締め切り：6月23日（火）まで」，並強調「締め切りの前に定員に達する場合もありますので、早めにお申し込みください。」這表明考生需要在6月23日之前提交申請，並且最好儘早申請，以避免報名人數過多而無法參加。

問題類型

題目要求考生了解參加活動的報名截止日期。根據文本，報名截止日期是6月23日，但由於名額有限，建議提前報名。選項2正確。這屬於細節題，因為它需要從文章中提取具體的時間資訊。

關鍵詞語

「締め切り…6月23日」明確指出截止日期；「早めにお申し込みください」強調提前申請的重要性；「〜までに」表示在指定日期前完成。

39 このプログラムに参加するためには、いつ申し込めばいいか。

答案：**2**

[39] 要參加這個活動，應該什麼時候報名？

1.

選項1 8月20日までに申し込む（8月20日之前報名）

錯誤原因 這個選項提到的截止日期是8月20日，但這是活動開始的日期，而不是報名的截止日期。根據文章內容，報名截止日期為6月23日，所以這個選項是不正確的。

關鍵句子 日程 8月20日（木）～9月2日（水）14泊15日

2.

選項2 6月23日が締め切りだが、早めに申し込んだ方がいい（6月23日是截止日期，但最好早點報名）

正確原因 這個選項完全符合文章中的描述，明確指出6月23日是報名截止日期，同時建議儘早申請以避免報名人數過多而提前截止。因此，這個選項是正確的。

關鍵句子 申し込み締め切り：6月23日（火）まで「締め切りの前に定員に達する場合もありますので、早めにお申し込みください」（建議儘早報名）。

3.

選項3 夏休みの前に申し込む（暑假前報名）

錯誤原因 這個選項描述的是一個模糊的時間範圍，沒有提供具體的截止日期。文章中明確指出截止日期是6月23日，因此這個選項不符合題目要求。

關鍵句子 沒有具體日期，只提到「夏休みの前」（模糊範圍）。

4.

選項4 6月23日の後で、できるだけ早く申し込む（6月23日之後，儘快報名）

錯誤原因 這個選項建議在6月23日之後儘早報名，但實際上，報名截止日期就是6月23日，過了這個日期就無法申請，因此這個選項是不正確的。

關鍵句子 申し込み締め切り：6月23日（火）まで。

Track033

次の（1）から(4)の文章を読んで、質問に答えなさい。答えは、1・2・3・4から最もよいものを一つえらびなさい。

（1）

最近、自転車によく乗るようになりました。特に休みの日には、気持ちのいい風を受けながら、のびのびとペダルをこいでいます。

自転車に乗るようになって気づいたのは、自転車は車に比べて、見える範囲がとても広いということです。車は、スピードを出していると、ほとんど風景を見ることができないのですが、自転車は走りながらでもじっくりと周りの景色を見ることができます。そうすると、今までどんなにすばらしい風景に気づかなかったかがわかります。小さな角を曲がれば、そこには、新しい世界が待っています。それはその土地の人しか知らない珍しい店だったり、小さなすてきなカフェだったりします。いつも何となく車で通り過ぎていた街には、実はこんな物があったのだという新しい感動に出会えて、<u>考えの幅も広がるような気がします。</u>

24 <u>考えの幅も広がるような気がする</u>のは、なぜか。

1　自転車では珍しい店やカフェに寄ることができるから

2　自転車は思ったよりスピードが出せるから

3　自転車ではその土地の人と話すことができるから

4　自転車だと新しい発見や感動に出会えるから

（2）

Track034

仕事であちらこちらの会社や団体の事務所に行く機会があるが、その際、よくペットボトルに入った飲み物を出される。日本茶やコーヒー、紅茶などで、夏は冷たく冷えているし、冬は温かい。ペットボトルの飲み物は、清潔な感じがするし、出す側としても手間がいらないので、忙しい現代では、とても便利なものだ。

しかし、たまにその場でいれた日本茶をいただくことがある。茶葉を入れた急須※1 から注がれる緑茶の香りやおいしさは、ペットボトルでは味わえない魅力がある。丁寧に入れたお茶をお客に出す温かいもてなし※2 の心を感じるのだ。

何もかも便利で簡単になった現代だからこそ、このようなもてなしの心は大切にしたい。それが、やがてお互いの信頼関係へとつながるのではないかと思うからである。

※1 急須…湯をさして茶を煎じ出す茶道具。

※2 もてなし…客への心をこめた接し方。

25 大切にしたい のはどんなことか。

1 お互いの信頼関係

2 ペットボトルの便利さ

3 日本茶の味や香り

4 温かいもてなしの心

（3） Track035

ホテルのロビーに、下のようなお知らせの紙が貼ってある。

8月11日(金)
屋外プール休業について

お客様各位

　平素は山花レイクビューホテルをご利用いただき、まことにありがとうございます。台風12号による強風・雨の影響により、8/11（金）、屋外※プールを休業とさせて頂きます。ご理解とご協力を、よろしくお願い申し上げます。

　8/12（土）については、天候によって、営業時間に変更がございます。前もってお問い合わせをお願いいたします。

山花ホテル　総支配人

※　屋外…建物の外

26 このお知らせの内容と合っているものはどれか。

1　11日に台風が来たら、プールは休みになる。

2　11日も12日も、プールは休みである。

3　12日はプールに入れる時間がいつもと変わる可能性がある。

4　12日はいつも通りにプールに入ることができる。

（4）

　　これは、一瀬さんに届いたメールである。

株式会社　山中デザイン

一瀬さゆり様

　いつも大変お世話になっております。

　私事※1ですが、都合により、8月31日をもって退職※2いたすことになりました。

　在職中※3はなにかとお世話になりました。心よりお礼を申し上げます。

　これまで学んだことをもとに、今後は新たな仕事に挑戦してまいりたいと思います。

　一瀬様のますますのご活躍をお祈りしております。

　なお、新しい担当は川島と申す者です。あらためて本人よりご連絡させていただきます。

　簡単ではありますが、メールにてご挨拶申しあげます。

株式会社　日新自動車販売促進部

加藤太郎

住所：〒111-1111　東京都○○区○○町1-2-3

TEL：03-****-****　／　FAX：03-****-****

URL：http://www.×××.co.jp

Mail：×××@example.co.jp

※1　私事…自分自身だけに関すること。

※2　退職…勤めていた会社をやめること。

※3　在職中…その会社にいた間。

27 このメールの内容で、正しいのはどれか。

1 これは、加藤さんが会社をやめた後で書いたメールである。

2 加藤さんは、結婚のために会社をやめる。

3 川島さんは、現在、日新自動車の社員である。

4 加藤さんは、一瀬さんに、新しい担当者を紹介してほしいと頼んでいる。

N3　言語知識・讀解

第5回　もんだい5　模擬試題

Track037

つぎの (1) と (2) の文章を読んで、質問に答えなさい。答えは、1・2・3・4 から最もよいものを一つえらびなさい。

(1)

　　日本人は寿司が好きだ。日本人だけでなく外国人にも寿司が好きだという人が多い。しかし、銀座などで寿司を食べると、目の玉が飛び出るほど値段が高いということである。

　　私も寿司が好きなので、値段が安い回転寿司をよく食べる。いろいろな寿司をのせて回転している棚から好きな皿を取って食べるのだが、その中にも、値段が高いものと安いものがあり、お皿の色で区別しているようである。

　　回転寿司屋には、チェーン店が多いが、作り方やおいしさには、同じチェーン店でも①「差」があるようである。例えば、店内で刺身を切って作っているところもあれば、工場で切った冷凍※1 の刺身を、機械で握ったご飯の上に載せているだけの店もあるそうだ。

　　寿司が好きな友人の話では、よい寿司屋かどうかは、「イカ」を見るとわかるそうである。②イカの表面に細かい切れ目※2 が入っているかどうかがポイントだという。なぜなら、生のイカの表面には寄生虫※3 がいる可能性があって、冷凍すれば死ぬが、生で使う場合は切れ目を入れることによって、食べやすくすると同時

にこの寄生虫を殺す目的もあるからだ。こんなことは、料理人の常識なので、イカに切れ目がない店は、この常識を知らない料理人が作っているか、冷凍のイカを使っている店だと言えるそうだ。

※1　冷凍…保存のために凍らせること。
※2　切れ目…物の表面に切ってつけた傷。また，切り口。
※3　寄生虫…人や動物の表面や体内で生きる生物。

28　①「差」は、何の差か。

1　値段の「差」

2　チェーン店か、チェーン店でないかの「差」

3　寿司が好きかどうかの「差」

4　作り方や、おいしさの「差」

29　②イカの表面に細かい切れ目が入っているかどうかとあるが、この切れ目は何のために入っているのか。

1　イカが冷凍かどうかを示すため

2　食べやすくすると同時に、寄生虫を殺すため

3　よい寿司屋であることを客に知らせるため

4　常識がある料理人であることを示すため

30　回転寿司について、正しいのはどれか。

1　銀座の回転寿司は値段がとても高い。

2　冷凍のイカには表面に細かい切れ目がつけてある。

3　寿司の値段はどれも同じである。

4　イカを見るとよい寿司屋かどうかがわかる。

（2）

　　世界の別れの言葉は、一般に「Goodbye ＝神があなたととも
にいますように」か、「See you again ＝またお会いしましょう」
か、「Farewell ＝お元気で」のどれかの意味である。つまり、
相手の無事や平安※1 を祈るポジティブ※2 な意味がこめられてい
る。しかし、日本語の「さようなら」の意味は、その①どれで
もない。

　　恋人や夫婦が別れ話をして、「そういうことならば、②仕方
がない」と考えて別れる場合の別れに対するあきらめであると
ともに、別れの美しさを求める心を表していると言う人もいる。

　　または、単に「左様ならば（そういうことならば）、これで
失礼します」と言って別れる場合の「左様ならば」だけが残っ
たものであると言う人もいる。

　　いずれにしても、「さようなら」は、もともと、「左様であ
るならば＝そうであるならば」という意味の接続詞※3 であって、
このような、別れの言葉は、世界でも珍しい。ちなみに、私自身
は、「さようなら」という言葉はあまり使わず、「では、またね」
などと言うことが多い。やはり、「さようなら」は、なんとなく
さびしい感じがするからである。

※1　平安…穏やかで安心できる様子。
※2　ポジティブ…積極的なこと。ネガティブはその反対に消極的、否
　　定的なこと。
※3　接続詞…言葉と言葉をつなぐ働きをする言葉。

31 ①どれでもない、とはどんな意味か。

1 日本人は、「Goodbye」や「See you again」「Farewell」を使わない。

2 日本語の「さようなら」は、別れの言葉ではない。

3 日本語の「さようなら」という言葉を知っている人は少ない。

4 「さようなら」は、「Goodbye」「See you again」「Farewell」のどの意味でもない。

32 仕方がないには、どのような気持ちが込められているか。

1 自分を反省する気持ち

2 別れたくないと思う気持ち

3 別れをつらく思う気持ち

4 あきらめの気持ち

33 この文章の内容に合っているのはどれか

1 「さようなら」は、世界の別れの言葉と同じくネガティブな言葉である。

2 「さようなら」には、別れに美しさを求める心がこめられている。

3 「さようなら」は、相手の無事を祈る言葉である。

4 「さようなら」は、永遠に別れる場合しか使わない。

N3

言語知識・讀解

第5回　もんだい6　模擬試題

Track039

つぎの文章を読んで、質問に答えなさい。答えは、1・2・3・4から最もよいものを一つえらびなさい。

日本語の文章にはいろいろな文字が使われている。漢字・平仮名・片仮名、そしてローマ字などである。

①漢字は、3000年も前に中国で生まれ、それが日本に伝わってきたものである。4～5世紀ごろには、日本でも漢字が広く使われるようになったと言われている。「仮名」には「平仮名」と「片仮名」があるが、これらは、漢字をもとに日本で作られた。ほとんどの平仮名は漢字をくずして書いた形から作られたものであり、片仮名は漢字の一部をとって作られたものである。例えば、平仮名の「あ」は、漢字の「安」をくずして書いた形がもとになっており、片仮名の「イ」は、漢字「伊」の左側をとって作られたものである。

日本語の文章を見ると、漢字だけの文章に比べて、やさしく柔らかい感じがするが、それは、平仮名や片仮名が混ざっているからであると言われる。

それでは、②平仮名だけで書いた文はどうだろう。例えば、「はははははつよい」と書いても意味がわからないが、漢字をまぜて「母は歯は強い」と書けばわかる。漢字を混ぜて書くことで、言葉の意味や区切りがはっきりするのだ。

　　それでは、③片仮名は、どのようなときに使うのか。例えば「ガチャン」など、物の音を表すときや、「キリン」「バラ」など、動物や植物の名前などは片仮名で書く。また、「ノート」「バッグ」など、外国から日本に入ってきた言葉も片仮名で表すことになっている。

　　このように、日本語は、漢字と平仮名、片仮名などを区別して使うことによって、文章をわかりやすく書き表すことができるのだ。

34 ①漢字について、正しいのはどれか。

1　3000 年前に中国から日本に伝わった。

2　漢字から平仮名と片仮名が日本で作られた。

3　漢字をくずして書いた形から片仮名ができた。

4　漢字だけの文章は優しい感じがする。

35 ②平仮名だけで書いた文がわかりにくいのはなぜか。

1　片仮名が混じっていないから

2　文に「、」や「。」が付いていないから

3　言葉の読み方がわからないから

4　言葉の意味や区切りがはっきりしないから

36 ③<u>片仮名は、どのようなときに使うのか</u>とあるが、普通、片仮名で書かないのはどれか

1 「トントン」など、物の音を表す言葉

2 「アタマ」など、人の体に関する言葉

3 「サクラ」など、植物の名前

4 「パソコン」など、外国から入ってきた言葉

37 日本語の文章について、間違っているものはどれか。

1 漢字だけでなく、いろいろな文字が混ざっている。

2 漢字だけの文章に比べて、やわらかく優しい感じを受ける。

3 いろいろな文字が区別して使われているので、意味がわかりやすい。

4 ローマ字が使われることは、ほとんどない。

第5回　もんだい7　模擬試題

Track040

つぎのページは、ホテルのウェブサイトにある着物体験教室の参加者を募集する広告である。下の質問に答えなさい。答えは、1・2・3・4から最もよいものを一つえらびなさい。

38 会社員のハンさんは、友人と日本に観光に行った際、着物を着てみたいと思っている。ハンさんと友だちが着物を着て散歩に行くには、料金は一人いくらかかるか。

1　6,000 円

2　9,000 円

3　6,000 円〜9,000 円

4　10,000 円〜13,000 円

39 この広告の内容と合っているものはどれか。

1　着物を着て、小道具や背景セットを作ることができる。

2　子どもも、参加することができる。

3　問い合わせができないため、予約はできない。

4　着物を着て出かけることはできないが、人力車観光はできる。

着物体験
参加者募集

【着物体験について】

1回：二人～三人程度、60分～90分
料金：〈大人用〉6,000円～9,000円／一人
　　　〈子ども用〉（12歳まで）4,000円／一人
　　　（消費税込み）

＊着物を着てお茶や生け花※1をする「日本文化体験コース」も
　あります。
＊着物を着てお出かけしたり、人力車※2観光をしたりすること
　もできます。
＊ただし、一部の着物はお出かけ不可
＊人力車観光には追加料金がかかります

【写真撮影について】

　振り袖から普通の着物・袴※3などの日本の伝統的な着物を着て
写真撮影ができます。着物は、大人用から子ども用までございま
すので、お好みに合わせてお選びください。小道具※4や背景セッ
トを使った写真が楽しめます。（デジカメ写真プレゼント付き）

ご予約時の注意点

① 上の人数や時間は、変わることもあります。お気軽にお問い合わせくださ
　い。（多人数の場合は、グループに分けさせていただきます。）
② 予約制ですので、前もってお申し込みください。（土・日・祝日は、空
　いていれば当日受付も可能です。）
③ 火曜日は定休日です。（但し、祝日は除く）
④ 中国語・英語でも説明ができます。

ご予約承ります！
お問い合せ・お申込みは
富士屋
nihonntaiken@×××.fujiya.co.jp
電話03-××××-××××

※1　お茶・生け花…日本の伝統的な文化で、茶道と華道のこと。

※2　人力車…お客をのせて人が引いて走る二輪車。

※3　振り袖～袴…日本の着物の種類。

※4　小道具…写真撮影などのために使う道具。

問題四 翻譯與題解

第 4 大題 請閱讀以下（1）至（4）的文章，然後回答問題。答案請從 1、2、3、4 之中挑出最適合的選項。

最近、自転車によく乗るようになりました。特に休みの日には、気持ちのいい風を受けながら、のびのびとペダルをこいでいます。

自転車に乗るようになって気づいたのは、自転車は車に比べて、見える範囲がとても広いということです。車は、スピードを出していると、ほとんど風景を見ることができないのですが、自転車は走りながらでもじっくりと周りの景色を見ることができます。そうすると、今までどんなにすばらしい風景に気づかなかったかがわかります。小さな角を曲がれば、そこには、新しい世界が待っています。それはその土地の人しか知らない珍しい店だったり、小さなすてきなカフェだったりします。いつも何となく車で通り過ぎていた街には、実はこんな物があったのだという新しい感動に出会えて、考えの幅も広がるような気がします。

文章を深く読み解いて、言葉の美しさを味わおう。

24 考えの幅も広がるような気がするのは、なぜか。

1 自転車では珍しい店やカフェに寄ることができるから

2 自転車は思ったよりスピードが出せるから

3 自転車ではその土地の人と話すことができるから

4 自転車だと新しい発見や感動に出会えるから

翻譯

最近，我開始經常騎自行車。尤其是在休息日，迎著宜人的微風，自由自在地踩著踏板，感受著大自然的氣息。

當我騎自行車時，我發現與開車相比，騎車的視野要廣闊得多。開車時，因為速度較快，很難仔細欣賞沿途的風景，而騎自行車時，卻能慢慢地品味周圍的景色。這讓我意識到，以前我錯過了多少美好的景致。當你輕輕轉過一個小巷的轉角，那裡可能隱藏著一個全新的世界——可能是一家當地人私藏的珍稀小店，或者是一間溫馨的小咖啡館。那些我曾經隨意駕車經過的街道，其實蘊藏著這麼多讓人驚喜的發現，這種體驗讓我感覺思想的邊界在不斷擴展。

[24] 為什麼會感到思維變得更加開闊？

1 因為騎自行車可以停下來去探訪那些獨特的小店或咖啡館。
2 因為騎自行車比想像中更能加速前進。
3 因為騎自行車時能夠與當地人交談。
4 因為騎自行車時會有新的發現和感動。

題型解題訣竅

這道題目屬於「因果關係題（因果関係問題）」。

題目描述 1.

題目要求考生理解為什麼「考えの幅も広がるような気がする」，並選擇與文章內容最接近的選項。因果關係題的特點是要求考生理解某個現象或行為的原因或理由。

文章內容 2.

文章提到，作者在騎自行車時發現了許多以前開車時未注意到的景色和店鋪，這些新發現讓作者感受到新的感動和思考的拓展。文章強調了騎自行車時可以更加仔細地觀察周圍的景色，並由此發現新的事物，從而拓寬了思考的範圍。

問題類型 3.

題目要求理解為什麼「考えの幅も広がる」。文章說明騎自行車時能發現新景點和感動，帶來新發現。選項 4 正確。這屬於因果關係題，因為它解釋了原因與結果的關係。

關鍵詞語 4.

「新しい感動に出会えて」是文章中的關鍵句，表明自轉車帶來的發現和感動；「～ような気がします」表示推測感受；文法上，「出会える」是可能形，表示有機會發生的事情。

uestion 問題

答案: **4**

24 考えの幅も広がるような気がするのは、なぜか。

[24] 為什麼會感到思維變得更加開闊？

選項 1 自転車では珍しい店やカフェに寄ることができるから（因為騎自行車可以去一些稀奇的店鋪或咖啡館）。

錯誤原因 這個選項只是部分正確。文章中提到可以發現一些稀奇的店鋪或咖啡館，但這只是擴展視野的一部分，並非擴展思維範圍的主要原因。文章強調的是「新しい発見や感動」帶來的思維拓展，而非僅僅是到達店鋪的能力。

關鍵句子 それはその土地の人しか知らない珍しい店だったり、小さなすてきなカフェだったりします。

選項 2 自転車は思ったよりスピードが出せるから（因為自行車的速度比想像的快）。

錯誤原因 這個選項不正確。文章中並未提到速度是擴展思維範圍的原因。相反，文章強調的是自行車的慢速使得人們能夠欣賞周圍的風景，從而發現新的事物和感受。

關鍵句子 じっくりと周りの景色を見ることができます。

選項 3 自転車ではその土地の人と話すことができるから（因為騎自行車可以與當地人交談）。

錯誤原因 這個選項不正確。文章並未提到騎自行車可以與當地人交談，而是強調發現新的景色和感受。與當地人交談並不是擴展思維的主要原因。

選項 4 自転車だと新しい発見や感動に出会えるから（因為騎自行車可以遇到新的發現和感動）。

正確原因 這個選項是正確的，因為文章明確指出，騎自行車使人們能夠注意到以前沒有注意到的美麗風景和稀奇事物，從而帶來新的發現和感動，這些新的體驗擴展了人們的思維範圍。

關鍵句子 実はこんな物があったのだという新しい感動に出会えて、考えの幅も広がるような気がします。

問題四 翻譯與題解

第 4 大題　請閱讀以下（1）至（4）的文章，然後回答問題。答案請從 1、2、3、4 之中挑出最適合的選項。

仕事であちらこちらの会社や団体の事務所に行く機会があるが、その際、よくペットボトルに入った飲み物を出される。日本茶やコーヒー、紅茶などで、夏は冷たく冷えているし、冬は温かい。ペットボトルの飲み物は、清潔な感じがするし、出す側としても手間がいらないので、忙しい現代では、とても便利なものだ。

しかし、たまにその場でいれた日本茶をいただくことがある。茶葉を入れた急須※1 から注がれる緑茶の香りやおいしさは、ペットボトルでは味わえない魅力がある。丁寧に入れたお茶をお客に出す温かいもてなし※2 の心を感じるのだ。

何もかも便利で簡単になった現代だからこそ、このようなもてなしの心は大切にしたい。それが、やがてお互いの信頼関係へとつながるのではないかと思うからである。

四 ｜ 問題四解題

文章を深く読み解いて、言葉の美しさを味わおう。

※1 急須…湯をさして茶を煎じ出す茶道具。
きゅうす ゆ ちゃ せん だ ちゃどうぐ

※2 もてなし…客への心をこめた接し方。
きゃく こころ せっ かた

25 大切にしたいのはどんなことか。
たいせつ

1 お互いの信頼関係　　2 ペットボトルの便利さ
たが しんらいかんけい べんり

3 日本茶の味や香り　　4 温かいもてなしの心
にほんちゃ あじ かお あたた こころ

_____翻譯

在工作中，我經常會拜訪各個公司和團體的辦公室，每次前來時，常常會被端上一瓶裝飲料，如日本茶、咖啡或紅茶。夏天時，飲料冰涼透心，冬天則溫暖可人。瓶裝飲料給人一種潔淨的感覺，對於提供者來說，也省去了許多麻煩。在這個忙碌的現代社會裡，它確實是非常方便的選擇。

然而，有時我也會碰到那些現場泡製的日本茶。從茶葉放入茶壺※1，再倒入杯中的綠茶，那香氣與滋味是瓶裝飲料無法比擬的。當我品嚐這杯茶時，感受到的是那份用心招待客人的溫暖情意※2。

正因為現代生活中一切都變得如此便利和簡單，我們才更應該珍視這樣的待客之道。因為我相信，這種用心的款待，最終會轉化為彼此之間深厚的信賴關係。

※1 茶壺：用來倒熱水煎茶的茶壺。

※2 溫暖情意：用心招待客人的方式。

[25]「我們應該珍惜」的是什麼？

1 彼此之間的信賴關係

2 瓶裝飲料的便利性

3 日本茶的味道和香氣

4 熱情好客的心意

題型解題訣竅

這道題目屬於「語句改寫題（言い換え問題）」。

題目描述　　　　　　　　　　　1.

題目要求考生理解文章中「大切にしたい」這個表達的具體含義，並選擇與其意思最接近的選項。語句改寫題的特點是要求考生理解某個表達的實際含義，並選擇與之意義最接近的選項。

文章內容　　　　　　　　　　　2.

文章提到，儘管現代社會中便利的產品（如瓶裝飲料）非常流行，但作者強調了傳統手沖茶帶來的溫暖招待的價值。作者希望在現代社會中，這種充滿心意的傳統待客方式能夠被珍視和保留下來，因為它有助於建立彼此之間的信任關係。

問題類型　　　　　　　　　　　3.

這道題目要求考生理解並選擇與「大切にしたい」這一表達最接近的具體含義，因此屬於語句改寫題。題目要求理解「大切にしたい」的是什麼。文章提到，作者重視在現代社會中保持「温かいもてなしの心」，因此選項 4 正確。

關鍵詞語　　　　　　　　　　　4.

「丁寧に入れたお茶を出す温かいもてなしの心を感じる」是關鍵句，強調了「もてなしの心」的重要性；「大切にしたい」表示重視某事；文法上，「～たい」表達願望。

uestion 問題

答案：**4**

選項 1 お互いの信頼関係（彼此之間的信任關係）

錯誤原因 文章確實提到信任關係，但它是作為結果而非要保持的主要事物。文章強調的是「もてなしの心」（款待的心），認為這種心意可以促進信任關係的形成。因此，信任關係本身並不是需要特別珍惜的內容。

關鍵句子 それが、やがてお互いの信頼関係へとつながるのではないかと思うからである。

選項 2 ペットボトルの便利さ（瓶裝飲料的便利性）。

錯誤原因 文章提到塑膠瓶飲料的便利性，但並沒有提倡要珍惜這種便利性。相反，文章更多強調了在現代社會中不應只注重便利性，而應重視「もてなしの心」。

關鍵句子 何もかも便利で簡単になった現代だからこそ、このようなもてなしの心は大切にしたい。

選項 3 日本茶の味や香り（日本茶的味道和香氣）。

錯誤原因 雖然文章中提到日本茶的味道和香氣不可在塑膠瓶中品味，但這並非文章的核心重點。主要強調的是透過茶葉沖泡來展現的「もてなしの心」。

關鍵句子 茶葉を入れた急須から注がれる緑茶の香りやおいしさは、ペットボトルでは味わえない魅力がある。

選項 4 温かいもてなしの心（溫暖的款待之心）。

正確原因 文章的核心在於強調「もてなしの心」（款待的心），這種心意在現代社會中應該被珍惜。文章認為，款待的心能夠帶來人與人之間的信任和理解，因此應特別珍惜。

關鍵句子 何もかも便利で簡単になった現代だからこそ、このようなもてなしの心は大切にしたい。

問題四　翻譯與題解

第 4 大題　請閱讀以下（1）至（4）的文章，然後回答問題。答案請從 1、2、3、4 之中挑出最適合的選項。

ホテルのロビーに、下のようなお知らせの紙が貼ってある。

8月11日(金)
屋外プール休業について

お客様各位

　平素は山花レイクビューホテルをご利用いただき、まことにありがとうございます。

台風 12 号による強風・雨の影響により、8/11（金）、屋外※プールを休業とさせて頂きます。ご理解とご協力を、よろしくお願い申し上げます。

　8/12（土）については、天候によって、営業時間に変更がございます。前もってお問い合わせをお願いいたします。

　　　　　　　　　山花ホテル　総支配人

※ 屋外…建物の外

文章を深く読み解いて、言葉の美しさを味わおう。

26 このお知らせの内容と合っているものはどれか。

1　11日に台風が来たら、プールは休みになる。

2　11日も12日も、プールは休みである。

3　12日はプールに入れる時間がいつもと変わる可能性がある。

4　12日はいつも通りにプールに入ることができる。

─────────────────── 翻譯

在 酒店的大廳裡，貼有如下通知。

１8月11日（星期五）

關於戶外泳池休業的通知

尊敬的客人：

　　感謝您一直以來對山花湖景酒店的支持。由於颱風12號帶來的強風和降雨影響，本酒店將於8月11日（星期五）關閉戶外※泳池。感謝您的理解與合作。

　　至於8月12日（星期六）的營業情況，將視天氣而定，可能會有營業時間的變動。請提前查詢相關信息。

山花酒店 總經理

※ 戶外：建築物外部。

[26] 這則通知的內容與哪一項最為吻合？

1 若11日有颱風來襲，游泳池將會關閉。

2 11日和12日游泳池都將關閉。

3 12日游泳池的開放時間可能會有所變動。

4 12日可以像平常一樣正常使用游泳池。

題型解題訣竅

這道題目屬於「正誤判斷題（正誤判斷問題）」。

題目描述　1.

題目要求考生從選項中選擇與公告內容相符的陳述。正誤判斷題的特點是要求考生檢查選項的陳述是否與文章內容相符或不符。

文章內容　2.

公告通知了因台風 12 號的影響，8 月 11 日的戶外游泳池將休業。此外，公告還提到 8 月 12 日的營業時間可能會因天氣而改變，建議客人提前詢問確認。

問題類型　3.

題目要求判斷哪個選項與公告內容相符。公告說明，8 月 11 日因颱風休業，12 日視天氣情況可能調整營業時間，因此選項 3 正確。這屬於正誤判斷題，因為它要求找出與文本信息一致的選項。

關鍵詞語　4.

「8/12（土）については、天候によって、営業時間に変更がございます」是關鍵句，表明 12 日營業時間可能變動；「～可能性がある」表明不確定的情況；文法上，「～によって」表示根據某種條件或情況。

uestion 問題

このお知らせの内容と合っているものはどれか。

答案：**3**

[26] 這則通知的內容與哪一項最為吻合？

選項 1 11 日に台風が来たら、プールは休みになる（11 日颱風來的話，游泳池就會關閉）。

錯誤原因 這個選項不正確。公告中已經明確表示，由於颱風 12 號的強風和雨水影響，8 月 11 日的戶外游泳池已經確定休業。這個選項將休業原因與颱風當天的情況混淆了。

關鍵句子 台風 12 号による強風・雨の影響により、8/11（金）、屋外プールを休業とさせて頂きます。

選項 2 11 日も 12 日も、プールは休みである（11 日和 12 日游泳池都關閉）。

錯誤原因 這個選項不正確。公告中只提到 8 月 11 日因颱風影響休業，對 8 月 12 日的安排則表示要根據天氣狀況決定是否調整營業時間，並沒有確定 12 日休業。

關鍵句子 8/12（土）については、天候によって、営業時間に変更がございます。

選項 3 12 日はプールに入れる時間がいつもと変わる可能性がある（12 日游泳池的開放時間可能會改變）。

正確原因 這個選項正確。公告中明確提到 8 月 12 日的營業時間可能會根據天氣狀況發生變化，因此這個選項符合公告內容。

關鍵句子 8/12（土）については、天候によって、営業時間に変更がございます。

選項 4 12 日はいつも通りにプールに入ることができる（12 日可以照常使用游泳池）。

錯誤原因 這個選項不正確。公告中並沒有說明 12 日可以照常使用游泳池，而是提到 12 日的營業時間可能會根據天氣狀況改變。

關鍵句子 8/12（土）については、天候によって、営業時間に変更がございます。

問題四 翻譯與題解

第 4 大題　請閱讀以下（1）至（4）的文章，然後回答問題。答案請從 1、2、3、4 之中挑出最適合的選項。

れは、一瀬さんに届いたメールである。

株式会社 山中デザイン

一瀬さゆり 様

　いつも大変お世話になっております。

　私事^{※1}ですが、都合により、8月31日をもって退職^{※2}いたすことになりました。

　在職中^{※3}はなにかとお世話になりました。心よりお礼を申し上げます。

　これまで学んだことをもとに、今後は新たな仕事に挑戦してまいりたいと思います。

　一瀬様のますますのご活躍をお祈りしております。

　なお、新しい担当は川島と申す者です。あらためて本人よりご連絡させていただきます。

　簡単ではありますが、メールにてご挨拶申しあげます。

株式会社 日新自動車販売促進部

加藤太郎

住所：〒 111-1111　東京都○○区○○町 1-2-3
TEL：03 - ＊＊＊＊-＊＊＊＊
FAX：03 - ＊＊＊＊-＊＊＊＊
URL：http://www.×××.co.jp
Mail：×××@example.co.jp

※1 私事…自分自身だけに関すること。
※2 退職…勤めていた会社をやめること。
※3 在職中…その会社にいた間。

27 このメールの内容で、正しいのはどれか。

1 これは、加藤さんが会社をやめた後で書いたメールである。

2 加藤さんは、結婚のために会社をやめる。

3 川島さんは、現在、日新自動車の社員である。

4 加藤さんは、一瀬さんに、新しい担当者を紹介してほしいと頼んでいる。

────────────────翻譯

這是一封寄給一瀬小姐的電子郵件。

株式会社 山中　設計
一瀬さゆり様
　平日承蒙您的多方照顧，深表感謝。
　因個人原因[1]，我決定於 8 月 31 日正式離職[2]。在公司任職期間[3]，承蒙您多方關照，謹此致以由衷的謝意。
　今後，我將以過去所學為基礎，迎接新的工作挑戰。衷心祝願一瀬小姐在今後的工作中更加成功。
　此外，新任負責人為川島，屆時他將另行與您聯絡。特此通過郵件向您致以簡單的問候。
株式　社 日新自動車銷售推廣部
加藤太郎

地址：〒 111-1111 東京都◎◎區◎◎町 1-2-3
電話：03- ＊＊＊＊ - ＊＊＊＊
傳真：03- ＊＊＊＊ - ＊＊＊＊
網址：http://www.×××.co.jp
電子郵件：×××@example.co.jp

※1 私事…僅與個人相關的事。
※2 退職…辭去所任職的公司。
※3 在職中…在公司任職期間。

[27] 關於這封電子郵件的內容，下列哪一項是正確的？

1 這封郵件是加藤先生離職後寫的。

2 加藤先生是因為結婚而辭職。

3 川島先生目前是日新自動車的員工。

4 加藤先生請一瀬小姐介紹新的負責人。

題型解題訣竅

這道題目屬於「正誤判斷題（正誤判斷問題）」。

題目描述 1.

題目要求考生從選項中選擇與電子郵件內容相符的陳述。正誤判斷題的特點是要求考生檢查選項的陳述是否與文章內容相符或不符。

文章內容 2.

這封電子郵件是由加藤太郎發送給一瀨小百合，通知她自己將於 8 月 31 日辭職，並介紹新接手的負責人是川島。此外，信中提到加藤對一瀨的感謝，以及對未來工作的展望，但並未提到辭職的原因。

問題類型 3.

題目要求找出與郵件內容相符的選項。郵件中說明加藤太郎將在 8 月 31 日退休，因此尚未離職，並引介新負責人川島。因此，選項 3 正確。這屬於正誤判斷題，因為它要求識別與文本內容一致的陳述。

關鍵詞語 4.

「8 月 31 日をもって退職いたすことになりました」是關鍵句，表明加藤尚未離職但將要辭職；「新しい担当は川島と申す者です」表明川島接替工作；文法上，「～をもって」表示某事的結束時間。

Question 問題

答案： **3**

選項 1 これは、加藤さんが会社をやめた後で書いたメールである（這封郵件是加藤先生離職後寫的）

錯誤原因 這個選項錯誤，因為加藤在郵件中提到「8 月 31 日をもって退職いたすことになりました」（將於 8 月 31 日辭職），這表明他尚未離職，這封郵件是他在還沒離職之前發送的。

關鍵句子 8 月 31 日をもって退職いたすことになりました。

選項 2 加藤さんは、結婚のために会社をやめる（加藤先生是因為結婚而辭職）

錯誤原因 郵件中並未提到加藤辭職的原因是為了結婚。郵件中只提到「私事ですが、都合により」（因個人原因）辭職，沒有具體說明是因為結婚。

關鍵句子 私事ですが、都合により、8 月 31 日をもって退職いたすことになりました。

選項 3 川島さんは、現在、日新自動車の社員である（川島先生目前是日新自動車的員工）

正確原因 這個選項正確，因為加藤在郵件中介紹川島將會成為新的負責人，這表示川島目前是日新自動車的員工。

關鍵句子 なお、新しい担当は川島と申す者です。あらためて本人よりご連絡させていただきます。

選項 4 加藤さんは、一瀬さんに、新しい担当者を紹介してほしいと頼んでいる（加藤先生請一瀨小姐介紹新的負責人）

錯誤原因 這個選項錯誤，因為加藤並沒有請求一瀨介紹新的負責人。相反，加藤自己已經介紹了新的負責人川島，並表示川島會主動聯絡一　。

關鍵句子 なお、新しい担当は川島と申す者です。あらためて本人よりご連絡させていただきます。

問題五　翻譯與題解

第5大題　請閱讀以下（1）至（4）的文章，然後回答問題。答案請從1、2、3、4之中挑出最適合的選項。

　　日本人は寿司が好きだ。日本人だけでなく外国人にも寿司が好きだという人が多い。しかし、銀座などで寿司を食べると、目の玉が飛び出るほど値段が高いということである。

　　私も寿司が好きなので、値段が安い回転寿司をよく食べる。いろいろな寿司をのせて回転している棚から好きな皿を取って食べるのだが、その中にも、値段が高いものと安いものがあり、お皿の色で区別しているようである。

　　回転寿司屋には、チェーン店が多いが、作り方やおいしさには、同じチェーン店でも①「差」があるようである。例えば、店内で刺身を切って作っているところもあれば、工場で切った冷凍※1の刺身を、機械で握ったご飯の上に載せているだけの店もあるそうだ。

　　寿司が好きな友人の話では、よい寿司屋かどうかは、「イカ」を見るとわかるそうである。②イカの表面に細かい切れ目※2が入っているかどうかがポイントだという。なぜなら、生のイカの表面には寄生虫※3がいる可能性があって、冷凍すれば死ぬが、生で使う場合は切れ目を入れることによって、食べやすくすると同時にこの寄生虫を殺す目的もあるからだ。こんなことは、料理人の常識なので、イカに切れ目がない店は、この常識を知らない料理人が作っているか、冷凍のイカを

使っている店だと言えるそうだ。

※1 冷凍…保存のために凍らせる
　　　こと。

※2 切れ目…物の表面に切ってつ
　　　けた傷。また、切り口。

※3 寄生虫…人や動物の表面や
　　　体内で生きる生物。

28 ①「差」は、何の差か。

1 値段の「差」

2 チェーン店か、チェーン店でない
　かの「差」

3 寿司が好きかどうかの「差」

4 作り方や、おいしさの「差」

―――――――――翻譯

日本人對壽司的喜愛無庸置疑，不僅
如此，許多外國人也對壽司情有獨鍾。然
而，提到在銀座等地享用壽司，人們常說價
格高得讓人咋舌。

　我本人也非常喜愛壽司，因此經常光
顧價格較為親民的迴轉壽司店。在這類餐廳
中，各式各樣的壽司隨著旋轉台的轉動而
來，顧客可以根據喜好自行選取。然而，
即使是在迴轉壽司店內，壽司的價格也有
高低之分，這些價格差異通常通過盤子的
顏色來區分。

　迴轉壽司店多為連鎖經營，但即
便是在同一連鎖品牌的店鋪間，壽司
的製作方式和美味程度似乎也存在①
「差異」。例如，有些店鋪會在店內
現切新鮮的生魚片並製作壽司，而另
一些店鋪則可能使用工廠切割並冷凍
※1保存的生魚片，只需將其放在機械
製作的米飯上即可。

　一位壽司愛好者的朋友告訴我，
判斷壽司店好壞的一個方法是觀察「花
枝」。他說，關鍵在於②花枝的表面是否
切有細小的切痕※2。這是因為新鮮的花
枝表面可能存在寄生蟲，雖然冷凍能殺死
這些寄生蟲※3，但如果是生食，則需要
通過切痕來增加食感，同時也能消滅寄生
蟲。這對於專業料理人來說是基本常識，
因此，如果某家店鋪提供的花枝上沒有這
些切痕，那麼要麼是料理人不熟悉這一常
識，要麼就是該店使用了冷凍的花枝。

※1 冷凍：為了保存而將食物凍結。

※2 切痕：物體表面切開後留下的痕
跡或切口。

※3 寄生蟲：寄生在人體或動物體表
或體內的生物。

[28]①「差異」指的是什麼樣的差異？

1 價格上的「差異」

2 連鎖店與非連鎖店之間的「差異」

3 是否喜歡壽司的「差異」

4 製作方法或美味程度上的「差異」

題型解題訣竅

這道題目屬於「指示題（指示語問題）」。

題目描述

● 題目要求考生理解文中「差」這個詞所指代的具體內容，並選擇最合適的選項。指示題的特點是要求考生確定一個指示詞或代詞所指代的先行詞或概念。

文章內容

● 文章提到在回轉壽司店中，即使是同一連鎖店，壽司的「作り方やおいしさ」可能會有差異，有的店是現場切生魚片身並製作壽司，而有的店則使用工廠切割並冷凍的生魚片，再用機器製作壽司。這裡的「差」指的是壽司在製作方法和口味上的差異。

問題類型

● 題目要求考生理解「『差』」指的是什麼。根據上下文，這裡的「差」指的是回轉壽司的製作方法和美味程度的差異，因此選項 4 正確。這屬於指示題，因為它要求理解指示語所指代的具體內容。

關鍵詞語

● 「作り方やおいしさには、同じチェーン店でも『差』がある」是關鍵句，直接指出「差」指的是製作方式和美味程度；文法上，「～には」表示某事的範圍或條件。

uestion 問題

28 ① 「差」は、何の差か。

[28] ① 「差異」指的是什麼樣的差異？

答案: **4**

選項1〉値段の「差」（價格的差異）

錯誤原因〉文章確實提到了壽司的價格差異，但這並不是「差」所指的內容。「差」的上下文主要是講述製作方法和美味程度的不同。

關鍵句子〉その中にも、値段が高いものと安いものがあり、お皿の色で区別しているようである」。

選項2〉チェーン店か、チェーン店でないかの「差」（是否為連鎖店的差異）

錯誤原因〉文章提到回轉壽司店有很多是連鎖店，但這並不是「差」所指的內容。「差」指的是製作方法和壽司的美味程度，不是是否為連鎖店。

關鍵句子〉回転寿司屋には、チェーン店が多いが、作り方やおいしさには、同じチェーン店でも「差」があるようである」。

選項3〉寿司が好きかどうかの「差」（喜不喜歡壽司的差異）

錯誤原因〉文章沒有討論到是否喜歡壽司的差異。文章重點在於壽司的製作方式和品質上的差異，而不是顧客對壽司的喜好。

選項4〉作り方や、おいしさの「差」（製作方法和美味程度的差異）

正確原因〉這個選項正確，因為「差」指的是同一家連鎖店中，製作方法（如生魚片是否現場切割、飯是否機器握製）和壽司的美味程度的差異。

關鍵句子〉回転寿司屋には、チェーン店が多いが、作り方やおいしさには、同じチェーン店でも「差」があるようである。

題型解題訣竅

這道題目屬於「細節題（詳細理解問題）」。

題目描述

● 題目要求考生根據文章中的描述，找出「イカの表面に細かい切れ目が入っている」這一細節的具體目的，並選擇最合適的選項。細節題的特點是要求考生根據文章中的具體信息來回答問題。

文章內容

● 文章提到「イカの表面に細かい切れ目が入っている」的目的是為了「食べやすくすると同時に、この寄生虫を殺す」。「イカに切れ目がない店」要麼是因為使用了冷凍的花枝，要麼是因為料理人缺乏常識，但切口本身的目的是為了改善食感並殺死寄生蟲。

問題類型

● 題目要求理解「切れ目」存在的具體原因。文章指出，切口是為了讓食物更易食用，並殺死潛在的寄生蟲。因此，選項 2 正確。這屬於細節題，因為它需要從文本中提取具體的描述來解釋原因。

關鍵詞語

● 「食べやすくすると同時に、この寄生虫を殺す目的もある」是關鍵句，明確說明切口的功能；「～ため」表示目的；文法上，「同時に」表示兩個目的同時達成。

Question 問題

29 ②イカの表面に細かい切れ目が入っているかどうかとあるが、この切れ目は何のために入っているのか。 答案：**2**

[29] ②關於花枝表面是否有細小切口，這些切口的目的為何？

選項1 イカが冷凍かどうかを示すため（為了顯示花枝是否冷凍）

錯誤原因 文章沒有提到切口是為了顯示花枝是否冷凍的目的。相反，文章提到的是冷凍能殺死寄生蟲，但切口的功能並不是顯示冷凍狀態。

關鍵句子 生のイカの表面には寄生虫がいる可能性があって、冷凍すれば死ぬが…。

選項2 食べやすくすると同時に、寄生虫を殺すため（為了讓花枝更容易食用，同時殺死寄生蟲）

正確原因 這個選項正確。文章明確指出，切口的目的在於讓花枝更容易食用，同時殺死可能存在的寄生蟲。

關鍵句子 生で使う場合は切れ目を入れることによって、食べやすくすると同時にこの寄生虫を殺す目的もあるからだ。

選項3 よい寿司屋であることを客に知らせるため（為了告知客人這是一家好的壽司店）

錯誤原因 文章並未提到切口的作用是告知客人這是一家好的壽司店。切口的作用主要是基於食用方便和衛生考慮，而不是用來傳達壽司店的品質。

選項4 常識がある料理人であることを示すため（為了顯示這是一位有常識的廚師）

錯誤原因 雖然文章提到切口是料理人應該有的常識，但這不是切口的主要目的。切口的主要功能是讓花枝更易食用並殺死寄生蟲，而不是為了顯示廚師的常識。

關鍵句子 イカに切れ目がない店は、この常識を知らない料理人が作っているか、冷凍のイカを使っている店だと言えるそうだ。

題型解題訣竅

這道題目屬於「正誤判斷題（正誤判斷問題）」。

題目描述

● 題目要求考生選擇與文章內容相符的正確陳述。正誤判斷題的特點是要求考生檢查選項的陳述是否與文章內容相符或不符。

文章內容

● 文章提到，銀座壽司店價格高，但未提及回轉壽司價格高。生花枝需利用切口來殺死寄生蟲，冷凍花枝則不需。回轉壽司價格因盤子顏色不同而變化。通過花枝的切口可判斷壽司店品質，表示花枝能反映壽司店的好壞。

問題類型

● 題目要求判斷與文章內容相符的選項。文章提到「イカの表面に細かい切れ目が入っているかどうかで、よい寿司屋かどうかがわかる」，因此選項4正確。這屬於正誤判斷題，因為它要求識別與文本內容一致的陳述。

關鍵詞語

● 「よい寿司屋かどうかは、『イカ』を見るとわかる」是關鍵句，表明用觀察「イカ」來判斷壽司店的品質；「～かどうか」表示是否的判斷；文法上，「わかる」表示理解或得出結論。

Question 問題

30 回転寿司について、正しいのはどれか。

[30] 關於迴轉壽司，哪一項是正確的？

答案：**4**

選項1〉 銀座の回転寿司は値段がとても高い（銀座的迴轉壽司價格非常高）

錯誤原因〉 文章提到銀座的壽司價格很高，但並沒有具體提到銀座的回轉壽司價格，也未指出回轉壽司價格非常高。因此這個選項不正確。

關鍵句子〉 銀座などで寿司を食べると、目の玉が飛び出るほど値段が高いということである。

選項2〉 冷凍のイカには表面に細かい切れ目がつけてある（冷凍花枝表面有細小的切口）

錯誤原因〉 文章指出，切口是針對生花枝來處理的方式，目的是為了殺死寄生蟲。冷花枝魚不需要這種處理，因此這個選項錯誤。

關鍵句子〉 生で使う場合は切れ目を入れることによって、食べやすくすると同時にこの寄生虫を殺す目的もあるからだ。

選項3〉 寿司の値段はどれも同じである（所有壽司的價格都相同）

錯誤原因〉 壽司的價格並不統一。文中提到，銀座等地的壽司較為昂貴，甚至同樣是迴轉壽司，價格也會根據盤子的顏色不同來區分高低。因此這個選項是不正確的。

關鍵句子〉 その中にも、値段が高いものと安いものがあり、お皿の色で区別しているようである。

選項4〉 イカを見るとよい寿司屋かどうかがわかる（看花枝就能知道是否是好的壽司店）

正確原因〉 這個選項正確。文章指出通過檢查花枝的表面是否有細小的切口，可以判斷這家壽司店的質量好壞。

關鍵句子〉 よい寿司屋かどうかは、「イカ」を見るとわかるそうである。

問題五　翻譯與題解

第5大題　請閱讀以下（1）至（4）的文章，然後回答問題。
答案請從1、2、3、4之中挑出最適合的選項。

世界の別れの言葉は、一般に「Goodbye ＝神があなたとともにいますように」か、「See you again ＝またお会いしましょう」か、「Farewell ＝お元気で」のどれかの意味である。つまり、相手の無事や平安※1を祈るポジティブ※2な意味がこめられている。しかし、日本語の「さようなら」の意味は、その①どれでもない。

　恋人や夫婦が別れ話をして、「そういうことならば、②仕方がない」と考えて別れる場合の別れに対するあきらめであるとともに、別れの美しさを求める心を表していると言う人もいる。

　または、単に「左様ならば（そういうことならば）、これで失礼します」と言って別れる場合の「左様ならば」だけが残ったものであると言う人もいる。

　いずれにしても、「さようなら」は、もともと、「左様であるならば＝そうであるならば」という意味の接続詞※3であって、このような、別れの言葉は、世界でも珍しい。ちなみに、私自身は、「さようなら」という言葉はあまり使わず、「では、またね」などと言うことが多い。やはり、「さようなら」は、なんとなくさびしい感じがするからである。

※1 平安…穏やかで安心できる様子。
※2 ポジティブ…積極的なこと。ネガティブはその反対に消極的、否定的なこと。

①卻與這些常見的告別語有所不同。

　　有些人認為，當戀人或夫婦在面臨分手時，會用「さようなら」來表達一種無奈的接受，彷彿在說：「既然如此，②那就只能如此。」這其中透露出一種對分別的無奈和對分手時刻美感的追求。

　　也有另一種說法認為，「さようなら」源自於「左様ならば」（若情況如此），即在道別時說「左様ならば，這就告辭了」的習慣，後來縮略為「さようなら」。無論如何，「さようなら」這個詞本原是作為一個接續詞※3，意味著「若是如此」，這樣的告別用語在世界範圍內是相當罕見的。

　　值得一提的是，儘管「さようなら」在日常生活中仍被使用，但我個人更偏愛使用「では、またね」（那麼，再見）這樣的表達方式，因為「さようなら」總讓人感覺到一絲淡淡的哀愁。

※1 平安：平靜安穩的狀態。

※2 正面意義：積極的、正面的意思。相對的「ネガティブ」表示消極、否定的意思。

※3 接續詞：用來連接詞語的詞語。

[31]①「哪一個都不是」的意思是什麼？

1 日本人不使用「Goodbye」或「See you again」「Farewell」這些詞語。

2 日語中的「さようなら」並非告別的詞語。

3 知道「さようなら」這個詞的人很少。

4「さようなら」並不等於「Goodbye」「See you again」「Farewell」中的任何一種意思。

※3接続詞…言葉と言葉をつなぐ働きをする言葉。

31 ①どれでもない、とはどんな意味か。

1 日本人は、「Goodbye」や「See you again」「Farewell」を使わない。

2 日本語の「さようなら」は、別れの言葉ではない。

3 日本語の「さようなら」という言葉を知っている人は少ない。

4「さようなら」は、「Goodbye」「See you again」「Farewell」のどの意味でもない。

翻譯

　世界各地的告別語言通常具有祝福和希望的含義。無論是「Goodbye」（願上帝與你同在）、「See you again」（再會）還是「Farewell」（願你健康），這些詞彙都蘊含著對對方平安※1和幸福的祝願的正面意義※2。然而，日語中的「さようなら（再見）」

題型解題訣竅

這道題目屬於「指示題（指示語問題）」。

題目描述

● 題目要求考生理解文章中「どれでもない」這個指示詞所指代的具體含義，並選擇最合適的選項。指示題的特點是要求考生確定一個指示詞或代詞所指代的先行詞或概念。

文章內容

● 文章說明了「さようなら」這個詞語與其他語言的告別詞（如「Goodbye」「See you again」「Farewell」）的不同之處，指出「さようなら」並不包含這些告別詞的含義。這裡的「どれでもない」指的是「さようなら」的含義與這三個英文告別詞的含義都不相同。

問題類型

● 題目要求理解「どれでもない」指的是什麼。文章說「さようなら」的意思不同於「Goodbye」「See you again」「Farewell」。因此，選項 4 正確。這屬於指示題，因為它需要理解指示語的具體指代。

關鍵詞語

● 「『さようなら』の意味は、そのどれでもない」是關鍵句，表明「さようなら」與「Goodbye」「See you again」「Farewell」的意思不同；文法上，「どれでもない」表示全都不是。

Question 問題

31 ①どれでもない、とはどんな意味か。
[31] ①「哪一個都不是」的意思是什麼？

答案：**4**

選項 1〉 日本人は、「Goodbye」や「Seeyouagain」「Farewell」を使わない（日本人不使用「Goodbye」或「Seeyouagain」「Farewell」）

錯誤原因〉 文章並未討論日本人是否使用這些英文表達方式。選項 1 偏離了問題的核心，問題主要是關於「さようなら」這個詞的含義，而不是日本人使用的語言習慣。

選項 2〉 日本語の「さようなら」は、別れの言葉ではない（日語的「さようなら」不是道別的詞彙）

錯誤原因〉 文章中清楚提到「さようなら」是道別的詞彙，但它的含義與「Goodbye」「Seeyouagain」「Farewell」不同，所以這個選項是不正確的。

關鍵句子〉「さようなら」の意味は、そのどれでもない。

選項 3〉 日本語の「さようなら」という言葉を知っている人は少ない（知道日語「さようなら」這個詞的人很少）

錯誤原因〉 這個選項與文章無關，文章並沒有提到「知道日語「さようなら」這個詞的人很少」。它談論的是「さようなら」的含義，而不是其認知度。

選項 4〉「さようなら」は、「Goodbye」「Seeyouagain」「Farewell」のどの意味でもない（「さようなら」的含義與「Goodbye」「Seeyouagain」「Farewell」都不同）

正確原因〉 這個選項正確。文章指出「さようなら」的含義不屬於「Goodbye」「Seeyouagain」「Farewell」這些詞的範疇，因為「さようなら」表達的是一種接受或無奈的別離，而不是祝福或再見。

關鍵句子〉 日本語の「さようなら」の意味は、そのどれでもない。

題型解題訣竅

這道題目屬於「語句改寫題（言い換え問題）」。

題目描述

● 題目要求考生理解文章中「仕方がない」這個詞語的情感含義，並選擇與其意思最接近的選項。語句改寫題的特點是要求考生理解某個表達的實際含義，並選擇與之意義最接近的選項。

文章內容

● 文章提到，「さようなら」一詞常與「仕方がない」這種帶有無奈和放棄意味的情感相關聯，特別是在戀人或夫妻面臨無法避免的分離時。這種情感是對無可避免的別離的接受和無奈，表現出一種放棄的態度。

問題類型

● 題目要求解釋「仕方がない」中所包含的情感。文章提到「さようなら」表達了一種對分手的無奈和放棄，因此選項 4「諦めの気持ち」正確。這屬於語句改寫題，因為它要求理解特定詞語的情感含義。

關鍵詞語

● 「別れる場合の別れに対するあきらめ」是關鍵句，直接表明「仕方がない」包含了放棄的情感；文法上，「〜がない」表示無法改變或無能為力。

Question 問題

仕方がないには、どのような気持ちが込められているか。

答案：**4**

[32] ②「那就只能如此」中蘊含了什麼樣的情感？

選項1 自分を反省する気持ち（反思自己的心情）

錯誤原因 這個選項表達的是一種自我反省的情感，但「仕方がない」並不涉及對自身行為的反思或檢討。文章中的「仕方がない」指的是一種無可奈何的狀態，表示對不可改變的事情的接受，而非反省自己。

關鍵句子 そういうことならば、仕方がない。

選項2 別れたくないと思う気持ち（不想分手的心情）

錯誤原因 這個選項表示不願意分別的心情，但文章中的「仕方がない」實際上表達的是在無法避免的分別情況下的接受和放棄的態度，而不是不想分別的心情。因此，這個選項不符合文章的語境。

關鍵句子 別れに対するあきらめである。

選項3 別れをつらく思う気持ち（感受到分別痛苦的心情）

錯誤原因 雖然分別可能會帶來痛苦，但「仕方がない」在文章中的用法更側重於無可奈何和放棄的情感，而非單純的痛苦感。因此，這個選項只反映了部分情感，並不是文章中的主要含義。

關鍵句子 そういうことならば、仕方がない。

選項4 あきらめの気持ち（放棄的心情）

正確原因 這個選項正確。文章中的「仕方がない」表達了一種在無法避免的情況下的接受和放棄，這正是放棄的心情。當面對無法改變的事實時，「仕方がない」正好反映了這種無奈的放棄。

關鍵句子 そういうことならば、仕方がない。

題型解題訣竅

這道題目屬於「正誤判斷題（正誤判斷問題）」。

題目描述

- 題目要求考生根據文章內容，選擇與文章內容相符的正確選項。正誤判斷題的特點是要求考生檢查選項的陳述是否與文章內容相符或不符。

文章內容

- 文章提到，「さようなら」這個詞語與其他語言的告別詞不同，它不是一個積極或祝福的詞語，而是帶有一種接受無奈的意味，並且有時還包含著對別離的美學追求。文章中並未提及「さようなら」只用於永遠的告別，也沒有提到它是為了祈求對方的無事。

問題類型

- 題目要求找出與文章內容相符的選項。文章提到「さようなら」表達了對分手的無奈和對分手之美的追求，因此選項 2 正確。這屬於正誤判斷題，因為它需要識別與文本內容一致的陳述。

關鍵詞語

- 「別れの美しさを求める心を表している」是關鍵句，表明「さようなら」包含了對美好離別的情感；文法上，「～を求める」表示追求或尋找某種狀態。

uestion 問題

[33] 符合這段文字內容的是哪一項？

答案: **2**

選項 1 「さようなら」は、世界の別れの言葉と同じくネガティブな言葉である
（「さようなら」和世界的其他告別詞一樣是負面的詞語。）

錯誤原因 文章中提到，「さようなら」並不與「Goodbye」或「Farewell」等詞語一樣
具有積極的含義，也不被描述為負面的詞語。文章強調的是「さようなら」包含了
一種接受分別的無奈和離別的美感，而不是積極或消極。因此，這個選項不正確。

關鍵句子 日本語の「さようなら」の意味は、そのどれでもない。

選項 2 「さようなら」には、別れに美しさを求める心がこめられている（「さよ
うなら」蘊含了對別離的美好期待。）

正確原因 文章中確實提到，「さようなら」這個詞表達了對於別離的美感和接受無奈
的感情，這反映了日本文化中特有的美感追求。這個選項正確反映了文章的內容。

關鍵句子 別れに対するあきらめであるとともに、別れの美しさを求める心を表して
いると言う人もいる。

選項 3 「さようなら」は、相手の無事を祈る言葉である（「さようなら」是一種
祈願對方平安的話語。）

錯誤原因 文章指出「さようなら」並不是用來祈願對方平安的詞語，而是帶有接受現
實的無奈感。它不像「Goodbye」這類詞語，後者有祈求平安或再見的意思。因此，
這個選項不正確。

關鍵句子 「さようなら」の意味は、そのどれでもない。

選項 4 「さようなら」は、永遠に別れる場合しか使わない（「さようなら」只有
在永別的時候使用。）

錯誤原因 文章沒有提到「さようなら」只用於永別的情況。事實上，文章提到它可以
用於一般的告別，這只是一種在特定文化背景下的表達方式，並不限定於永別。

關鍵句子 ちなみに、私自身は、「さようなら」という言葉はあまり使わず、「では、
またね」などと言うことが多い。

問題六　翻譯與題解

第6大題　請閱讀以下（1）至（4）的文章，然後回答問題。答案請從1、2、3、4之中挑出最適合的選項。

日本語の文章にはいろいろな文字が使われている。漢字・平仮名・片仮名、そしてローマ字などである。

①漢字は、3000年も前に中国で生まれ、それが日本に伝わってきたものである。4〜5世紀ごろには、日本でも漢字が広く使われるようになったと言われている。「仮名」には「平仮名」と「片仮名」があるが、これらは、漢字をもとに日本で作られた。ほとんどの平仮名は漢字をくずして書いた形から作られたものであり、片仮名は漢字の一部をとって作られたものである。例えば、平仮名の「あ」は、漢字の「安」をくずして書いた形がもとになっており、片仮名の「イ」は、漢字「伊」の左側をとって作られたものである。

日本語の文章を見ると、漢字だけの文章に比べて、やさしく柔らかい感じがするが、それは、平仮名や片仮名が混ざっているからであると言われる。

それでは、②平仮名だけで書いた文はどうだろう。例えば、「はははははつよい」と書いても意味がわからないが、漢字をまぜて「母は歯は強い」と書けばわかる。漢字を混ぜて書くことで、言葉の意味や区切りがはっきりするのだ。

それでは、③片仮名は、どのようなときに使うのか。例えば「ガチャン」など、物の音を表すときや、「キリン」「バラ」など、動物や植物の名前などは片仮名で書く。また、「ノート」「バッグ」など、外国から日本に入ってきた言葉も片仮名で表すことになっている。

このように、日本語は、漢字と平仮名、片仮名などを区別して使うことによって、文章をわかりやすく書き表すことができるのだ。

34

①漢字<ruby>漢字<rt>かんじ</rt></ruby>について、<ruby>正<rt>ただ</rt></ruby>しいのはどれか。

1　3000<ruby>年前<rt>ねんまえ</rt></ruby>に<ruby>中国<rt>ちゅうごく</rt></ruby>から<ruby>日本<rt>にほん</rt></ruby>に<ruby>伝<rt>つた</rt></ruby>わった。

2　<ruby>漢字<rt>かんじ</rt></ruby>から<ruby>平仮名<rt>ひらがな</rt></ruby>と<ruby>片仮名<rt>かたかな</rt></ruby>が<ruby>日本<rt>にほん</rt></ruby>で<ruby>作<rt>つく</rt></ruby>られた。

3　<ruby>漢字<rt>かんじ</rt></ruby>をくずして<ruby>書<rt>か</rt></ruby>いた<ruby>形<rt>かたち</rt></ruby>から<ruby>片仮名<rt>かたかな</rt></ruby>ができた。

4　<ruby>漢字<rt>かんじ</rt></ruby>だけの<ruby>文章<rt>ぶんしょう</rt></ruby>は<ruby>優<rt>やさ</rt></ruby>しい<ruby>感<rt>かん</rt></ruby>じがする。

———— 翻譯

日本語的文章中使用了多種文字，包括漢字、平假名、片假名以及羅馬字。

①漢字起源於三千多年前的中國，後來傳入日本。據說在公元四至五世紀期間，漢字已廣泛應用於日本。而「假名」包括平假名和片假名，則是在漢字的基礎上日本創造的。大多數平假名是由漢字的草書形式演變而來，例如平假名的「あ」是源自漢字「安」的草書形態；片假名則是取自漢字的一部分製作而成，如片假名「イ」即取自漢字「伊」的左側部分。

相比於②僅由漢字組成的文章，混合使用平假名和片假名的日文文章給人更為柔和親切的感覺。

那麼，若僅用平假名書寫會如何呢？例如，「はははははつよい」這樣的句子難以理解其含義，而若混合漢字

書寫成「母は歯は強い」，其意圖便顯而易見。漢字的加入使得語義與句子結構更為清晰明確。

那麼，③片假名又是在何種情況下使用呢？例如在表達擬聲詞時，如「ガチャン」，或是動植物的名稱如「キリン」（長頸鹿）、「バラ」（玫瑰）等，也使用片假名。此外，來自外國的詞彙，如「ノート」（筆記本）、「バッグ」（包），亦習慣以片假名標示。

正是通過漢字、平假名、片假名等文字的區別使用，日文文章得以更為清晰易懂地傳達信息。

[34] 關於①漢字，哪一項是正確的？

1 漢字於 3000 年前從中國傳入日本。

2 平假名和片假名是由漢字衍生而來的。

3 片假名是從漢字的簡化形狀中衍生出來的。

4 只有漢字的文章看起來很簡單。

題型解題訣竅

這道題目屬於「正誤判斷題（正誤判斷問題）」。

題目描述

題目要求考生根據文章中的描述，選擇與「漢字」有關的正確陳述。正誤判斷題的特點是要求考生檢查選項的陳述是否與文章內容相符或不符。

文章內容

文章中提到，漢字是 3000 年前在中國誕生的，並於 4 至 5 世紀傳入日本。文章還提到平仮名和片仮名是基於漢字在日本創造出來的，其中平仮名是由漢字的草書變化而來，片仮名則是從漢字的一部分演變而來。此外，文章也提到混合使用漢字和平仮名可以讓文章感覺更柔和。

問題類型

題目要求找出與文章內容相符的選項。文章提到，平仮名和片仮名是基於漢字在日本創造的，因此選項 2 正確。這屬於正誤判斷題，因為它需要識別與文本內容一致的陳述。

關鍵詞語

「漢字は、3000 年も前に中国で生まれ、それが日本に伝わってきた」是關鍵句，表明漢字是從中國傳到日本的；文法上，「〜から伝わってきた」表示來源。

Question 問題

34 ①漢字について、正しいのはどれか。

[34] 關於①漢字，哪一項是正確的？

答案：**2**

選項 1 3000 年前に中国から日本に伝わった（3000 年前漢字從中國傳到日本。）

錯誤原因 文章中提到漢字誕生於 3000 年前的中國，但沒有說明漢字是 3000 年前傳到日本的。實際上，文章指出，漢字在 4-5 世紀時傳入日本，因此這個選項不正確。

關鍵句子 漢字は、3000 年も前に中国で生まれ、それが日本に伝わってきたものである。

選項 2 漢字から平仮名と片仮名が日本で作られた（平仮名和片仮名在日本是從漢字創造出來的。）

正確原因 文章明確說明了平仮名和片仮名都是基於漢字在日本創造出來的。平仮名是漢字的簡化形式，而片仮名是取自漢字的一部分。這個選項正確反映了文章的內容。

關鍵句子 「仮名」には「平仮名」と「片仮名」があるが、これらは、漢字をもとに日本で作られた。

選項 3 漢字をくずして書いた形から片仮名ができた（片仮名是從漢字的簡化形式中誕生的。）

錯誤原因 文章指出平仮名是從漢字的簡化形式中誕生的，而片仮名是取自漢字的一部分。這個選項混淆了平仮名和片仮名的起源，因此是不正確的。

關鍵句子 ほとんどの平仮名は漢字をくずして書いた形から作られたものであり、片仮名は漢字の一部をとって作られたものである。

選項 4 漢字だけの文章は優しい感じがする（只有漢字的文章看起來很簡單）

錯誤原因 文章實際上提到的是混合了平仮名和片仮名的文章會比只有漢字的文章感覺更加溫柔。因此，這個選項的描述與文章內容不符。

關鍵句子 日本語の文章を見ると、漢字だけの文章に比べて、やさしく柔らかい感じがするが、それは、平仮名や片仮名が混ざっているからであると言われる。

題型解題訣竅

這道題目屬於「因果關係題（因果関係問題）」。

題目描述

題目要求考生根據文章的描述，找出「平仮名だけで書いた文がわかりにくい」的具體原因，並選擇最合適的選項。細節題的特點是要求考生根據文章中的具體信息來回答問題。

文章內容

文章提到，「平仮名だけで書いた文」可能會讓人感到難以理解，因為它缺乏漢字的輔助，區分詞彙意義使得「言葉の意味や区切りがはっきりしない」，從而導致句子的意義不明確。

問題類型

題目要求理解為什麼只有平仮名的文章不易理解。文章提到，只有平仮名時，詞彙的意思和分隔不明確，因此選項4正確。這屬於因果關係題，因為它解釋了原因（只有平仮名）和結果（不易理解）之間的關係。

關鍵詞語

「言葉の意味や区切りがはっきりする」是關鍵句，說明漢字能清楚表達詞彙的意思和分隔。因為只有平仮名時，句子變得模糊，不容易理解。文法上，「～がはっきりする」強調狀態的清晰與明確。這一點解釋了為何平仮名單獨使用時難以理解。

Question 問題

35 ②平仮名(ひらがな)だけで書(か)いた文(ぶん)がわかりにくいのはなぜか。

答案: **4**

[35] ②為什麼僅用平假名書寫的文句會顯得難以理解?

選項 1 片仮名(かたかな)が混(ま)じっていないから (因為沒有混合片假名)

錯誤原因 文章中並沒有提到因為缺少片假名而使得平假名的文章難以理解。難以理解的原因在於沒有漢字,使得語意和詞的區分不明確,因此這個選項不正確。

關鍵句子 平仮名だけで書いた文はどうだろう。例えば、「はははははつよい」と書いても意味がわからないが、漢字をまぜて「母は歯は強い」と書けばわかる。

選項 2 文(ぶん)に「 、」や「 。」が付(つ)いていないから (因為句子中沒有逗號或句號)

錯誤原因 文章沒有提到標點符號的缺乏會影響文章的理解。主要原因還是因為沒有漢字導致詞義和句子結構不明確,因此這個選項不正確。

選項 3 言葉(ことば)の読(よ)み方(かた)がわからないから (因為不清楚詞語的讀法)

錯誤原因 文章並未提到閱讀平假名時因不清楚讀法而難以理解。實際上是因為平假名無法明確區分詞義,導致理解困難。

選項 4 言葉(ことば)の意味(いみ)や区切(くぎ)りがはっきりしないから (因為詞彙的意義和界限不清楚不明確)

正確原因 文章明確指出,只有平假名的文章難以理解,是因為詞彙的意思和句子的區分不明確。混合漢字和平假名可以清楚地表達詞彙意義和結構,這正是這個選項所描述的。

關鍵句子 漢字を混ぜて書くことで、言葉の意味や区切りがはっきりするのだ。

題型解題訣竅

這道題目屬於「細節題（詳細理解問題）」。

題目描述

題目要求考生根據文章中的描述，找出片仮名「通常不會」用來書寫的情況，並選擇最合適的選項。細節題的特點是要求考生根據文章中的具體信息來回答問題。

文章內容

文章提到，片仮名通常用於表達物體聲音（如「ガチャン」）、動植物名字（如「キリン」、「バラ」）、外來語（如「ノート」、「バッグ」）。未提及「人體相關詞彙」會使用片仮名，因此這種情況可作為不使用片仮名的例子。

問題類型

文章說明，片仮名常用於表示聲音、外來語和某些動植物名稱，但不包括「アタマ」等人體部位名稱。因此，選項2正確。這道題目要求考生根據文章中的細節信息來判斷片仮名通常不會使用的情況，因此屬於細節題。

關鍵詞語

「動物や植物の名前などは片仮名で書く」與「物の音を表すとき」是關鍵句，說明片仮名的主要用途；「サクラ」是例外，因為日本植物通常使用漢字或平仮名；文法上，「～で書く」強調書寫方式。

Question 問題

答案: **2**

[36] ③片假名通常在什麼時候使用？哪一項不會用片假名書寫？

選項1 「トントン」など、物の音を表す言葉（例如「咚咚」表示物品聲音的詞語）

錯誤原因 片假名常用於表示擬聲詞或擬態詞，像是「トントン」（敲擊聲）這樣的詞語，用片假名來強調聲音或動作的效果。

關鍵句子 例えば「ガチャン」など、物の音を表すときや…

選項2 「アタマ」など、人の体に関する言葉（例如「頭」與人體相關的詞語）

正確原因 人體部位名稱如「頭（あたま）」通常不會用片假名表示，而是用漢字或平假名。片假名主要用於外來語、擬聲詞或強調效果，而不是描述日常詞彙如人體部位。

選項3 「サクラ」など、植物の名前（例如「櫻花」表示植物名稱的詞語）

錯誤原因 片假名可以用來表示動植物的名稱，如「サクラ」（櫻花）或「キリン」（長頸鹿），特別是在某些強調或設計需求的場合。

關鍵句子 …「キリン」「バラ」など、動物や植物の名前などは片仮名で書く。

選項4 「パソコン」など、外国から入ってきた言葉（例如「個人電腦」從外國傳入的詞語）

錯誤原因 外來語如「パソコン」（個人電腦）和「ノート」（筆記本）是片假名使用的典型場景，用片假名來標示和強調外來詞，使其在日語中易於辨識。

關鍵句子 また、「ノート」「バッグ」など、外国から日本に入ってきた言葉も片仮名で表すことになっている。

題型解題訣竅

這道題目屬於「正誤判斷題（正誤判斷問題）」。

題目描述

題目要求考生選擇與文章內容不符的選項，這意味著需要判斷哪個選項是錯誤的。正誤判斷題的特點是要求考生檢查選項的陳述是否與文章內容相符或不符。

文章內容

日語文章中使用漢字、平假名、片假名和羅馬字。漢字來自中國，平假名和片假名基於漢字創造。平假名和片假名的混用使文章更柔和易懂。片假名用於外來語、動植物名及聲音表達。漢字的加入讓意思更清晰，羅馬字使用較少。

問題類型

題目要求找出與文章內容不符的選項。文章提到日文混用多種文字，包括漢字、平假名、片假名和羅馬字，因此選項 4 錯誤。這屬於正誤判斷題，因為它需要識別與文本內容不一致的陳述。

關鍵詞語

「漢字だけの文章に比べて、やさしく柔らかい感じがする」是關鍵句，說明不同文字的混用帶來了柔和感；「ローマ字」很少使用，未在文中提及；文法上，「～が使われる」表示使用的頻率。

Question 問題

 答案: **4**

[37] 關於日語文章,哪一項是錯誤的?

選項 1 漢字だけでなく、いろいろな文字が混ざっている(不僅有漢字,還混合使用了各種文字)

正確原因 文章一開始就提到日文文章中使用了多種文字,包括漢字、平仮名、片仮名、羅馬字等。因此,選項 1 正確描述了日文文章的特點。

關鍵句子 日本語の文章にはいろいろな文字が使われている。漢字・平仮名・片仮名、そしてローマ字などである。

選項 2 漢字だけの文章に比べて、やわらかく優しい感じを受ける(比起只有漢字的文章,給人柔和和親切的感覺)

正確原因 文章指出,混合使用漢字、平仮名和片仮名的文章比只有漢字的文章更柔和,這是因為平仮名和片仮名的形狀讓文章的整體感覺變得不那麼生硬。因此,選項 2 與文章內容一致。

關鍵句子 日本語の文章を見ると、漢字だけの文章に比べて、やさしく柔らかい感じがするが、それは、平仮名や片仮名が混ざっているからであると言われる。

選項 3 いろいろな文字が区別して使われているので、意味がわかりやすい(因為區分使用了各種文字,所以意思容易理解)

正確原因 文章提到不同的文字(漢字、平仮名、片仮名)在日文文章中各自承擔了不同的功能,使得文章的意思更加明確易懂。這符合選項 3 的描述。

關鍵句子 このように、日本語は、漢字と平仮名、片仮名などを区別して使うことによって、文章をわかりやすく書き表すことができるのだ。

選項 4 ローマ字が使われることは、ほとんどない(羅馬字幾乎不使用)

 錯誤原因 文章提到羅馬字是日文文章中使用的文字之一,並沒有說明羅馬字「幾乎不使用」。因此,選項 4 的說法與文章內容不符,是錯誤的。

關鍵句子 日本語の文章にはいろいろな文字が使われている。漢字・平仮名・片仮名、そしてローマ字などである。

問題七 翻譯與題解

第7大題　請閱讀以下（1）至（4）的文章，然後回答問題。
答案請從1、2、3、4之中挑出最適合的選項。

着物体験
参加者募集

【着物体験について】

1回：二人～三人程度、60分～90分

料金：〈大人用〉6,000円～9,000円／一人

　　　〈子ども用〉（12歳まで）4,000円／一人

　　　（消費税込み）

＊着物を着てお茶や生け花※1をする「日本文化体験コース」
　もあります。

＊着物を着てお出かけしたり、人力車※2観光をしたりする
　こともできます。

＊ただし、一部の着物はお出かけ不可。

＊人力車観光には追加料金がかかります。

【写真撮影について】

振り袖から普通の着物・袴※3などの日本の伝統的な着物を着
て写真撮影ができます。着物は、大人用から子ども用までご
ざいますので、お好みに合わせてお選びください。小道具※4
や背景セットを使った写真が楽しめます。（デジカメ写真プ
レゼント付き）

ご予約時の注意点

①上の人数や時間は、変わることもあります。お気軽にお問い
　合わせください。（多人数の場合は、グループに分けさせて
　いただきます。）

②予約制ですので、前もってお申し込みください。（土・日
・祝日は、空いていれば当日受付も可能です。）
③火曜日は定休日です。（但し、祝日は除く）
④中国語・英語でも説明ができます。

ご予約承ります！
お問い合せ・お申込みは
富士屋
nihonntaiken@×××fujiya.co.jp

電話03-××××-××××

※1 お茶・生け花…日本の伝統的な文化で、茶道と華道のこと。

※2 人力車…お客をのせて人が引いて走る二輪車。

※3 振り袖〜袴…日本の着物の種類。

※4 小道具…写真撮影などのために使う道具。

38 会社員のハンさんは、友人と日本に観光に行った際、着物を着てみた
いと思っている。ハンさんと友だちが着物を着て散歩に行くには、料金は一人
いくらかかるか。

1 6,000円

2 9,000円

3 6,000円〜9,000円

4 10,000円〜13,000円

問題七 翻譯與題解

第7大題　請閱讀以下（1）至（4）的文章，然後回答問題。
答案請從 1、2、3、4 之中挑出最適合的選項。

和服體驗
報名須知

【和服體驗須知】

每次：二人～三人左右、60 分～ 90 分
費用：〈成人服裝〉6,000 日圓～ 9,000 日圓／一人
　　　〈兒童服裝（12 歲以下）〉4,000 日圓／一人
　　　（含消費稅）

＊另有穿著和服學習點茶或插花[※1]的「日本文化體驗課
　程」。
＊亦可穿著和服外出，或搭人力車[※2]觀光。
＊部分和服不可穿出教室外。
＊搭人力車觀光需額外付費。

【人像攝影須知】

　　本教室可提供長袖和服、一般和服、褲裙禮服[※3]等等
日本的傳統服裝拍攝人像。和服尺寸從成人服裝到兒童服
裝一應俱全，歡迎挑選喜愛的服飾。配合小道具[※4]及布景
讓照片更有意境。（贈送照片電子圖檔）

預約注意事項：

① 上述人數與時間可能異動，歡迎洽詢。（人數較多時，將會分組進行。）

② 本課程採取預約制，敬請事先報名。（週六、日與國定假日有空檔的時段可以當天受理報名。）

③ 每週二公休。（但是國定假日除外）

④ 可用中文與英文講解。

歡迎預約！

報名與詢問請洽

富士屋

nihonntaiken@×××fujiya.co.jp

電話 03-××××-××××

_____翻譯

[38]公司職員韓先生在與朋友去日本觀光時，希望能試穿和服。韓先生和朋友穿著和服去散步的費用是多少呢？

1 6,000 日圓

2 9,000 日圓

3 6,000 日圓～
9,000 日圓

4 10,000 日圓～
13,000 日圓

題型解題訣竅

這道題目屬於「細節題（詳細理解問題）」。

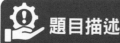 **題目描述**

題目要求考生根據提供的資訊，選擇出正確的費用範圍。這要求考生根據文章中的具體信息來找出答案，因此屬於細節題。

 文章內容

和服體驗：文中提到，成人參加者的體驗費用為 6,000 日圓到 9,000 日圓（含稅）。此外，還提到如果穿著和服去散步或乘坐人力車觀光，可能需要支付額外的費用。文章並未提到這個額外費用的具體數額，但暗示了費用會有所增加。

 問題類型

題目要求根據廣告內容計算參加者的費用。廣告中提到成人的和服體驗費用為 6,000 至 9,000 日圓，並提到散步等活動在這個範圍內，因此選項 3「6,000 円～9,000 円」正確。這屬於細節題，因為它需要從文本中提取具體的價格信息。

 關鍵詞語

「着物を着てお出かけしたり」是關鍵句，指出散步活動的相關內容；「料金：〈大人用〉6,000 円～ 9,000 円」明確說明費用範圍；文法上，「～円～円」表示價格範圍。

uestion 問題

38 会社員のハンさんは、友人と日本に観光に行った際、着物を着てみたいと思っている。ハンさんと友だちが着物を着て散歩に行くには、料金は一人いくらかかるか。

答案：**3**

[38] 公司職員韓先生在與朋友去日本觀光時，希望能試穿和服。韓先生和朋友穿著和服去散步的費用是多少呢？

1.

選項 1 〉6,000 円（6,000 日圓）

錯誤原因〉這個選項只表示了最低的費用「6,000 円」，但未考慮到有些和服體驗的費用會更高，取決於選擇的和服種類。

關鍵句子 料金：〈大人用〉6,000 円～ 9,000 円／一人

2.

選項 2 〉9,000 円（9,000 日圓）

錯誤原因〉這個選項只表示了最高的費用「9,000 円」，但是和選項 1 一樣，未考慮到和服的價格範圍從 6,000 到 9,000 日圓不等。

關鍵句子 料金：〈大人用〉6,000 円～ 9,000 円／一人

3.

選項 3 〉6,000 円～ 9,000 円（6,000 日圓～ 9,000 日圓）

正確原因〉這個選項正確地表示了穿和服所需的費用範圍。費用因所選的和服類型而有所不同，這與文章中所述的一致。

關鍵句子 料金：〈大人用〉6,000 円～ 9,000 円／一人

4.

選項 4 〉10,000 円～ 13,000 円（10,000 日圓～ 13,000 日圓）

錯誤原因〉這個選項提供的價格範圍超出了實際的和服體驗費用範圍，文章中並未提到有此價格。

關鍵句子 料金：〈大人用〉6,000 円～ 9,000 円／一人

題型解題訣竅

這道題目屬於「正誤判斷題（正誤判斷問題）」。

 **題目描述**

題目要求考生選擇與廣告內容相符的選項。正誤判斷題的特點是要求考生檢查選項的陳述是否與廣告內容相符或不符。

 文章內容

廣告介紹「和服體驗」，參加者可穿著和服進行茶道、花道等日本文化活動，也可選擇穿和服拍照，使用小道具及背景。費用為成人 6,000 至 9,000 日圓，兒童 4,000 日圓。部分和服不可穿出外面，另有人力車觀光需收費用。預約需提前申請，並提供中文與英文服務，聯繫方式已列出。

 問題類型

題目要求找出與廣告內容相符的選項。廣告中提到，孩子可以參加體驗，並提供不同尺碼的和服。因此，選項 2 正確。這屬於正誤判斷題，因為它需要判斷與文本內容一致的選項。

 關鍵詞語

「小道具や背景セットを使った写真が楽しめます」和「子ども用の着物もあります」是關鍵句，表明小道具可使用且兒童也能參加；「問い合わせ」是可以進行的。文法上，「〜できます」表示可能性。

Question 問題

39 この広告の内容と合っているものはどれか。

[39] 以下哪一項與這則廣告的內容相符？

答案：**2**

1.

選項1 着物を着て、小道具や背景セットを作ることができる（可以穿著和服，並設置道具或背景進行拍攝。）

錯誤原因 這個選項的錯誤在於「作ることができる（可以製作）」這一表述。廣告中提到的是參加者可以使用小道具和背景設置來拍攝照片，而非製作這些道具和背景。

關鍵句子 小道具や背景セットを使った写真が楽しめます。

2.

選項2 子どもも、参加することができる（小孩也可以參加。）

正確原因 這個選項正確地反映了廣告內容。廣告中明確說明了有為孩子準備的和服，且標明了「子ども用」的價格。

關鍵句子 〈子ども用〉（12歳まで）4,000円／一人

3.

選項3 問い合わせができないため、予約はできない（因為無法查詢，所以無法預訂。）

錯誤原因 這個選項與廣告內容完全相反。廣告中明確指出可以預約，並提供了聯繫信息供查詢和預約。

關鍵句子 ご予約時の注意点」「ご予約承ります！」「お問い合せ・お申込みは富士屋 nihonntaiken@×××fujiya.co.jp

---

4.

選項4 着物を着て出かけることはできないが、人力車観光はできる（雖然不能穿著和服外出，但可以參加人力車觀光。）

錯誤原因 這個選項誤導了讀者。廣告中提到有些和服是不允許穿著外出的，但並未說所有和服都不可以穿著外出。而且，人力車觀光需要額外付費，並不是免費的。

關鍵句子 ＊着物を着てお出かけしたり、人力車観光をしたりすることもできます。」「＊ただし、一部の着物はお出かけ不可。

言語知識・讀解

第6回　もんだい4　模擬試題

	月	日
答題	24　25　26　27	

Track041

次の（1）から(4)の文章を読んで、質問に答えなさい。答えは、1・2・3・4から最もよいものを一つえらびなさい。

（1）

人類は科学技術の発展によって、いろいろなことに成功しました。例えば、空を飛ぶこと、海底や地底の奥深く行くこともできるようになりました。今や、宇宙へ行くことさえできます。

しかし、人間の望みは限りがないもので、さらに、未来や過去へ行きたいと思う人たちが現れました。そうです。『タイムマシン』の実現です。

いったいタイムマシンを作ることはできるのでしょうか?

理論上は、できるそうですが、現在の科学技術ではできないということです。

残念な気もしますが、でも、未来は夢や希望として心の中に描くことができ、また、過去は思い出として一人一人の心の中にあるので、それで十分ではないでしょうか。

24 「タイムマシン」について、文章の内容と合っていないのはどれか。

1　未来や過去に行きたいという人間の夢をあらわすものだ

2　理論上は作ることができるものだが実際には難しい

3　未来も過去も一人一人の心の中にあるものだ

4　タイムマシンは人類にとって必要なものだ

(2)　　　　　　　　　　　　　　　　　　　　　　　　　Track042

　　これは、田中さんにとどいたメールである。

あて先：jlpt1127.clear@nihon.co.jp
件名：パンフレット送付※のお願い
送信日時：2020年8月14日　　13：15

==

ご担当者様

　はじめてご連絡いたします。

　株式会社山田商事、総務部の山下花子と申します。

　このたび、御社のホームページを拝見し、新発売のエアコン「エコール」について、詳しくうかがいたいので、パンフレットをお送りいただきたいと存じ、ご連絡いたしました。2部以上お送りいただけると助かります。

　どうぞよろしくお願いいたします。

【送付先】

〒564-9999
大阪府○○市△△町11-9　　XX ビル 2F
TEL：066-9999-XXXX
株式会社　山田商事　総務部
担当：山下　花子

※　送付…相手に送ること。

25　このメールを見た後、田中さんはどうしなければならないか。

　1　「エコール」について、メールで詳しい説明をする。

　2　山下さんに「エコール」のパンフレットを送る。

　3　「エコール」のパンフレットが正しいかどうか確認する。

　4　「エコール」の新しいパンフレットを作る。

（3）

これは、大学内の掲示である。

台風９号による１・２時限^{※1}休講^{※2}について

　本日（10月16日）、関東地方に大型の台風が近づいている
ため、本日と、明日１・２時限目の授業を中止して、休講とし
ます。なお、明日の３・４・５時限目につきましては、大学イン
フォメーションサイトの「お知らせ」で確認して下さい。

東青大学

※1　時限…授業のくぎり。

※2　休講…講義が休みになること。

26　正しいものはどれか。

1　台風が来たら、10月16日の授業は休講になる。

2　台風が来たら、10月17日の授業は行われない。

3　本日の授業は休みで、明日の３時限目から授業が行われる。

4　明日３、４、５時限目の授業があるかどうかは、「お知らせ」で
　　確認する。

（4）　　　　　　　　　　　　　　　　　　　Track044

　　日本では、少し大きな駅のホームには、立ったまま手軽に「そ
ば」や「うどん」を食べられる店（立ち食い屋）がある。

　　「そば」と「うどん」のどちらが好きかは、人によってちが
うが、一般的に、関東では「そば」の消費量が多く、関西では「う
どん」の消費量が多いと言われている。

　　地域毎に「そば」と「うどん」のどちらに人気があるかは、
実は、駅のホームで簡単にわかるそうである。ホームにある立
ち食い屋の名前を見ると、関東と関西で違いがある。関東では、
多くの店が「そば・うどん」、関西では、「うどん・そば」と
なっている。「そば」と「うどん」、どちらが先に書いてある
かを見ると、その地域での人気がわかるというのだ。

27 駅のホームで簡単にわかるとあるが、どんなことがわかるの
　　か。

1　自分が、「そば」と「うどん」のどちらが好きかということ

2　関東と関西の「そば」の消費量のちがい

3　駅のホームには必ず、「そば」と「うどん」の立ち食い屋があ
　　るということ

4　店の名前から、その地域で人気なのは「うどん」と「そば」の
　　どちらかということ

Track045

つぎの(1)と(2)の文章（ぶんしょう）を読んで、質問に答えなさい。答えは、1・2・3・4から最もよいものを一つえらびなさい。

(1)

テクノロジーの進歩で、私たちの身の回りには便利な機械があふれています。特にITと呼ばれる情報機器は、人間の生活を便利で豊かなものにしました。①例えば、パソコンです。パソコンなどのワープロソフトを使えば、誰でもきれいな文字を書いて印刷まですることができます。また、何かを調べるときは、インターネットを使えばすぐに必要な知識や世界中の情報が得られます。今では、これらのものがない生活は考えられません。

しかし、これらテクノロジーの進歩が②新たな問題を生み出していることも忘れてはなりません。例えば、ワープロばかり使っていると、漢字を忘れてしまいます。また、インターネットで簡単に知識や情報を得ていると、自分で努力して調べる力がなくなるのではないでしょうか。

これらの機器は、便利な反面、人間の持つ能力を衰えさせる面もあることを、私たちは忘れないようにしたいものです。

28 ①例えばは、何の例か。

1 人間の生活を便利で豊かなものにした情報機器

2 身の回りにあふれている便利な電気製品

3 文字を美しく書く機器

4 情報を得るための機器

29 ②新たな問題とは、どんな問題か。

1 新しい便利な機器を作ることができなくなること

2 ワープロやパソコンを使うことができなくなること

3 自分で情報を得る簡単な方法を忘れること

4 便利な機器に頼ることで、人間の能力が衰えること

30 ②新たな問題を生みだしているのは、何か。

1 人間の豊かな生活

2 テクノロジーの進歩

3 漢字が書けなくなること

4 インターネットの情報

（2）

　　日本語を学んでいる外国人が、いちばん苦労するのが敬語の使い方だそうです。日本に住んでいる私たちでさえ難しいと感じるのですから、外国人にとって難しく感じるのは当然です。

　　ときどき、敬語があるのは日本だけで、外国語にはないと聞くことがありますが、そんなことはありません。丁寧な言い回しというものは例えば英語にもあります。ドアを開けて欲しいとき、簡単に「Open the door.（ドアを開けて。）」と言う代わりに、「Will you（Can you）」や「Would you（Could you）」を付けたりして丁寧な言い方をしますが、①これも敬語と言えるでしょう。

　　私たちが敬語を使うのは、相手を尊重し敬う※気持ちをあらわすことで、人間関係をよりよくするためです。敬語を使うことで自分の印象をよくしたいということも、あるかもしれません。

　　ところが、中には、相手によって態度や話し方を変えるのはおかしい、敬語なんて使わないでいいと主張する人もいます。

　　しかし、私たちの社会に敬語がある以上、それを無視した話し方をすると、人間関係がうまくいかなくなることもあるかもしれません。

　　確かに敬語は難しいものですが、相手を尊重し敬う気持ちがあれば、使い方が多少間違っていても構わないのです。

※　敬う…尊敬する。

31　①これは、何を指しているか。

1　「Open the door.」などの簡単な言い方

2　「Will (Would) you 〜」や「Can (Could) you 〜）」を付けた
　　丁寧な言い方

3　日本語にだけある難しい敬語

4　外国人にとって難しく感じる日本の敬語

32　敬語を使う主な目的は何か。

1　相手に自分をいい人だと思われるため

2　自分と相手との上下関係を明確にするため

3　日本の常識を守るため

4　人間関係をよくするため

33　「敬語」について、筆者の考えと合っているのはどれか。

1　言葉の意味さえ通じれば敬語は使わないでいい。

2　敬語は正しく使うことが大切だ。

3　敬語は、使い方より相手に対する気持ちが大切だ。

4　敬語は日本独特なもので、外国語にはない。

Track047

つぎの文章を読んで、質問に答えなさい。答えは、1・2・3・4から最もよいものを一つえらびなさい。

信号機の色は、なぜ、赤・青（緑）・黄の3色で、赤は「止まれ」、黄色は「注意」、青は「進め」をあらわしているのだろうか。

①当然のこと過ぎて子どもの頃から何の疑問も感じてこなかったが、実は、それには、しっかりとした理由があるのだ。その理由とは、色が人の心に与える影響である。

まず、赤は、その「物」を近くにあるように見せる色であり、また、他の色と比べて、非常に遠くからでもよく見える色なのだ。さらに、赤は「興奮※1色」とも呼ばれ、人の脳を活発にする効果がある。したがって、「止まれ」「危険」といった情報をいち早く人に伝えるためには、②赤がいちばんいいということだ。

それに対して、青（緑）は人を落ち着かせ、冷静にさせる効果がある。そのため、　③　をあらわす色として使われているのである。

最後に、黄色は、赤と同じく危険を感じさせる色だと言われている。特に、黄色と黒の組み合わせは「警告※2色」とも呼ばれ、人はこの色を見ると無意識に危険を感じ、「注意しなければ」、という気持ちになるのだそうだ。踏切や、「工事中につき危険！」を示す印など、黄色と黒の組み合わせを思い浮かべると分かるだろう。

このように、信号機は、色が人に与える心理的効果を使って作られたものなのである。ちなみに、世界のほとんどの国で、赤は「止まれ」、青（緑）は「進め」を表しているそうだ。

※1　興奮…感情の働きが盛んになること。

※2　警告…危険を知らせること。

34　①当然のこととは、何か。

1　子どものころから信号機が赤の時には立ち止まり、青では渡っていること

2　さまざまなものが、赤は危険、青は安全を示していること

3　信号機が赤・青・黄の３色で、赤は危険を、青は安全を示していること

4　信号機に赤・青・黄が使われているのにはしっかりとした理由があること

35　②赤がいちばんいいのはなぜか。

1　人に落ち着いた行動をさせる色だから。

2　「危険！」の情報をすばやく人に伝えることができるから。

3　遠くからも見えるので、交差点を急いで渡るのに適しているから。

4　黒と組み合わせることで非常に目立つから。

36　　③　に適当なのは次のどれか。

1　危険　　　　2　落ち着き　　　　3　冷静　　　　4　安全

37　この文の内容と合わないものはどれか。

1　ほとんどの国で、赤は「止まれ」を示す色として使われている。

2　信号機には、色が人の心に与える影響を考えて赤・青・黄が使われている。

3　黄色は人を落ち着かせるので、「待て」を示す色として使われている。

4　黄色と黒の組み合わせは、人に危険を知らせる色として使われている。

第6回　もんだい7　模擬試題

Track048

右の文章は、ある文化センターの案内である。これを読んで、下の質問に答えなさい。答えは、1・2・3・4から最もよいものを一つえらびなさい。

38 男性会社員の井上正さんが平日、仕事が終わった後、18時から受けられるクラスはいくつあるか。

1　1つ

2　2つ

3　3つ

4　4つ

39 主婦の山本真理菜さんが週末に参加できるクラスはどれか。

1　BとA

2　BとC

3　BとD

4　BとE

小町文化センター秋の新クラス

	講座名	日時	回数	費用	対象	その他
A	男子力UP!4回でしっかりおぼえる料理の基本	11・12月第1・3金曜日（11/7・21。12/5・12。）18:00～19:30	全4回	18,000円＋税（材料費含む）	男性18歳以上	男性のみ
B	だれでもかんたん！色えんぴつを使った植物画レッスン	10～12月第1土曜日13:00～14:00	全3回	5,800円＋税＊色えんぴつは各自ご用意下さい	15歳以上	静かな教室で、先生が一人一人ていねいに教えます
C	日本のスポーツで身を守る！女性のためのはじめての柔道：入門	10～12月第1～4火曜日18:00～19:30	全12回	15,000円＋税＊柔道着は各自ご用意ください。詳しくは受付まで	女性15歳以上	女性のみ
D	緊張しないスピーチトレーニング	10～12月第1・3木曜日（10/2・16。11/6・20。12/4・18。）18:00～20:00	全6回	10,000円（消費税含む）	18歳以上	まずは楽しくおしゃべりから始めましょう
E	思い切り歌ってみよう！「みんな知ってる日本の歌」	10～12月第1・2・3土曜日10:00～12:00	全9回	5,000円＋楽譜代500円（税別）	18歳以上	一緒に歌えばみんな友だち！カラオケにも自信が持てます！

問題四 翻譯與題解

第 4 大題 請閱讀以下（1）至（4）的文章，然後回答問題。答案請從 1、2、3、4 之中挑出最適合的選項。

人類は科学技術の発展によって、いろいろなことに成功しました。例えば、空を飛ぶこと、海底や地底の奥深く行くこともできるようになりました。今や、宇宙へ行くことさえできます。

　しかし、人間の望みは限りがないもので、さらに、未来や過去へ行きたいと思う人たちが現れました。そうです。『タイムマシン』の実現です。

　いったいタイムマシンを作ることはできるのでしょうか？

　理論上は、できるそうですが、現在の科学技術ではできないということです。

　残念な気もしますが、でも、未来は夢や希望として心の中に描くことができ、また、過去は思い出として一人一人の心の中にあるので、それで十分ではないでしょうか。

文章を深く読み解いて、言葉の美しさを味わおう。

24 「タイムマシン」について、文章の内容
と合っていないのはどれか。

1 未来や過去に行きたいという人間の夢をあ
　らわすものだ

2 理論上は作ることができるものだが実際に
　は難しい

3 未来や過去も一人一人の心の中にあるものだ

4 タイムマシンは人類にとって必要なものだ

_____翻譯

人類透過科學技術的發展，成功地實現了許多昔日難以想像的壯舉。例如，我們能夠飛翔於空中，甚至深入海底或地底的深處。而如今，前往宇宙已不再是遙不可及的夢想。

然而，人類的願望無窮無盡，隨著技術的進步，人們開始渴望能夠穿越時間，前往未來或回到過去。是的，我們開始夢想著「時光機」的實現。

那麼，時光機真的有可能製造出來嗎？理論上，這是可行的。然而，根據目前的科學技術，時光機的實現仍然是遙不可及的夢想。

或許這讓人感到有些遺憾，但細想之下，未來可以作為夢想與希望，永遠存於我們的心中；過去則以回憶的形式，深植於每個人的內心。或許，這已經足夠了，不是嗎？

[24] 關於「時間機器」，哪一項與文章內容不符？

1 代表了人類想要前往未來或過去的夢想。
2 雖然在理論上可以製造，但實際上非常困難。
3 未來和過去存在於每個人心中的想像。
4 時間機器對人類來說是必要的。

題型解題訣竅

這道題目屬於「正誤判斷題（正誤判斷問題）」。

題目描述 1.

題目要求考生選擇與文章內容不符的選項。正誤判斷題的特點是要求考生檢查選項的陳述是否與文章內容相符或不符。

文章內容 2.

文章提到人類隨著科學技術進步，實現了飛行、深入海底與地底，甚至進入宇宙。然而，人類仍渴望前往未來與過去，並構想「時光機器」。雖然理論上可行，但現有技術無法實現。作者認為，未來可作為夢想，過去作為回憶，這足以滿足人們的心靈需求。

問題類型 3.

文章提到「タイムマシン」表達了人類想要去往過去和未來的夢想，理論上可行但實際困難，並未提到時光機對人類是必要的。因此，選項 4 不正確。這屬於正誤判斷題，因為它需要找出與文本內容不一致的選項。

關鍵詞語 4.

「理論上は、できるそうですが、現在の科学技術ではできない」和「未来は夢や希望として心の中に描くことができ」是關鍵句，表明科學上難以實現且未必必要；文法上，「～ではないでしょうか」表示推測或建議。

uestion 問題

24 「タイムマシン」について、文章の内容と合っていないのはどれか。

答案: **4**

[24] 關於「時間機器」，哪一項與文章內容不符？

選項 1 未来や過去に行きたいという人間の夢をあらわすものだ（代表了人類想要去到未來或過去的夢想）

正確原因 這個選項正確地反映了文章的內容。文章提到「人類的願望是無止境的，有些人甚至希望能去到未來或過去。」這表明「時間機器」是人類探索過去和未來的夢想。

關鍵句子 未来や過去へ行きたいと思う人たちが現れました。

選項 2 理論上は作ることができるものだが実際には難しい（理論上可以製造，但實際上很困難）

正確原因 這個選項也正確，因為文章中說到「理論上是可行的，但現在的科技還無法實現。」這表明時間機器在理論上是可以製造的，但現有的科技無法做到。

關鍵句子 理論上は、できるそうですが、現在の科学技術ではできないということです。

選項 3 未来や過去も一人一人の心の中にあるものだ（未來和過去都存在於每個人的心中）

正確原因 這個選項正確。文章提到「未來是夢想，過去是回憶，都存在於我們每個人的心中，這樣就足夠了。」這表明未來和過去都存在於每個人的心中。

關鍵句子 未来は夢や希望として心の中に描くことができ、また、過去は思い出として一人一人の心の中にあるので、それで十分ではないでしょうか。

選項 4 タイムマシンは人類にとって必要なものだ（時間機器對人類來說是必要的）

錯誤原因 這個選項不正確，文章中並未提到「タイムマシン」（時間機器）對人類是必要的，反而暗示即使沒有時光機，我們仍可以在心中描繪未來或回憶過去，並感到滿足。

關鍵句子 それで十分ではないでしょうか。

問題四　翻譯與題解

第4大題　請閱讀以下（1）至（4）的文章，
然後回答問題。答案請從1、2、3、4之中挑
出最適合的選項。

れは、田中さんにとどいたメールである。

あて先：jlpt1127.clear@nihon.co.jp

件名：パンフレット送付※のお願い

送信日時：2020年8月14日　13:15

===

ご担当者様

　　はじめてご連絡いたします。

　　株式会社山田商事、総務部の山下花子と申します。

　　このたび、御社のホームページを拝見し、新発売のエアコ

ン「エコール」について、詳しくうかがいたいので、パンフ

レットをお送りいただきたいと存じ、ご連絡いたしました。2

部以上お送りいただけると助かります。

　　どうぞよろしくお願いいたします。

【送付先】

〒 564-9999

大阪府○○市△△町 11-9　XX ビル 2F

TEL：066-9999-XXXX

株式会社　山田商事　総務部

担当：山下　花子

※ 送付…相手に送ること。

25

このメールを見た後、田中さんはどうしなければならないか。

1 「エコール」について、メールで詳しい説明をする。

2 山下さんに「エコール」のパンフレットを送る。

3 「エコール」のパンフレットが正しいかどうか確認する。

4 「エコール」の新しいパンフレットを作る。

這是一封寄給田中先生的電子郵件。 ——翻譯

收件人： jlpt1127.clear@nihon.co.jp

主題： 請求寄送※宣傳冊

發送日期： 2020 年 8 月 14 日 13:15

尊敬的負責人

　初次聯繫，打擾了。

　我是山田商事株式　社總務部的山下花子。

　近日拜讀了貴公司的網站，對於新推出的空調「ECOOL」很感興趣，因此聯繫您，想請您寄送該產品的宣傳冊。如果能夠寄送兩份或以上，將不勝感激。

　敬請多多關照。

【送達地址】

〒 564-9999

大阪府○○市△△町 11-9 XX 大樓 2F

TEL：066-9999-XXXX

山田商事株式　社 總務部

負責人：山下花子

※ 寄送：指寄送給對方。

[25] 看完這封郵件後，田中先生應該怎麼做？

1 通過電子郵件詳細說明「ECOOL」的情況。

2 將「ECOOL」的宣傳冊寄給山下先生。

3 確認「ECOOL」的宣傳冊是否正確。

4 製作新的「ECOOL」宣傳冊。

題型解題訣竅

這道題目屬於「細節題（詳細理解問題）」。

uestion 問題

25 このメールを見た後、田中さんはどうしなければならないか。

答案：**2**

[25] 看完這封郵件後，田中先生應該怎麼做？

選項1〉「エコール」について、メールで詳しい説明をする（用電子郵件詳細解釋「ECOOL」）

錯誤原因〉電子郵件中明確要求寄送宣傳冊，而不是要求詳細的電子郵件解釋。

關鍵句子〉パンフレットをお送りいただきたいと存じ、ご連絡いたしました。

選項2〉山下さんに「エコール」のパンフレットを送る（將「ECOOL」的宣傳冊寄給山下女士）

正確原因〉電子郵件中，山下女士請求田中先生寄送有關「エコール」的宣傳冊，這是田中先生需要採取的行動。

關鍵句子〉パンフレットをお送りいただきたいと存じ、ご連絡いたしました。

選項3〉「エコール」のパンフレットが正しいかどうか確認する（確認「ECOOL」的宣傳冊是否正確）

錯誤原因〉這個選項錯誤，因為電子郵件中沒有要求確認宣傳冊的正確性。

選項4〉「エコール」の新しいパンフレットを作る（製作「ECOOL」的新宣傳冊）

錯誤原因〉電子郵件中並沒有要求田中先生製作新的宣傳冊，只是要求寄送現有的宣傳冊。

關鍵句子〉電子郵件中提到，「パンフレットをお送りいただきたい」，並沒有提到要製作新冊子。

問題四 翻譯與題解

第 4 大題　請閱讀以下（1）至（4）的文章，然後回答問題。答案請從 1、2、3、4 之中挑出最適合的選項。

 これは、大学内（だいがくない）の掲示（けいじ）である。

台風（たいふう）9 号（ごう）による 1・2 時限（じげん）※1
休講（きゅうこう）※2 について

　本日（ほんじつ）（10 月 16 日（がつ にち））、関東地方（かんとうちほう）に大型（おおがた）の台風（たいふう）が近（ちか）づいているため、本日（ほんじつ）と、明日（あす）1・2 時限目（じげんめ）の授業（じゅぎょう）を中止（ちゅうし）して、休講（きゅうこう）とします。

　なお、明日（あす）の 3・4・5 時限目（じげんめ）につきましては、大学（だいがく）インフォメーションサイトの「お知（し）らせ」で確認（かくにん）して下（くだ）さい。

東青大学（とうせいだいがく）

※1 時限（じげん）…授業（じゅぎょう）のくぎり。
※2 休講（きゅうこう）…講義（こうぎ）が休（やす）みになること。

文章を深く読み解いて、言葉の美しさを味わおう。

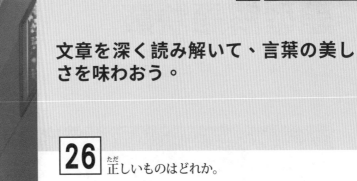

26 正しいものはどれか。

1 台風が来たら、10月16日の授業は休講になる。

2 台風が来たら、10月17日の授業は行われない。

3 本日の授業は休みで、明日の3時限目から授業が行われる。

4 明日3、4、5時限目の授業があるかどうかは、「お知らせ」で確認する。

翻譯

這是在大學內的公告。

關於因颱風9號引起的第1、2節課 ※1 停課 ※2 通知

由於大型颱風正逼近關東地區，今天（10月16日）和明天的第1、2節課將停課。關於明天的第3、4、5節課，請查閱大學資訊網站上的「通知」以獲取最新消息。

東青大學

※1 節課：課程的時間段。
※2 停課：講座或課程停課。

[26] 以下哪一項是正確的？

1 如果颱風來襲，10月16日的課程將會停課。

2 如果颱風來襲，10月17日的課程將不會進行。

3 今天的課程停課，明天從第三節課開始復課。

4 是否有明天的第三、第四、第五節課，請通過「通知」確認。

題型解題訣竅

這道題目屬於「正誤判斷題（正誤判斷問題）」。

題目描述 1.

題目要求考生從提供的選項中選出與文章內容相符的陳述。正誤判斷題的特點是要求考生根據提供的資訊來判斷每個選項是否與文章內容一致。

文章內容 2.

公告提到由於颱風 9 號的接近，10 月 16 日當天和 10 月 17 日的第一、二節的課程將停課。關於 10 月 17 日第三、四、五節的課程是否進行，需要學生自行查看學校的資訊網站上的通知。

問題類型 3.

這是「正誤判斷題」，因為題目要求選出與公告內容一致的陳述。公告指示 10 月 16 日及 17 日的 1、2 節課程停課，明日 3、4、5 節課程安排需在「お知らせ」（公告）確認。選項 4 正確描述了需要查詢「お知らせ」以了解明天課程安排。

關鍵詞語 4.

「明日の 3・4・5 時限目につきましては、『お知らせ』で確認して下さい」是關鍵句，說明需查看公告確認明天的課程情況；文法上，「～で確認して下さい」表示請求動作的執行。

Question 問題

26 正しいものはどれか。

[26] 以下哪一項是正確的？

答案：**4**

選項1 台風が来たら、10月16日の授業は休講になる（颱風來的話，10月16日的課程就會停課）

錯誤原因 這個選項錯誤是因為10月16日的課程無論颱風是否來臨，都已經確定休講。公告中提到，由於颱風接近，今天的課程（10月16日）已經停課，而不是根據颱風實際到達與否。

關鍵句子 本日と、明日1・2時限目の授業を中止して、休講とします

選項2 台風が来たら、10月17日の授業は行われない（颱風來的話，10月17日的課程將不會進行）

錯誤原因 這個選項錯誤是因為公告中只提到10月17日的第1、第2節課程停課，但對第3、第4、第5節課是否停課還沒有確定，需要進一步確認。並不是整天的課程都不會進行。

關鍵句子 明日の3・4・5時限目につきましては、大学インフォメーションサイトの「お知らせ」で確認して下さい。

選項3 本日の授業は休みで、明日の3時限目から授業が行われる（今天的課程停課，明天從第3節課開始上課）

錯誤原因 這個選項錯誤是因為公告中沒有明確說明明天的第3節課一定會進行。公告提到明天的第3、第4、第5節課是否有課需要在「公告」中確認，這表示還不確定。

關鍵句子 明日の3・4・5時限目につきましては、大学インフォメーションサイトの「お知らせ」で確認して下さい。

選項4 明日3、4、5時限目の授業があるかどうかは、「お知らせ」で確認する（明天第3、第4和第5節課是否有課，請在「公告」中確認）

正確原因 這是正確的選項，因為公告明確指示學生查看大學資訊網站的「公告」，以確認明天的第3、第4、第5節課是否進行。

關鍵句子 明日の3・4・5時限目につきましては、大学インフォメーションサイトの「お知らせ」で確認して下さい。

問題四 翻譯與題解

第 4 大題 請閱讀以下（1）至（4）的文章，然後回答問題。答案請從 1、2、3、4 之中挑出最適合的選項。

日本では、少し大きな駅のホームには、立ったまま手軽に「そば」や「うどん」を食べられる店（立ち食い屋）がある。

「そば」と「うどん」のどちらが好きかは、人によってちがうが、一般的に、関東では「そば」の消費量が多く、関西では「うどん」の消費量が多いと言われている。

地域毎に「そば」と「うどん」のどちらに人気があるかは、実は、駅のホームで簡単にわかるそうである。ホームにある立ち食い屋の名前を見ると、関東と関西で違いがある。関東では、多くの店が「そば・うどん」、関西では、「うどん・そば」となっている。「そば」と「うどん」、どちらが先に書いてあるかを見ると、その地域での人気がわかるというのだ。

文章を深く読み解いて、言葉の美しさを味わおう。

27 駅のホームで簡単にわかる、とあるが、どんなことがわかるのか。

1 自分が、「そば」と「うどん」のどちらが好きかということ

2 関東と関西の「そば」の消費量のちがい

3 駅のホームには必ず、「そば」と「うどん」の立ち食い屋があるということ

4 店の名前から、その地域で人気なのは「うどん」と「そば」のどちらかということ

――――――――――――――翻譯

在日本，稍大一些的車站月台上，經常可以見到方便快捷地站著吃「蕎麥麵」或「烏冬麵」的店鋪（即「站立食屋」）。

　　至於喜歡「蕎麥麵」還是「烏冬麵」，這取決於個人的口味。然而，一般而言，關東地區的「蕎麥麵」消費量較高，而在關西地區則是「烏冬麵」更受青睞。

　　其實，要判斷一個地區更偏好「蕎麥麵」還是「烏冬麵」，<u>可以通過觀察車站月台上的站立食屋的名稱來簡單分辨</u>。在關東，許多店鋪的名稱是「蕎麥・烏冬」，而在關西，則通常是「烏冬・蕎麥」。只要看看哪個名稱排在前面，就能大致了解該地區的飲食偏好。

[27] <u>在車站月台上可以輕易辨別的是什麼呢？</u>

1 自己喜歡「蕎麥麵」還是「烏龍麵」。

2 關東和關西「蕎麥麵」的消費量差異。

3 車站月台上必定有「蕎麥麵」和「烏龍麵」的立食店。

4 從店名可以知道該地區人氣的是「烏龍麵」還是「蕎麥麵」。

題型解題訣竅

這道題目屬於「細節題（詳細理解問題）」。

題目描述 1.

題目要求考生根據文章內容，選擇出可以在車站站台上輕易得知的具體信息。這類題目要求考生理解文章中的細節，並找到正確答案，因此屬於細節題。

文章內容 2.

文章提到日本車站站台上有許多站著吃「蕎麥麵」和「烏龍麵」的店舖，關東與關西在消費上存在差異。關東店名順序通常是「そば・うどん」，關西則是「うどん・そば」，反映了當地對這兩種麵食的偏好。

問題類型 3.

這是「細節題」，要求根據文章理解車站月台上可得的資訊。文章指出，站立食屋的名稱順序反映了當地「蕎麥麵」與「烏龍麵」的受歡迎程度。選項 4 正確描述了從店名順序了解麵食受歡迎程度，符合文章內容。此題測試對具體資訊的理解與應用。

關鍵詞語 4.

「店の名前を見ると、関東と関西で違いがある」是關鍵句，表明從店名順序可了解當地「そば」或「うどん」的受歡迎程度；文法上，「〜を見ると」表示從某個觀察得出的結論。

Question 問題

答案: **4**

[27] 駅のホームで簡単にわかる、とあるが、
どんなことがわかるのか。

[27] 在車站月台上可以輕易辨別的是什麼呢？

選項 1 〉自分が、「そば」と「うどん」のどちらが好きかということ（自己喜歡「蕎麥麵」還是「烏龍麵」）

錯誤原因 〉這個選項是錯誤的，因為文章中討論的重點是如何通過觀察車站站立食店的名稱來判斷該地區的偏好，而不是個人喜好。

關鍵句子 〉地域毎に「そば」と「うどん」のどちらに人気があるかは、実は、駅のホームで簡単にわかるそうである。

選項 2 〉関東と関西の「そば」の消費量のちがい（關東和關西之間「蕎麥麵」消費量的差異）

錯誤原因 〉這個選項是錯誤的，因為文章中並沒有提供具體數據來比較關東和關西的「蕎麥麵」消費量差異。它討論的是關東和關西在站立食店名稱上先寫「蕎麥麵」還是「烏龍麵」來顯示偏好。

關鍵句子 〉関東では、多くの店が「そば・うどん」、関西では、「うどん・そば」となっている。

選項 3 〉駅のホームには必ず、「そば」と「うどん」の立ち食い屋があるということ（在車站月台上必定有「蕎麥麵」和「烏龍麵」的立食店）

錯誤原因 〉這個選項是錯誤的，因為文章並沒有說明每個車站都必定有「蕎麥麵」和「烏龍麵」的站立食店。它強調的是，如果有這樣的店，可以通過店名來了解該地區的偏好。

關鍵句子 〉立ったまま手軽に「そば」や「うどん」を食べられる店（立ち食い屋）がある。

選項 4 〉店の名前から、その地域で人気なのは「うどん」と「そば」のどちらかということ（從店名可以知道該地區受歡迎的是「烏龍麵」還是「蕎麥麵」）

正確原因 〉這是正確的選項，因為文章中指出，可以通過站立食店的名稱順序來判斷該地區對「蕎麥麵」或「烏龍麵」的偏好。

關鍵句子 〉「そば」と「うどん」、どちらが先に書いてあるかを見ると、その地域での人気がわかるというのだ。

問題五 翻譯與題解

第5大題 請閱讀以下（1）至（4）的文章，然後回答問題。答案請從1、2、3、4之中挑出最適合的選項。

テクノロジーの進歩で、私たちの身の回りには便利な機械があふれています。特にITと呼ばれる情報機器は、人間の生活を便利で豊かなものにしました。①例えば、パソコンです。パソコンなどのワープロソフトを使えば、誰でもきれいな文字を書いて印刷まですることができます。また、何かを調べるときは、インターネットを使えばすぐに必要な知識や世界中の情報が得られます。今では、これらのものがない生活は考えられません。

しかし、これらテクノロジーの進歩が②新たな問題を生み出していることも忘れてはなりません。例えば、ワープロばかり使っていると、漢字を忘れてしまいます。また、インターネットで簡単に知識や情報を得ていると、自分で努力して調べる力がなくなるのではないでしょうか。

これらの機器は、便利な反面、人間の持つ能力を衰えさせる面もあることを、私たちは忘れないようにしたいものです。

然而，我們不能忽視科技進步所帶來的②新問題。例如，過於依賴文書處理軟體，可能會導致我們忘記如何書寫漢字。而且，透過網路輕鬆獲取知識和資訊，是否會削弱我們自主調查和努力探索的能力呢？

這些設備雖然帶來了便利，但同時也在某種程度上削弱了人類原有的能力。這一點，我們必須時刻保持警惕，不能遺忘。

[28] ①「例如」是什麼樣的例子？

1 使人類生活更方便和豐富的資訊設備。

2 身邊充斥的便利電器產品。

3 用來美化文字書寫的設備。

4 用來獲取資訊的設備。

28　①例えばは、何の例か。

1 人間の生活を便利で豊かなものにした情報機器

2 身の回りにあふれている便利な電気製品

3 文字を美しく書く機器

4 情報を得るための機器

― 翻譯 ―

隨著科技的進步，我們周圍充斥著各種便利的機械。尤其是被稱為 IT 的資訊設備，讓人們的生活變得更加便捷和豐富。以電腦①為例，利用電腦上的文書處理軟體，任何人都可以書寫出美觀的文字，甚至進行打印。此外，當需要查詢資料時，只需透過網際網路便能迅速獲取所需的知識和來自世界各地的信息。如今，沒有這些科技產品的生活幾乎是無法想像的。

題型解題訣竅

這道題目屬於「指示題（指示関係問題）」。

題目描述

● 題目要求考生理解文章中「例えば」（例如）所指代的內容。這種題型通常會涉及到前後文的聯繫，考生需要根據上下文來確定某個指示詞或關聯詞的具體指向內容。因此，這屬於指示題。

文章內容

● 文章討論了科技進步帶來的便利，特別是 IT 技術如何豐富人類生活。以電腦為例，說明科技便利，但也提醒勿忽視其負面影響，如忘記漢字或依賴技術導致缺乏主動尋找信息的能力。

問題類型

● 這道題屬於「指示題」，因為要求解釋「例えば」所指的內容。文中「例えば」後緊接提到的是「パソコン」，作為改善人類生活的資訊機器。選項 1 正確，因為「パソコン」代表了資訊機器提升生活便利性的例子。此題測試讀者對指示詞的理解。

關鍵詞語

● 「パソコンなどのワープロソフトを使えば、誰でもきれいな文字を書いて印刷できる」和「インターネットを使えば、すぐに情報が得られる」是關鍵句，說明了パソコン作為 IT 設備對生活的便利性；文法上，「例えば」表示例子。

Question 問題

答案：**1**

選項 1 人間の生活を便利で豊かなものにした情報機器（使人類生活變得便利和豐富的信息設備）

正確原因 這個選項正確，因為文章討論的是信息設備（如電腦和網絡）如何使人類生活變得更加便利和豐富，並且舉例說明了這些設備的用途。

關鍵句子 特に IT と呼ばれる情報機器は、人間の生活を便利で豊かなものにしました。

選項 2 身の回りにあふれている便利な電気製品（周圍充滿的方便電器產品）

錯誤原因 這個選項是錯誤的，因為文章重點在於「情報機器」（如電腦和網絡），而非所有的電氣產品。電腦和網絡是特別提到的信息設備，而非一般的電氣產品。

關鍵句子 特に IT と呼ばれる情報機器は、人間の生活を便利で豊かなものにしました。

選項 3 文字を美しく書く機器（美化文字書寫的設備）

錯誤原因 這個選項過於狹窄，只提到「書寫美化」這一功能，而文章更廣泛地描述了信息設備的多種用途，如使用網絡獲取信息。文章的重點不僅限於文字處理軟件。

關鍵句子 パソコンなどのワープロソフトを使えば、誰でもきれいな文字を書いて印刷まですることができます。

選項 4 情報を得るための機器（用來獲取信息的設備）

錯誤原因 這個選項只描述了設備的一部分功能（獲取信息），而不是文章中提到的廣泛用途。文章強調了信息設備在多個方面使生活更加便利和豐富。

關鍵句子 また、何かを調べるときは、インターネットを使えばすぐに必要な知識や世界中の情報が得られます。

題型解題訣竅

這道題目屬於「細節題（詳細理解問題）」。

題目描述

● 題目要求考生理解文章中「新た
な問題」（新問題）具體指的是
什麼。這種題目要求考生根據文
章中的細節內容來找出答案，屬
於典型的細節題。

文章內容

● 文章討論了科技進步的便利，同
時指出其負面影響，稱為「新た
な問題」。例如，使用文字處理
軟體可能導致忘記漢字，過度依
賴網絡可能削弱自主獲取信息的
能力。

問題類型

● 這道題屬於「細節題」，因為要
求讀者理解文章中的細節、根據
文章內容回答具體問題。問題中
的「新たな問題」指的是什麼，
需從文章中找出與「便利な機器
に頼ることで、人間の能力が衰
える」相關的描述。選項 4 正確，
因為文章提到科技進步削弱了人
類能力，符合題意。

關鍵詞語

● 「ワープロばかり使っていると、
漢字を忘れてしまいます」和「自
分で調べる力がなくなるのでは
ないでしょうか」是關鍵句，說
明了便利設備導致能力退化的問
題；文法上，「〜が衰える」表
示能力減弱。

Question 問題

29 ②新たな問題とは、どんな問題か。

[29] ②新問題是什麼問題？

答案：**4**

選項 1 新しい便利な機器を作ることができなくなること（無法製造新的便利設備）

錯誤原因 這個選項是不正確的，因為文章中提到的新問題與無法製造新設備無關。文章的重點在於人們對便利設備的依賴會導致能力下降，而非設備的製造。

關鍵句子 テクノロジーの進歩が②新たな問題を生み出していることも忘れてはなりません。

選項 2 ワープロやパソコンを使うことができなくなること（無法使用文字處理器或電腦）

錯誤原因 這個選項是不正確的，因為文章並未提到無法使用這些設備。文章所提及的問題是對這些設備的過度依賴會導致人類某些能力的下降，而不是無法使用設備。

關鍵句子 しかし、これらテクノロジーの進歩が②新たな問題を生み出していることも忘れてはなりません。

選項 3 自分で情報を得る簡単な方法を忘れること（忘記如何自己獲取信息的簡單方法）

錯誤原因 這個選項是不正確的，因為它錯誤地理解了問題的範疇。文章中提到的問題並非只是忘記如何獲取信息，而是更廣泛地涵蓋了依賴設備導致的能力衰退。

關鍵句子 インターネットで簡単に知識や情報を得ていると、自分で努力して調べる力がなくなるのではないでしょうか。

選項 4 便利な機器に頼ることで、人間の能力が衰えること（依賴便利設備會使人類能力衰退）

正確原因 這個選項是正確的，因為文章指出依賴於便利設備（如電腦和網路）可能會導致人類某些能力的衰退，如記憶漢字的能力和自行調查研究的能力。

關鍵句子 これらの機器は、便利な反面、人間の持つ能力を衰えさせる面もあることを、私たちは忘れないようにしたいものです。

題型解題訣竅

這道題目屬於「因果關係題」。

題目描述

● 題目要求考生找出導致「新たな問題」（新問題）出現的原因。這類題目通常涉及文章中描述的因果關係，要求考生理解原因和結果之間的聯繫，因此屬於因果關係題。

文章內容

● 文章討論了科技進步如何改變了人們的生活，尤其是信息技術的發展帶來的便利。同時，文章提到這些科技進步也引發了一些新的問題，比如過度依賴科技導致人類記憶和信息處理能力的衰退。

問題類型

● 這是「因果關係題」，因為題目要求找出「新たな問題」的原因。根據文章，科技的進步（テクノロジーの進步）帶來了新問題，比如依賴文字處理器導致漢字的記憶衰退。因此，選項 2 最符合文章中提到的問題來源。

關鍵詞語

● 「テクノロジーの進步が新たな問題を生み出している」是關鍵句，說明科技進步帶來了新的問題，如依賴科技導致能力退化。文法上，「〜を生み出している」強調原因與結果的關聯，表示科技進步帶來的影響。

Question 問題

答案：**2**

選項 1 〉<ruby>人間<rt>にんげん</rt></ruby>の<ruby>豊<rt>ゆた</rt></ruby>かな<ruby>生活<rt>せいかつ</rt></ruby>（人類豐富的生活）

錯誤原因〉這個選項是不正確的，因為文章中的「新たな問題」是由科技的進步（如信息技術）引起的，而不是因為人類的生活變得豐富。文章提到的是科技進步帶來的影響，而非生活水平的提升。

關鍵句子〉しかし、これらテクノロジーの進歩が②新たな問題を生み出していることも忘れてはなりません。

選項 2 〉テクノロジーの<ruby>進歩<rt>しんぽ</rt></ruby>（科技的進步）

正確原因〉這個選項是正確的，因為文章明確提到「新たな問題」是由於科技的進步（如信息技術和自動化工具）所引起的。科技進步雖然帶來了便利，但同時也導致了一些負面的影響。

關鍵句子〉しかし、これらテクノロジーの進歩が②新たな問題を生み出していることも忘れてはなりません。」

選項 3 〉<ruby>漢字<rt>かんじ</rt></ruby>が<ruby>書<rt>か</rt></ruby>けなくなること（無法書寫漢字的能力）

錯誤原因〉這個選項是不正確的，因為無法書寫漢字是「新たな問題」的具體例子，而不是問題的根本原因。文章指出這些問題是由於過度依賴科技進步（如文字處理器和網路）而產生的結果。

關鍵句子〉例えば、ワープロばかり使っていると、漢字を忘れてしまいます。」

選項 4 〉インターネットの<ruby>情報<rt>じょうほう</rt></ruby>（網路的資訊）

錯誤原因〉這個選項是不正確的，因為「新たな問題」不是由網路的信息本身引起的，而是由於依賴科技（如網路）而產生的影響。文章強調的是對科技依賴過度會引發問題，而不是信息本身造成問題。

關鍵句子〉インターネットで簡単に知識や情報を得ていると、自分で努力して調べる力がなくなるのではないでしょうか。

問題五 翻譯與題解

第 5 大題　請閱讀以下（1）至（4）的文章，然後回答問題。答案請從 1、2、3、4 之中挑出最適合的選項。

日本語を学んでいる外国人が、いちばん苦労するのが敬語の使い方だそうです。日本に住んでいる私たちでさえ難しいと感じるのですから、外国人にとって難しく感じるのは当然です。

ときどき、敬語があるのは日本だけで、外国語にはないと聞くことがありますが、そんなことはありません。丁寧な言い回しというものは例えば英語にもあります。ドアを開けて欲しいとき、簡単に「Open the door.（ドアを開けて。）」と言う代わりに、「Will you 〜（Can you 〜）」や「Would you 〜（Could you 〜）」を付けたりして丁寧な言い方をしますが、①これも敬語と言えるでしょう。

私たちが敬語を使うのは、相手を尊重し敬う※気持ちをあらわすことで、人間関係をよりよくするためです。敬語を使うことで自分の印象をよくしたいということも、あるかもしれません。

ところが、中には、相手によって態度や話し方を変えるのはおかしい、敬語なんて使わないでいいと主張する人もいます。

しかし、私たちの社会に敬語がある以上、それを無視した話し方をすると、人間関係がうまくいかなくなることもあるかもしれません。

確かに敬語は難しいものですが、相手を尊重し敬う気持ちがあれば、使い方が多少間違っていても構わないのです。

※ 敬う…尊敬する。

中也存在著禮貌表達的方式。以英語為例，當你希望別人開門時，與其直接說「Open the door.（請開門）」，不如在句子中加上「Will you～」「Can you～」或者「Would you～」「Could you～」這樣的禮貌用語來表達。①這樣的表達方式也可以看作是敬語的一種形式。

我們使用敬語，是為了表達對他人的尊重[※]，並藉此改善人際關係。有時，使用敬語也能提升自己的形象，這也是敬語的重要作用之一。

然而，也有一些人認為，根據對象改變態度或說話方式是不合理的，甚至主張不必使用敬語。然而，在我們這個社會中，既然敬語已經存在，如果忽視這種說話方式，可能會對人際關係造成不利影響。

敬語的確很難掌握，但只要心懷對他人的尊重，即便在使用上有些許錯誤，也無傷大雅。

※ 尊敬：表示尊敬。

[31] ①這指的是什麼？

1 像「Open the door.（開門）」這樣的簡單表達方式。

2 加上「Will（Would）you～」或「Can（Could）you～」的禮貌表達方式。

3 只存在於日語中的難用敬語。

4 外國人覺得困難的日語敬語。

31

①これは、何を指しているか。

1 「Open the door.」などの簡単な言い方

2 「Will (Would) you～」や「Can (Could) you～）」を付けた丁寧な言い方

3 日本語にだけある難しい敬語

4 外国人にとって難しく感じる日本の敬語

據 ——————翻譯
説學習日語的外國人普遍認為最難掌握的莫過於敬語的使用。即使是我們這些生活在日本的人也覺得敬語很難，因此，外國人感到困難也是理所當然的。

有時候，人們會聽說敬語僅存在於日語中，其他語言中並沒有敬語的概念。然而，這並不正確。事實上，許多語言

題型解題訣竅

這道題目屬於「指示題（指示関係問題）」。

題目描述

● 題目要求考生理解文章中的「これは」（這）指代的是什麼內容。這種題目通常要求考生理解文章中某個指示詞或指示句的具體指向，因此屬於指示題。

文章內容

● 文章討論外國人在學習日本語敬語時遇到的困難，並強調敬語的重要性和必要性。雖然敬語被認為是日本語特有，但英語也有類似表達，如「Will you～」「Would you～」等禮貌請求形式，可視為敬語的一種。

問題類型

● 這是「指示題型」，因為題目要求解釋文章中的「これ」指的是什麼。文章提到的「これ」是指在英語中用「Will you～」或「Would you～」等來表達的禮貌說法，而不是簡單的「Open the door.」。因此，選項 2 最符合文章中「これ」的意思。

關鍵詞語

● 「『Will you ～』『Would you～』或『Can you～』『Could you～』を付けた丁寧な言い方」是關鍵句，說明這些表達方式與敬語相似；文法上，「～と言える」表示可能性或推測。

uestion 問題

31 ①これは、何を指しているか。

[31] ①這指的是什麼？

答案：**2**

選項1 〉「Openthedoor.」などの簡単な言い方（像「Openthedoor.」這樣簡單的說法）

錯誤原因 〉這個選項是不正確的，因為「これは」指的是加上禮貌表達的句子，而不是直接命令句「Openthedoor.」。文章中提到的是在英語中添加「Willyou～」或「Wouldyou～」以顯得更禮貌，這才被稱為類似於敬語的表達。

關鍵句子 〉「Openthedoor.（ドアを開けて。）」と言う代わりに、「Willyou～（Canyou～）」や「Wouldyou～（Couldyou～）」を付けたりして丁寧な言い方をしますが、①これも敬語と言えるでしょう。

選項2 〉「Will（Would）you～」や「Can（Could）you～」を付けた丁寧な言い方（加上「Will（Would）you～」或「Can（Could）you～」的禮貌用語）

正確原因 〉這個選項是正確的，因為「これは」直接指的是用於英語中表示禮貌的語句，例如「Willyou～」或「Wouldyou～」，這些被視為類似敬語的表達方式。

關鍵句子 〉…「Willyou～（Canyou～）」や「Wouldyou～（Couldyou～）」を付けたりして丁寧な言い方をしますが、①これも敬語と言えるでしょう。

選項3 〉日本語にだけある難しい敬語（只有在日語中才有的難懂敬語）

錯誤原因 〉這個選項是不正確的，因為「これは」指的是英語中用來表示禮貌的句子，而不是日語中特有的敬語。文章提到的是，即使在其他語言中也有禮貌用語，所以不只日語才有。

關鍵句子 〉ときどき、敬語があるのは日本だけで、外国語にはないと聞くことがありますが、そんなことはありません。

選項4 〉外国人にとって難しく感じる日本の敬語（對外國人來說覺得困難的日語敬語）

錯誤原因 〉這個選項是不正確的，因為「これは」指的是用在英語中的禮貌用語，而非外國人認為難懂的日語敬語。文章強調的是，英語中也有類似的禮貌表達，而不是在討論日語敬語對外國人的難度。

關鍵句子 〉丁寧な言い回しというものは例えば英語にもあります。

題型解題訣竅

這道題目屬於「主旨題（主旨問題）」。

題目描述

● 題目要求考生找出文章中敬語的主要使用目的。這種題目通常是針對整篇文章或段落的主旨或核心觀點進行提問，因此屬於主旨題。

文章內容

● 文章討論了敬語在日語中的重要性，特別是對外國人來說使用困難。敬語的主要功能是通過尊重對方來改善人際關係。即使敬語使用有誤，只要懷有尊重之心，也能達到改善人際關係的效果。

問題類型

● 這道題屬於主旨題，要求提取文章中關於敬語主要使用目的的資訊。文章指出，敬語的目的是「尊重和敬重對方，改善人際關係」。因此，選項4最符合文章的主要目的。

關鍵詞語

● 「相手を尊重し敬う気持ちをあらわす」和「人間関係をよりよくするため」是關鍵句，說明敬語的主要目的是尊重對方並改善關係。文法上，「〜ため」表示目的。

Question 問題

32 敬語を使う主な目的は何か。

[32] 使用敬語的主要目的為何？

答案：**4**

選項1 相手に自分をいい人だと思われるため（為了讓對方覺得自己是個好人）

錯誤原因 這個選項是不正確的，因為文章中雖然提到使用敬語可以改善個人形象，但主要目的還是改善人際關係，而非單純為了讓對方覺得自己是好人。

關鍵句子 敬語を使うことで自分の印象をよくしたいということも、あるかもしれません。

選項2 自分と相手との上下関係を明確にするため（為了明確自己和對方之間的上下關係）

錯誤原因 這個選項是不正確的，因為文章沒有提到敬語的使用是為了強調上下關係，而是為了尊重對方和改善人際關係。

關鍵句子 私たちが敬語を使うのは、相手を尊重し敬う気持ちをあらわすことで、人間関係をよりよくするためです。

選項3 日本の常識を守るため（為了遵守日本的常識）

錯誤原因 這個選項是不正確的，因為雖然使用敬語符合日本的社會常識，但文章中強調的使用敬語的主要目的是改善人際關係，而非單純為了遵守常識。

關鍵句子 敬語を使うことで自分の印象をよくしたいということも、あるかもしれません。

選項4 人間関係をよくするため（為了改善人際關係）

正確原因 這個選項是正確的，因為文章明確指出敬語的主要目的是為了尊重對方並改善人際關係。

關鍵句子 私たちが敬語を使うのは、相手を尊重し敬う気持ちをあらわすことで、人間関係をよりよくするためです。

題型解題訣竅

這道題目屬於「正誤判斷題（正誤問題）」。

題目描述

● 題目要求考生選出與筆者觀點相符合的選項，這種題目通常要求考生判斷文章中所述內容的正確性或符合性，因此屬於正誤判斷題。

文章內容

● 文章強調敬語在日語中的重要性，其主要目的是表達尊重和促進人際關係。儘管敬語難學，筆者認為最重要的是懷有尊重之心，即使使用上有錯誤，只要有敬重的態度，仍能達到效果。

問題類型

● 這道題屬於正誤判斷題，要求判斷與筆者觀點一致的選項。文章認為敬語的重點在於表達尊重和敬意，即使使用不完全正確也沒關係。因此，選項 3 符合筆者觀點。

關鍵詞語

● 「相手を尊重し敬う気持ちがあれば」和「使い方が多少間違っていても構わない」是關鍵句，強調敬語的心意比形式更重要。文法上，「～ても構わない」表示容許某種錯誤。

Question 問題

[33] 「敬語」について、筆者の考えと合っているのはどれか。

答案：**3**

[33] 關於「敬語」符合筆者的觀點是哪一項？

選項1〉 言葉の意味さえ通じれば敬語は使わないでいい（只要能夠理解語意，就不需要使用敬語）

錯誤原因〉 這個選項是不正確的，因為文章強調了使用敬語的重要性，特別是在尊重對方和改善人際關係方面。筆者並沒有表示只要能夠理解語意就可以不用敬語。

關鍵句子〉 しかし、私たちの社会に敬語がある以上、それを無視した話し方をすると、人間関係がうまくいかなくなることもあるかもしれません。

選項2〉 敬語は正しく使うことが大切だ（正確使用敬語很重要）

錯誤原因〉 這個選項是不正確的，因為文章中強調的並不是敬語的正確使用，而是尊重對方的心意更為重要。筆者提到即使敬語使用有些錯誤，只要表達了對對方的尊重，這樣也是可以接受的。

關鍵句子〉 確かに敬語は難しいものですが、相手を尊重し敬う気持ちがあれば、使い方が多少間違っていても構わないのです。

選項3〉 敬語は、使い方より相手に対する気持ちが大切だ（敬語的重點在於對待對方的心意，而非使用方式的正確性）

正確原因〉 這個選項是正確的，因為文章強調了敬語的使用是為了表達對對方的尊重和敬愛，這種心意比語法或使用的正確性更重要。

關鍵句子〉 相手を尊重し敬う気持ちがあれば、使い方が多少間違っていても構わないのです。

選項4〉 敬語は日本独特なもので、外国語にはない（敬語是日本特有的，外國語言中沒有）

錯誤原因〉 這個選項是不正確的，因為文章提到其他語言中也有類似的禮貌用語，如英語中的「Would you～」或「Could you～」等。

關鍵句子〉 ときどき、敬語があるのは日本だけで、外国語にはないと聞くことがありますが、そんなことはありません。丁寧な言い回しというものは例えば英語にもあります。

問題六　翻譯與題解

第6大題　請閱讀以下（1）至（4）的文章，然後回答問題。答案請從1、2、3、4之中挑出最適合的選項。

信号機の色は、なぜ、赤・青（緑）・黄の３色で、赤は「止まれ」、黄色は「注意」、青は「進め」をあらわしているのだろうか。

　①当然のこと過ぎて子どもの頃から何の疑問も感じてこなかったが、実は、それには、しっかりとした理由があるのだ。その理由とは、色が人の心に与える影響である。

　まず、赤は、その「物」を近くにあるように見せる色であり、また、他の色と比べて、非常に遠くからでもよく見える色なのだ。さらに、赤は「興奮※1色」とも呼ばれ、人の脳を活発にする効果がある。したがって、「止まれ」「危険」といった情報をいち早く人に伝えるためには、②赤がいちばんいいということだ。

　それに対して、青（緑）は人を落ち着かせ、冷静にさせる効果がある。そのため、　③　をあらわす色として使われているのである。

　最後に、黄色は、赤と同じく危険を感じさせる色だと言われている。特に、黄色と黒の組み合わせは「警告※2色」とも呼ばれ、人はこの色を見ると無意識に危険を感じ、「注意しなければ」、という気持ちになるのだそうだ。踏切や、「工事中につき危険！」を示す印など、黄色と黒の組み合わせを思い浮かべると分かるだろう。

　このように、信号機は、色が人に与える心理的効果を使って作られたものなのである。ちなみに、世界のほとんどの国で、赤は「止まれ」、青（緑）は「進め」を表しているそうだ。

※1　興奮…感情の働きが盛んになること。

※2　警告…危険を知らせること。

34

①<u>当然のこと</u>とは、何か。

1 子どものころから信号機が赤の時には立ち止まり、青では渡っていること

2 さまざまなものが、赤は危険、青は安全を示していること

3 信号機が赤・青・黄の3色で、赤は危険を、青は安全を示していること

4 信号機に赤・青・黄が使われているのにはしっかりとした理由があること

信────翻譯

號燈的顏色為何選擇紅、青（綠）、黃三種，且紅色代表「停止」、黃色代表「注意」、青色代表「通行」呢？

從小到大，我們可能覺得①<u>理所當然</u>的事情，但其實這背後有著深刻的原因。這些顏色的選擇與它們對人類心理的影響密切相關。

首先，紅色是一種使物體看起來更靠近的顏色，相較於其他顏色，它在遠距離處也非常顯眼。此外，紅色被稱為「興奮^{※1}色」，它能夠激活人的大腦。因此，為了迅速傳達「停止」或「危險」等信息，②<u>紅色無疑是最合適的選擇</u>。

相對而言，青色（在信號燈中通常是綠色）具有安撫和冷靜的效果，因此它被用來表示「通行」。

最後，黃色同樣是一種能夠引發危險感的顏色。尤其是黃色和黑色的組合，被稱為「警告^{※2}色」，當人們看到這種顏色時，會無意識地感受到危險，從而產生「需要注意」的感覺。踏板式車站標誌或「工地危險！」的警告標誌就是黃色和黑色組合的典型例子。

總結來說，信號燈的顏色選擇巧妙地利用了色彩對心理的影響，以有效地傳達不同的指示信息。值得一提的是，全球大多數國家中，紅色代表「停止」、青色（綠色）代表「通行」的做法是相似的。

※1 興奮：指情感活動變得強烈的狀態。

※2 警告：指提醒危險的信號或標誌。

[34] ①「理所當然的事情」是指什麼？

1 從小看到紅燈就會停下來，看到綠燈則會過馬路。

2 各種事物中，紅色表示危險，綠色表示安全。

3 交通信號燈使用紅、綠、黃三種顏色，其中紅色表示危險，綠色表示安全。

4 交通信號燈使用紅、綠、黃三種顏色是有充分理由的。

題型解題訣竅

道題目屬於「指示題」。

題目描述

題目要求考生判斷文章中的「当然のこと」（理所當然的事情）指的是什麼內容，這類問題要求考生根據文中上下文，理解指示詞或短語所指代的具體內容，因此屬於指示題。

文章內容

文章討論信號燈使用紅、黃、藍（綠）三色的原因，並解釋這些顏色對人類心理的影響。紅色表示「停」、黃色「注意」、藍色（綠色）「前進」。其中，「当然のこと」指的是「信號燈用紅、黃、藍三色來表示危險和安全」，這是公認的常識。

問題類型

這題屬於「指示題」，因為問題要求考生根據文章資訊，挑出具體對應的選項來解釋「当然のこと」。四個選項提供不同的細節，而考生需根據文章內容，尤其是「当然のこと過ぎて……理由があるのだ」來推斷答案。此題要求理解文章的指示，因此屬於「指示題」。

關鍵詞語

「信号機の色は、赤・青・黄の３色で、赤は『止まれ』、青は『進め』をあらわしている」和「何の疑問も感じてこなかったが、それには理由がある」是關鍵句，說明了信號燈的顏色和含義；文法上，「～とは」表示定義。

Question 問題

34 ① <u>当然のこととは、何か。</u>

[34] ①「理所當然的事情」是指什麼？

選項1〉子どものころから信号機が赤の時には立ち止まり、青では渡っていること（從小時候起就知道紅燈要停，綠燈可以走）

錯誤原因〉這個選項不完全正確。雖然這是從小學到的交通常識，但問題問的是「當然的事」是什麼。真正的答案應該描述為什麼這些顏色被用在信號燈上，而不是簡單的使用方法。

關鍵句子〉文章開頭提到「信号機の色は、なぜ、赤・青（緑）・黄の3色で、赤は「止まれ」、黄色は「注意」、青は「進め」をあらわしているのだろうか。

選項2〉さまざまなものが、赤は危険、青は安全を示していること（各種事物都用紅色表示危險，藍色表示安全）

錯誤原因〉這個選項過於廣泛，並沒有聚焦於信號燈的顏色使用，而是擴展到所有事物。文章中的討論專注於信號燈的顏色選擇。

關鍵句子〉文章強調的是信號燈的顏色選擇的原因，而不是所有事物的顏色代表性。

選項3〉信号機が赤・青・黄の3色で、赤は危険を、青は安全を示していること（交通信號燈是紅、藍、黃三種顏色，紅色表示危險，藍色表示安全）

正確原因〉這個選項正確，因為文章提到信號燈使用這三種顏色，以及它們各自的含義。這是一個「當然的事」，因為人們從小就習慣於這種顏色規則。

關鍵句子〉信号機の色は、なぜ、赤・青（緑）・黄の3色で、赤は「止まれ」、黄色は「注意」、青は「進め」をあらわしているのだろうか。

選項4〉信号機に赤・青・黄が使われているのにはしっかりとした理由があること（交通信號燈使用紅、藍、黃是有充分理由的）

錯誤原因〉這個選項講述了有充分理由使用這三種顏色，但沒有具體指出「當然的事」是什麼。問題是詢問「當然的事」指的是信號燈使用這些顏色的顯著意義。

關鍵句子〉關鍵在於文章講述的重點是信號燈顏色的心理影響，而不是僅僅有理由使用這些顏色。

題型解題訣竅

這道題目屬於「因果關係題」。

題目描述

題目要求考生解釋為什麼「赤がいちばんいい」（紅色最合適）是正確的。這涉及理解紅色在信號機中代表「危險」和「停止」的原因。因此，考生需要分析紅色作為信號顏色的作用及其對人的心理影響，這是一種因果關係的判斷。

文章內容

文章解釋了信號機選擇紅、黃、青三色的原因。紅色代表「停止」和「危險」，因其顯著性和遠距離可見性，能引起人們注意並快速傳達危險信息。紅色具「興奮色」效果，激發警覺，適合用於危險提示。因果關係分析表明，紅色在信號機中是最佳選擇，因為其視覺衝擊力強且能迅速被辨識。

問題類型

這題屬於「因果關係題」，因為問題問的是「赤がいちばんいいのはなぜか」，要求考生根據文章找出原因和結果的關聯性。四個選項提供了不同的原因，而考生需依據文章內容，特別是紅色能快速傳達「危險」信息這一點，來判斷正確選項，因此屬於「因果關係題」。

關鍵詞語

「赤は『興奮色』と呼ばれ、人の脳を活発にする」和「『止まれ』『危険』といった情報をいち早く人に伝える」是關鍵句，表明赤色能快速傳達危險訊息；文法上，「〜いち早く」表示快速反應。

Question 問題

35 ②<ruby>赤<rt>あか</rt></ruby>がいちばんいいのはなぜか。

[35] ②為什麼紅色最合適？

答案：**2**

選項 1 > 人に<ruby>落<rt>お</rt></ruby>ち<ruby>着<rt>つ</rt></ruby>いた<ruby>行動<rt>こうどう</rt></ruby>をさせる<ruby>色<rt>いろ</rt></ruby>だから（因為這種顏色讓人冷靜行事）

錯誤原因 > 這個選項描述的是青色（綠色）的效果，而不是紅色。紅色在文章中被描述為「興奮色」，這意味著它能激發人們的注意力和反應。

關鍵句子 > 青（緑）は人を落ち着かせ、冷静にさせる効果がある。

選項 2 > 「<ruby>危険<rt>きけん</rt></ruby>！」の<ruby>情報<rt>じょうほう</rt></ruby>をすばやく<ruby>人<rt>ひと</rt></ruby>に<ruby>伝<rt>つた</rt></ruby>えることができるから（因為可以快速向人們傳達"危險！"的信息）

正確原因 > 這個選項正確地反映了紅色的功能。文章中提到紅色因其能被遠處看到並引起注意而適合用來表示危險或警告，這使得它成為信號燈「停」信號的最佳選擇。

關鍵句子 > 赤は「興奮色」とも呼ばれ、人の脳を活発にする効果がある。したがって、「止まれ」「危険」といった情報をいち早く人に伝えるためには、赤がいちばんいいということだ。」

選項 3 > <ruby>遠<rt>とお</rt></ruby>くからも<ruby>見<rt>み</rt></ruby>えるので、<ruby>交差点<rt>こうさてん</rt></ruby>を<ruby>急<rt>いそ</rt></ruby>いで<ruby>渡<rt>わた</rt></ruby>るのに<ruby>適<rt>てき</rt></ruby>しているから（因為從遠處也能看見，適合急速穿過十字路口）

錯誤原因 > 這個選項混淆了紅色的可見性功能，雖然紅色確實容易被看到，但它的主要用途是引起注意，表示「停下」，而不是用來促進快速穿越十字路口。

關鍵句子 > 文章強調紅色用於傳遞「危險」或「停下」的信息，而不是促進快速行動。

選項 4 > <ruby>黒<rt>くろ</rt></ruby>と<ruby>組<rt>く</rt></ruby>み<ruby>合<rt>あ</rt></ruby>わせることで<ruby>非常<rt>ひじょう</rt></ruby>に<ruby>目<rt>め</rt></ruby><ruby>立<rt>だ</rt></ruby>つから（因為與黑色搭配能非常顯眼）

錯誤原因 > 這個選項將紅色與黃色的特點混淆了。文章中提到黃色和黑色的組合作為警告色，但紅色本身並未與黑色進行組合，紅色的主要功能是單獨顯眼並快速引起注意。

關鍵句子 > 黄色と黒の組み合わせは「警告色」とも呼ばれ…

題型解題訣竅

這道題目屬於「填空題」。

題目描述

題目要求選出適合填入句子中「③」位置的詞語。這涉及理解文中的句子結構和指示詞的指向，判斷出最適合的選項來填補句子的含義。因此，這是一道典型的填空題，考察的是考生根據上下文來確定句子完整性的能力。

文章內容

文章解釋了交通信號燈中紅、黃、青三色的心理學背景。紅色代表「危險」，因為它能引起警覺和興奮。藍（綠）色則被用來代表「進行」，因為它有助於讓人保持冷靜和集中。黃色則是一種警告色，通常表示「注意」。

問題類型

這是「填空題」型。題目要求根據文章內容填入適當的詞彙來完成句子。文章中提到藍（綠）色能使人「落ち着かせ」、「冷静にさせる」等，所以選擇 4「安全」最符合文意。

關鍵詞語

首先，要注意「青（緑）は人を落ち着かせ、冷静にさせる効果がある」這句話的含義，對應選項 4「安全」。其次，要理解「落ち着き」和「冷静」是心理狀態，與選項 2 和 3 的區別。而「危險」則不符合這裡的正面含義。

Question 問題

36 ③に適当なのは次のどれか。

[36] ③ 適合的選項是什麼？

答案: **4**

選項 1 危険 (危険)

錯誤原因 文章中明確指出紅色代表「危険」，而不是藍色（綠色）。使用「危険」來填補這個空格不符合文章上下文的語意。

關鍵句子 赤は「興奮色」とも呼ばれ…「止まれ」「危険」といった情報をいち早く人に伝えるためには、赤がいちばんいいということだ。

選項 2 落ち着き (冷靜)

錯誤原因 雖然藍色（綠色）確實具有冷靜的效果，但在這裡需要填入的是表示信號燈綠燈意義的詞彙。「落ち着き」不能直接對應於信號燈的功能。

關鍵句子 青（緑）は人を落ち着かせ、冷静にさせる効果がある。

選項 3 冷静 (鎮靜)

錯誤原因 這個選項與「落ち着き」類似，雖然藍色（綠色）具有讓人冷靜、平靜的效果，但此處需要的是能代表信號燈綠燈意義的詞。「冷静」並不能準確表達這個意義。

關鍵句子 青（緑）は人を落ち着かせ、冷静にさせる効果がある。

選項 4 安全 (安全)

正確原因 文章提到藍色（綠色）代表「進行」，並且有使人感到安全的效果，因此「安全」是最適合填入的選項。

關鍵句子 青（緑）は人を落ち着かせ、冷静にさせる効果がある。そのため、「安全」をあらわす色として使われているのである。

題型解題訣竅

這道題目屬於「正誤判斷題」。

題目描述

這是一道要求根據文章內容判斷選項正確與否的題目，目的是測試考生是否正確理解了文章中的信息。這類題型通常會提供幾個選項，其中一個選項與文章內容不符，要求考生找到這個錯誤的選項。

文章內容

文章討論了交通信號燈的顏色選擇背後的心理學基礎，指出紅色、黃色和藍色分別代表「止」、「注意」和「行」，這些顏色的選擇是基於它們對人類心理的影響。此外，文章提到，紅色是最能引起注意的顏色，黃色與黑色的組合則會讓人感到警覺。

問題類型

這是「正誤判斷題」型。題目要求找出與文章內容不一致的選項。根據文章，黃色是用來表示警告，而不是使人鎮靜的，因此選項 3「黃色は人を落ち着かせるので、「待て」を示す色として使われている」與文章內容不符。

關鍵詞語

「黃色と黒の組み合わせは『警告色』」是文章中的關鍵句，表明黃色與警告有關；「青（綠）は人を落ち着かせる」與選項 3 的矛盾；文法上，「～させる」表示使人產生某種狀態，說明顏色的心理影響。因此，選項 3 與文章內容不符。

Question 問題

37 この文の内容と合わないものはどれか。

[37] 哪項與文章內容不符？

答案：**3**

選項1 ほとんどの国で、赤は「止まれ」を示す色として使われている（在大多數國家，紅色被用來表示「停下」。）

正確原因 文章明確指出，紅色在全球範圍內普遍用來表示「停下」的指示。這是因為紅色的可見度高，容易引起注意，並且它具有強烈的「興奮色」效果，使人快速反應。

關鍵句子 ちなみに、世界のほとんどの国で、赤は「止まれ」、青（緑）は「進め」を表しているそうだ。

選項2 信号機には、色が人の心に与える影響を考えて赤・青・黄が使われている（交通信號燈使用紅、藍、黃，是考慮到顏色對人心理的影響。）

正確原因 文章解釋了交通信號燈的設計是基於顏色對人心理和行為的影響。例如，紅色代表「停下」因其能引起注意和快速反應；青色（綠色）代表「前進」因其能讓人感到冷靜；黃色代表「警告」因其與危險聯想密切。

關鍵句子 このように、信号機は、色が人に与える心理的効果を使って作られたものなのである。

選項3 黄色は人を落ち着かせるので、「待て」を示す色として使われている（黃色能使人冷靜，因此被用來表示「等待」。）

錯誤原因 文章指出黃色並不是用來使人冷靜的顏色，相反地，黃色是一種警告色，容易讓人感到緊張和警惕。黃色與黑色的組合被特別提到是「警告色」，而不是用來表示冷靜或等待的顏色。黃色通常用來提醒人們「注意」或「警告」，而非使人冷靜。

關鍵句子 黄色は、赤と同じく危険を感じさせる色だと言われている。

選項4 黄色と黒の組み合わせは、人に危険を知らせる色として使われている（黃色與黑色的組合，被用來作為告知人們危險的顏色。）

正確原因 文章明確說明了黃色和黑色的組合被用來作為「警告色」，用來提醒人們注意危險。例如，黃色與黑色的組合常見於警告標誌、工地警告等。

關鍵句子 黄色と黒の組み合わせは「警告色」とも呼ばれ、人はこの色を見ると無意識に危険を感じ…

問題七　翻譯與題解

第 7 大題　請閱讀以下（1）至（4）的文章，然後回答問題。

答案請從 1、2、3、4 之中挑出最適合的選項。

小町文化センター秋の新クラス

	講座名	日時	回数	費用	対象	その他
A	男子力 UP!4 回でしっかりおぼえる料理の基本	11・12月第 1・3 金曜日（11/7・21。12/5・12。）18:00 ～ 19:30	全4回	18,000 円＋税（材料費含む）	男性 18 歳以上	男性のみ
B	だれでもかんたん！色えんぴつを使った植物画レッスン	10 ～ 12月第 1 土曜日13:00 ～ 14:00	全3回	5,800 円＋税＊色えんぴつは各自ご用意下さい	15 歳以上	静かな教室で、先生が一人一人ていねいに教えます
C	日本のスポーツで身を守る！女性のためのはじめての柔道：入門	10 ～ 12月第 1 ～ 4 火曜日18:00 ～ 19:30	全12回	15,000 円＋税＊柔道着は各自ご用意ください。詳しくは受付まで	女性 15 歳以上	女性のみ
D	緊張しないスピーチトレーニング	10 ～ 12月第 1・3 木曜日（10/2・16。11/6・20。12/4・18。）18:00 ～ 20:00	全6回	10,000 円（消費税含む）	18 歳以上	まずは楽しくおしゃべりから始めましょう
E	思い切り歌ってみよう！「みんな知ってる日本の歌」	10 ～ 12月第 1・2・3 土曜日10:00 ～ 12:00	全9回	5,000 円＋楽譜代 500円（税別）	18 歳以上	一緒に歌えばみんな友だち！カラオケにも自信が持てます！

38

男性会社員の井上正さんが平日、仕事が終わった後、18時から受けられるクラスはいくつあるか。

1　1つ　　　　　2　2つ　　　　　3　3つ　　　　　4　4つ

<table>
<tr><td colspan="7" align="center">小町文化中心秋季新班</td></tr>
<tr>
<td></td>
<td>講座名稱</td>
<td>日期時間</td>
<td>上課堂數</td>
<td>費用</td>
<td>招生對象</td>
<td>備註</td>
</tr>
<tr>
<td>A</td>
<td>男子力 UP！四堂課就能學會基礎烹飪</td>
<td>11・12 月
第一和第三週的星期五
（11／7、21，12／5、12。）
18:00～19:30</td>
<td>共 4 堂</td>
<td>18,000 圓＋稅（含材料費）</td>
<td>男性 18 歲以上</td>
<td>限男性</td>
</tr>
<tr>
<td>B</td>
<td>人人都會畫！用色鉛筆練習植物畫</td>
<td>10～12 月
第一週的星期六
13:00～14:00</td>
<td>共 3 堂</td>
<td>5,800 圓＋稅＊請自行準備色鉛筆</td>
<td>15 歲以上</td>
<td>在安靜的教室裡，老師仔細指導每一位學員</td>
</tr>
<tr>
<td>C</td>
<td>用日本的傳統運動保護自己！專為女性開設的柔道初級班</td>
<td>10～12 月
第一～四週的星期二
18:00～19:00</td>
<td>共 12 堂</td>
<td>15,000 圓＋稅＊請自行準備柔道道服。詳情請洽櫃臺。</td>
<td>女性 15 歲以上</td>
<td>限女性</td>
</tr>
<tr>
<td>D</td>
<td>協助您消除緊張的演講訓練</td>
<td>10～12 月
第一和第三週的星期四
（10／2、16，11／6、20，12／4、18。）
18:00～20:00</td>
<td>共 6 堂</td>
<td>10,000 圓（含消費稅）</td>
<td>18 歲以上</td>
<td>首先從愉快的聊天開始吧</td>
</tr>
<tr>
<td>E</td>
<td>盡情歌唱吧！「大家都會唱的日本歌」</td>
<td>10～12 月
第一、第二和第三週的星期六
10:00～12:00</td>
<td>共 9 堂</td>
<td>5,000 圓＋樂譜費用 500 圓（未稅）</td>
<td>18 歲以上</td>
<td>大家一起唱歌就會變成好朋友！去卡拉 OK 超有自信！</td>
</tr>
</table>

―――――翻譯

[38] 男性公司員工井上正先生下班後，能在 18 點開始參加的課程有幾個？

1　1 個
2　2 個
3　3 個
4　4 個

題型解題訣竅

這道題目屬於「細節題」。

題目描述

這是一道細節題，目的是測試考生對文章中具體信息的理解與提取能力。考生需要從文章中找出符合條件的課程數量。

文章內容

題目提供了五個不同課程的詳細信息，包括時間、對象、費用和注意事項。題目要求找出男性公司員工井上正先生在工作結束後（即18點之後）可以參加的課程數量。

問題類型

這是「細節題」型。題目要求根據文章中的資訊，計算符合特定條件的選項數量細節。在此題型中，需從文本中找出所有符合「18時から受けられる」的課程數量，即井上正先生平日工作後能參加的課程數。根據提供的信息，這涉及檢查每個課程的時間安排，然後統計符合條件的課程數量。

關鍵詞語

「18:00 から受けられる」是關鍵條件，對應選項中的課程；「男性会社員」與「男性のみ」「18歲以上」的條件對應文中；文法上，「〜から」表示開始時間。理解這些條件後可選擇選項2為正確答案，因為有三個課程符合條件。

Question 問題

38
男性会社員の井上正先生が平日、仕事が終わった後、18時から受けられるクラスはいくつあるか。

答案：**2**

[38] 男性公司員工井上正先生下班後，能在 18 點開始參加的課程有幾個？

選項 1 〉1つ（一個）

錯誤原因 〉根據表格中提供的信息，有多於一個課程符合井上正先生的條件。這個選項低估了可選課程的數量。

1.

選項 2 〉2つ（兩個）

正確原因 〉井上正先生是男性，因此可以參加針對男性或不限性別的課程。以下兩個課程符合他的時間表：
A：男子力 UP!4 回でしっかりおぼえる料理の基本（男性限定，週五 18:00 ～ 19:30）
D：緊張しないスピーチトレーニング（不限性別，週四 18:00 ～ 20:00）

關鍵句子 〉A 課程：「男性のみ」和「18:00 ～ 19:30」
D 課程：「18 歲以上」和「18:00 ～ 20:00」

2.

選項 3 〉3つ（三個）

錯誤原因 〉此選項過高估計了可選課程的數量。井上正先生在晚上 18 點後的平日僅有兩個符合條件的課程。

3.

選項 4 〉4つ（四個）

錯誤原因 〉此選項過高估計了可選課程的數量，超過了表格中符合條件的課程數量。井上正先生在晚上 18 點後的平日僅有兩個符合條件的課程。

4.

題型解題訣竅

這道題目屬於「細節題」。

題目描述

這是一道細節題，目的是測試考生對文章中具體信息的理解與提取能力。考生需要從文章中找出主婦山本真理菜女士在週末可以參加的課程。

文章內容

題目中列出了不同課程的詳細信息，包括時間、對象和其他相關內容。需要從中找出在週末可以參加的課程。課程 A 和課程 C、D 均非週末進行；課程 B「植物画レッスン」和課程 E「日本の歌」則在週末舉行，適合週末參加。

問題類型

這題屬於「細節題」，要求根據提供資訊選擇山本真理菜女士能在週末參加的課程。需檢查課程時間和目標群體，確認符合她需求的選項。這類題型需仔細檢查每個選項的細節，以選出正確答案。

關鍵詞語

「週末に参加できる」是關鍵條件，對應選項中週末（「土曜日」或「日曜日」）的課程；「主婦」沒有性別限制，因此可以參加不限性別的課程。文法上，「～できる」表示可能性。理解這些條件後，可選擇選項 4，因為 B 和 E 課程在週末進行。

Question 問題

39 主婦の山本真理菜さんが週末に参加できるクラスはどれか。

答案：**4**

[39] 主婦山本真理菜女士週末可以參加哪些課程？

1.

選項1 ＞ BとA（B和A）

錯誤原因 ＞ A課程「男子力 UP!4 回でしっかりおぼえる料理の基本」只限男性參加。山本真理菜女士是主婦，無法參加這個男性限定的課程。

關鍵句子 ＞ A課程：「男性のみ」

2.

選項2 ＞ BとC（B和C）

錯誤原因 ＞ C課程「日本のスポーツで身を守る！女性のためのはじめての柔道：入門」是女性限定的課程，雖然山本真理菜女士可以參加，但這個課程在每週二進行，而不是週末，因此她無法在週末參加這個課程。

關鍵句子 ＞ C課程：「第1〜4火曜日 18:00 〜 19:30」

3.

選項3 ＞ BとD（B和D）

錯誤原因 ＞ D課程「緊張しないスピーチトレーニング」是針對 18 歲以上人士的課程，雖然山本真理菜女士符合參加資格，但這個課程在每月的第 1 和第 3 週的週四進行，不是在週末。

關鍵句子 ＞ D課程：「第1・3木曜日 18:00 〜 20:00」

4.

選項4 ＞ BとE（B和E）

正確原因 ＞ B課程「だれでもかんたん！色えんぴつを使った植物画レッスン」在每月的第一個星期六進行，E課程「思い切り歌ってみよう！「みんな知ってる日本の歌」」在每月的第一、二、三個星期六進行。這兩個課程都在週末舉行，山本真理菜女士作為主婦可以參加這兩個課程。

關鍵句子 ＞ B課程：「第1土曜日 13:00 〜 14:00」
E課程：「第1・2・3土曜日 10:00 〜 12:00」

絕對合格

戰神級 潮流設計＋速效新解題

必背必出 新制日檢 N3 閱讀

[25K＋QR碼線上音檔]

【日檢快學王 18】

- 發行人　　林德勝
- 著者　　吉松由美、田中陽子、西村惠子、林勝田、山田社日檢題庫小組
- 出版發行　山田社文化事業有限公司
  臺北市大安區安和路一段112巷17號7樓
  電話　02-2755-7622
  傳真　02-2700-1887
- 郵政劃撥　19867160號　大原文化事業有限公司
- 總經銷　聯合發行股份有限公司
  新北市新店區寶橋路235巷6弄6號2樓
  電話　02-2917-8022
  傳真　02-2915-6275
- 印刷　上鎰數位科技印刷有限公司
- 法律顧問　林長振法律事務所　林長振律師
- 書＋QR碼　定價　新台幣 369 元
- 初版　2024年11月